在你
不知道的
时间里

其莎 / 著

天 地 出 版 社 | TIANDI PRESS

图书在版编目（CIP）数据

在你不知道的时间里 / 其莎著. — 成都：天地出版社, 2021.10

ISBN 978-7-5455-6445-7

Ⅰ. ①在… Ⅱ. ①其… Ⅲ. ①言情小说－中国－当代 Ⅳ. ①I247.5

中国版本图书馆CIP数据核字（2021）第131107号

ZAI NI BUZHIDAO DE SHIJIAN LI

在你不知道的时间里

出 品 人	杨　政
作　　者	其　莎
责任编辑	袁静梅
特邀编辑	黄　露
封面设计	周含雪
内文排版	四川最近文化传播有限公司
责任印制	王学锋

出版发行　天地出版社
　　　　　　（成都市槐树街2号　邮政编码：610014）
　　　　　　（北京市方庄芳群园3区3号　邮政编码：100078）
网　　址　http://www.tiandiph.com
电子邮箱　tianditg@163.com
经　　销　新华文轩出版传媒股份有限公司

印　　刷　天津文林印务有限公司
版　　次　2021年10月第1版
印　　次　2021年10月第1次印刷
开　　本　880mm×1230mm　1/32
印　　张　11.5
字　　数　276千
定　　价　48.00元
书　　号　ISBN 978-7-5455-6445-7

目录

CONTENTS

第一幕戏

戏台上，她是思凡的小尼姑。

戏台下，因她动了凡心的俗人不知几何。

早春三月，日上枝头。

百年老戏楼的训练室里传出婉转的唱曲声，满宫满调，钻进耳中，立时就叫人醉了三分。那唱曲的人，虽穿着一身寻常可见的衬衫长裤，但身段却极好。她唱戏的架势，就仿佛是在粉墨登台，底下正坐着无数看客。

凡是百年老物，在红尘岁月里走一遭，也就余一个名头好听。

百年戏楼也不能例外。

但这破旧的训练室却因那唱戏的人，隐隐约约勾画出沉淀在岁月里的美好。

"一度春来，一番花褪，怎生上我眉痕……"

这段戏还没唱完，一串急促的脚步声从走廊上响起，且伴随着一声惊叫——

"师叔不好啦！"

那人像是没有听见外面的喊声，从从容容地唱完后面的半句：

"……长长短短，有谁评论，怕谁评论？"

被人叫做"师叔"的梁音，今年不过二十七岁，但因她是梁老爷子的关门弟子，所以辈分比较大。她的师兄师姐都是四五十岁的老前辈，有的甚至已经退休在家颐养天年。可在论资排辈的昆曲界，梁音就是"前辈"。

"师叔——不好啦！"

来人正是五音戏楼的小生谢林，他生得清秀白净，一着急上火，脸就显得特别红。他一头的汗，一边喘气一边慌慌张张道："师叔，周师兄和小乔师姐要走，你快点去劝劝。周师兄最听你的话，他不走，小乔师姐也不会走。"

梁音收回步子，看向谢林，慢悠悠道："小林子，你的消息太滞后，我和小周已经分手了，他这会儿最不想见的人就是我。"

末了，她又一脸期待地问："刚才我唱的那段《琴挑》如何？"

"你是武生，练习旦角的戏做什……等等，师叔你刚才说什么，你和周师兄分手了？"他们俩在一起之后，众人还调侃周师兄是现实版的杨过，并打算排一出戏送给他们，可这才不过两个月怎么就分了？

梁音只回答前一个问题："我拓宽一下戏路。"

周即白和乔雅要离开五音戏楼，梁音一点也不意外。五音戏楼虽是百年老招牌，但却一点福利保障也没有，以他们俩的名气，多的是大剧团来挖角。周即白以前不走，一是梁老爷子是他的恩师，他不敢走；二是因为他和梁音在交往，不舍得走。至于乔雅，她对周即白一向言听计从，是走是留全看他的选择。

"你们怎么忽然就分手了？难道……你又被绿了！"谢林的脸

色猛地一变，乔雅喜欢周即白并不是什么秘密，不仅五音戏楼里的人知道，经常来看他们唱戏的票友也知道。哪怕周即白和梁音交往了，她也没放弃。

其实不少人都偷偷议论过他们三人的关系，比起长了周即白一个辈分的梁音，他们更看好他和乔雅。从古至今，师兄师妹就比旁的关系更容易擦出暧昧的火花，再看他们的姓氏，一下子就叫人想到周瑜和小乔。

梁音闻言，立马道："滚犊子，要绿也是我绿他！"

"一定是周师兄做了对不起你的事情。"谢林毫无原则地偏袒道，"师叔，我帮你去揍他！"

梁音把人拦下："万一当了负心人的人是我呢？"

谢林居然真的思索了一会儿："那分了就分了吧，反正我站你这边。只是吧，你们分手的时机不太好。"但想到梁音一个人偷偷摸摸躲在训练室里练习旦角的戏，便觉得梁音被戴绿帽子的概率比较大。《玉簪记》是乔雅的成名作，她偏偏选了里头那一出《琴挑》，难道不是因为被乔雅抢了男友而不忿吗？

梁音一笑："难道分手还要看黄历不成？"

见梁音没有半分危机感的模样，谢林忍不住道："师叔，你这一分手，台柱就跑了俩。现在怎么办？戏楼没钱维修，当家花旦和小生还要跳槽，以后谁来听戏？"

五音戏楼原来的楼主是梁音的爷爷，他在一年前因病去世，撒手人寰之际，将倾注几代人心血的戏楼留给了梁音。梁老不擅经营，梁音也不擅长，戏楼至今没倒闭，全靠梁音、周即白、乔雅三个人支撑。所以周、乔二人跳槽，戏楼等于垮了一半。谢林怕戏楼的暂时关门变成永久倒闭，这几天都急得上火。

梁音一脸从容："怕什么，没人听戏，我就唱给自己听。"

"师叔，都火烧眉毛了，你怎么还有心情开玩笑。"

梁音走过去，顺手撸了一把谢林的脑袋，开玩笑道："好了，不就是维修费吗？以你师叔我的美貌，抢着找我拍广告的公司海了去，怕什么。"

梁音确实生得好看，五官漂亮得挑不出一点瑕疵。再有一点，她还未识字时就跟着梁老学昆曲，手、眼、身段都是从小练到大的，尤其是那一双眼睛，好似濯濯春水，微微一笑时，便是春色也要黯淡几分。

但美人也分很多种类型，比如乔雅那种温柔娇弱型的，再比如楚楚可怜的风格，还有知性婉约派的。梁音不说话的时候还能冒充高冷的小龙女，但她一开口，本性就暴露无遗，叫人顿生暴殄天物之憾。

"师叔！你什么时候才能正经点！"

梁音对着墙上的镜子照了一番，摸了摸自己的脸："唉，都怪你们这帮小崽子不争气。师叔都一把岁数了，还得出卖美色养活你们。"

"……那可真是委屈师叔了。"

梁音沉重道："知道师叔委屈，以后要好好孝敬我。"

"……"

梁音不想劝周即白留下，更不想去给他送别。她想，周即白应该不想再看见她，毕竟他们现在算是彻底撕破脸了。

他们认识十八年，交往六十九天。

梁音有点后悔，都说兔子不吃窝边草，她当初怎么就鬼迷心窍答应了小狼崽子的追求，要不然也不至于落得如此尴尬。她大概不适合谈恋爱，每一任交往对象都是烂桃花，本以为她跟周即白算是青梅竹马，彼此了解，谁知道下场更糟。

谢林猜对了，她又被绿了。

她谈过四场恋爱，除了名字相貌被打马赛克的初恋，其他三个前任都出轨了。周即白的出轨对象不是他的小师妹乔雅，而是酒吧一夜情。

梁音知道这个事情，还是乔雅给她发的微信和定位，两人一起去"抓的奸"。

当然，梁音没想到的是，乔雅居然还没放弃周即白。

大概被绿的次数有点多，所以梁音并不是很难过。毕竟五音戏楼的现状比谢林所看到的还要糟糕，她哪有心情伤春悲秋。她不仅要给戏楼找到一个靠谱的投资人，还得应付想跟她抢遗产的母亲，每天忙得焦头烂额。

所谓遗产，就是五音戏楼的所有权，包括脚下这片土地。

梁音跟父母感情不深，她四五岁的时候，父母就离婚了，将她留给老爷子照顾。没过多久，梁女士就嫁给了她念念不忘的白月光初恋，跟他去上海创业，还生了一个听话可爱的闺女，听说婚姻十分美满。

大概这年头生意难做，所以他们最近就想起了老爷子留下来的戏楼，一直在劝梁音关了戏楼，把地卖掉换钱。梁音自幼跟着老爷子学戏，怎么可能舍得卖掉凝聚了几代人心血的戏楼，自然不同意梁女士的馊主意。

其实，梁音应该叫老爷子外公，因为种种缘故，她姓梁，继承祖产，肩负起了五音戏楼的传承。

然而梁女士不懂昆曲，也不耐烦听戏，只想让梁音赶紧卖了戏楼，分一半的钱给她。她觉得自己作为梁老爷子唯一的女儿，有资格拿这一半的遗产。

傍晚的余晖洒在大地之上，仿佛驱散了几分春寒。

梁音也不怕倒春寒，只在衬衫裙外头披了一件藏蓝色的大衣，随手扎了个马尾，就提着一袋资料去打车。她这次要见的投资人是通过一个师兄认识的，据说他出身戏曲世家，十分推崇昆曲文化，有意投资五音戏楼。

梁音对这次的见面很重视，为了防止堵车迟到，她提早了两个小时出发。

未到下班的高峰期，堵车并不严重，梁音抵达会所时，离约定的时间还有一个多小时。

这家会所在南京很有名，并不对外营业，往来皆是名流。梁音没来过这样的地方，有些担心卡里的钱不够结账。虽然梁音一点底气也没有，但却是一脸从容，看不出半分紧张。她找服务生问了路，打算先到包厢里等着。

她边走边给谢林发微信："小林子！江湖救急，借我点钱啊！"

谢林也知道梁音要请投资人吃饭的事，看到消息，立马发了一个大红包过来：师叔，这是我全部的家当，请笑纳。

梁音点开红包，3351元，迎面扑来一股叫人心酸的气息。

不知道这样的高档会所接不接受分期付款！

梁音拖着沉重的脚步，推开了806包厢，瞧见里面的情况后，微微一愣。包厢里，灯光昏暗，空气里充斥着浓浓的酒气。里面有三个男人，一人正在唱歌，一人似乎喝大发了，抱着一个酒瓶，醉醺醺地坐在地板上。

　　梁音将目光望向最里面的那个人，他坐在半明半昧的光线里，只能隐隐看出他清隽的五官和凌人的气场。白衬衫黑西裤，气质干净又禁欲，像雪山之巅终年不化的雪，与这样喧闹的背景一点都不搭。

　　他懒洋洋地靠在沙发里，衬衫最上面的两颗扣子没有扣，露出了脖子上的一截项链，链子下面似乎挂着什么，但包厢里的光线太暗，梁音没看清。

　　他的存在，好似将包厢分隔成了两个世界。

　　梁音盯着他看了许久，莫名觉得这个男人看起来十分眼熟。

　　梁音推门而入的一瞬间，严川途就认出了她。

　　他患有严重的脸盲症，哪怕是常年相处的家人和朋友，他也记不住他们的脸。在他的眼里，无论男女老少都是一个模样，只能依靠发型、衣服等细节来辨别。

　　唯有梁音是例外。

　　只有她的脸是最特殊的，不过一眼，就深深地印在他的脑海里。

　　和八年前比，梁音并没有太大的变化，只是容貌更盛了几分。一见到她，严川途的脑中便不受控制地闪过当年的种种旧事。

　　但看她的神色，分明是不记得他了。

　　还是和当年一样没心没肺。

　　他们初次相见，是某个春日的午后，她穿着一身白色的道袍，衣袂飘飘，脸上没有表情，好似随时要羽化而去——后来他才知道，那日她要登台演出，唱的正是那一折叫他念念不忘的《思凡》。

她一登台，一亮嗓，便将底下的看客拉进了那个绮丽的故事里。

她化作动了凡心的小尼姑赵色空，对着一盏孤灯向佛祖忏悔，娓娓唱道："佛前灯，做不得洞房花烛。香积厨，做不得玳筵东阁……"

她一笑，一恼，立时就从高不可攀的仙人变做讨人喜爱的赵色空。

戏台上，她是思凡的小尼姑。

戏台下，因她动了凡心的俗人不知几何。

这些年，他听过很多昆曲，但却总记着梁音那一声："小尼，赵氏，法名色空。自幼在仙桃庵出家，终日烧香念佛；到晚来，孤枕独眠，好不凄凉人也。"

以及她冲着他微微一笑的模样。

像是在勾着他，又好似他在自作多情。

…………

烟蒂落到严川途的手背上，微微一烫，他猛地清醒过来。

故人重逢，当是喜事。

但他记得梁音，梁音并不记得他。

这个结论让严川途紧紧拧起了眉，生出几分不痛快。他灭了烟，微微低着眼睑，盯着雪白的烟灰缸，许久没有动作。

此时，梁音也意识到自己可能走错了包厢。

她没见过投资人，并不知道他长什么模样，但根据师兄的描述，是一个五十多岁的秃顶大胖子。很显然，包厢里的三个男人，没有一个人符合。

梁音往后退一步，仔仔细细地看了一遍门牌号，然后伸手将门上装饰用的水草拨开，806号顿时变成808号包厢。

她尴尬道："对不起，打扰了，我走错地方了。"

正在K歌的娃娃脸男人转过身看她，眉心一挑，露出兴味的神色："哟，又一个走错门的。"他的麦没有关，带着几分嘲讽的声音顿时放大了几倍，"这都已经是第四个'走错'门的不速之客，你们好歹编个像样点的借口。"

梁音愣了一下，才明白他的潜台词。但走错门的人是她，所以和和气气地解释道："我定的是806包厢。你们的门牌被挡住了，尾数8看起来像6。"

娃娃脸"啧"了一声："姑娘，你的梗太老了。"

他往前走了几步，待看清她的脸，神情忽然变得古怪起来。他似笑非笑地扫了一眼严川途，然后冲梁音吹了一声轻浮的口哨："长得还不赖啊，是我们老三的菜。"

他一边说，一边笑嘻嘻地伸手去摸梁音的脸。

"蒋颂——"

严川途的声音被震耳欲聋的音乐淹没。他立马起身，却因为太过着急而磕到旁边的桌子，放在边沿的杯子摇晃了几下，落到地板上应声裂开，水珠溅得到处都是。他正要上前阻拦蒋颂，此时却见梁音一把抓住蒋颂的手。

蒋颂愣了一下，回过神时，已经被梁音推到墙上。

"毛都没长齐的小崽子，还想调戏人？"

蒋颂是天生的娃娃脸，皮肤又白，三十岁的人看着却像刚出校门的大学生。也幸好他长了一张可爱的脸，梁音才没将他的咸猪手打折。他有些没明白自己的处境，怎么一眨眼的工夫，他就被人给壁咚了？

虽然蒋颂的脑子有点懵，但还是凭本能挣了几下，只是丁点用也没有。

"还有啊，小弟弟，自作多情是一种病，得治。"梁音是武生，功夫打小练到大，别说一个蒋颂，就是再来两个蒋颂也不是她的对手。她端详了蒋颂片刻，摸了一把他的脸，饶有兴趣地说："仔细看，你长得也挺符合我的审美。"

"喂喂喂住手啊！"蒋颂叫起来，"不要用你的咸猪手玷污我纯洁的肉体！还有我不是小弟弟，我已经三十岁了！"

"那你保养得可真好。"梁音拍了拍他的脸，凑近道："正好我不喜欢老牛吃嫩草。"

蒋颂一脸惊恐道："流、流氓！——老三快救我，这里有个臭流氓看上了我的美色！"他冲严川途伸出手，扑腾了几下，看起来也怪可怜的。他不过是想看老三惊慌变脸的样子，怎么糊里糊涂地反被人给调戏了？

说好的小龙女呢？这哪里是不食人间烟火的小龙女？明明就是流氓！

严川途冷着脸走过去："别闹了。"

梁音松开蒋颂，微微侧过头去看他。这样近的距离，足够让她看清他清隽英俊的五官，许是灯光昏暗的缘故，他的神色显得有些晦暗不明。她对上他的视线，心头忽地一跳——不是一见钟情的心跳，而是心惊肉跳。

大概是因为他的相貌气质太具有攻击性吧。

蒋颂躲到严川途的身后，指着梁音，一脸愤怒道："老三，她、她她她居然非礼我！"从他结巴的语气里可以知道他是多么不可置信。

"是啊，你已经不清白了，怎么办？不如就嫁给我吧。"梁音嘴欠地回了一句。

严川途紧紧拧着眉，不悦地喊了一声："梁音。"

梁音一愣："我们认识？"

蒋颂闻言，哈哈哈地狂笑不止。严川途没搭理他，只是脸色更冷了。梁音略感尴尬，可想了许久又记不起他是谁。长得这么好看的男人，她要是认识，不应该没印象啊？

"哦——我想起来了！"梁音一拍掌，忽道，"师兄好！毕业这么多年了，师兄的变化可谓翻天覆地啊，师妹眼拙，刚才竟没认出您老。"

严川途没说话，面无表情地看着梁音，直看得她心虚。

"……老同学好？"她试探道。

回应她的是蒋颂充满魔性的哈哈哈声，显然她又猜错了。

不过梁音仍旧不慌不忙地瞎扯道："我去年出了车祸，撞伤了脑袋，所以失去了部分记忆。我们以前认识？难怪刚才一见到你们就觉得眼熟——不过我出车祸的时候，你们怎么没来医院看我，太没良心了。"

梁音觉得自己很机智，这个借口十分完美，而且还倒打一耙。

严川途冷冷地看她表演，等她说完，才不疾不徐道："我是，严川途。"

梁音回到家时，夜已经深了。

她被投资人放了鸽子，在806包厢等了一晚上，直到十点多的时候才打通陈先生的电话。电话是他助理接的，据说陈先生在赴约的路上出了车祸，人虽然没事，但脑震荡引起暂时性失忆，所以不记得投资戏楼这回事了。

梁音："……"

车祸失忆这个梗略耳熟啊！难道这是命运的嘲讽？

当年她负了严川途，转身就把人给忘得一干二净，所以老天爷都看不下去，特意借陈先生的车祸来惩罚她。只是过了八年，梁音都有些想不起他们分手的原因，毕竟严川途长得那么好看，冲着那张脸，有什么不能忍？

严川途是梁音的初恋。梁音也是严川途的初恋。

初恋这个东西，不是彼此怀念，就是一地鸡毛。他们之间呢，梁音觉得应该是相忘于江湖的和平关系。所以分手之后，她十分干脆利落地删除了对方所有联系方式，格式化了脑子里的记忆，并展开了一段新的恋情。

分手八年，她甚至忘了对方的长相。倒也不是真忘了，只是这么多年没见，他又变了许多，要是她还能一眼就认出他，那得多爱他啊？只是没想到他们还有重逢的一日，她还当着严川途的面调戏了他朋友。

梁音想起自己干的蠢事，忍不住掩面长叹。初恋对象还是有点与众不同，要是可以，她希望他们重逢时，她已功成名就，风光无限。

这天晚上，梁音梦见了少年严川途。

八年前的严川途也是一副不苟言笑的样子，看着既冷漠又孤傲。可这么一个人，却像脑残粉一样追逐她，只要她有演出，他就一定来看。当时她已经在五音戏楼登台演出，每周固定两场折子戏，偶尔跟着前辈跑龙套。

他总是坐在第一排的位置，看她的目光灼热而专注。

哪怕她跑龙套，他也不曾缺席。

人人都道严川途暗恋她，她也这么认为。于是在一个风和日丽的下午，她将严川途堵在狭窄的走廊里："小尼，赵氏，法名色空。自幼在仙桃庵出家，终日烧香念佛；到晚来，孤枕独眠，好不凄凉人也。——严生可要带我私奔？"

他的神色没有变化，可耳朵却慢慢红了。

她看着有趣，忍不住凑近，低低道："严川途，我想亲你。"

…………

梁音被闹钟吵醒时，颇为遗憾，后来她到底亲了没有？谁能想到一本正经的严川途，少年时竟是那么容易害羞的人。

这一枕黄粱梦，倒是勾起了梁音"格式化"了的记忆。

他们后来自然是在一起了，只是严川途性格冷淡，从不主动联系她，除了听她唱戏。他依旧习惯坐在第一排的位置，无论她去哪里演出，他都一定跟着。从北街到南巷，从北京到南京，风雨无阻，他始终看着她。

她那时对严川途也是动了心，眼底心底都是他。

她给他织围巾，为他学做饭，给他写情书，给他唱《思凡》。她曾为他做了许多荒唐可笑的事情，就像被人下了降头。

她年少的一颗真心，炙热无比，全部送给了严川途。

明明一开始是他撩的她，后来怎么却成了她上赶着讨好他？

想到这些事，梁音心里头有些不是滋味。她一边刷牙，一边对着镜子狠狠道："弃我去者昨日之日不可留，他是严川途又怎么样，还不是被我甩了。"

梁音收拾好自己，骑着那辆掉漆的破自行车去五音戏楼。春日的清晨，略带凉意，但骑了两公里路，全身都暖和了。梁音之前住在戏楼里，但戏楼年久失修，屋顶都漏水了，实在不能住人，她只能暂时回家。

她把自行车随便一搁，搓着发冷的手掌走进戏楼。

梁音一进来就看到一群围在一起斗地主的少年，偌大的练功房就谢林一个在认认真真地拍曲。她心头冒出一阵怒火，冷声道："你们这是要造反啊？都不用练功了？老祖宗传下来的规矩都当摆设啊？"

穿着练功服的少年们听到梁音的声音，纷纷站起来，慌慌张张地喊"师叔"。

"还知道我是你们的师叔啊，我还当你们这群小崽子要集体叛出师门。这里是练功房，是做早课的地方，不是给你们要乐用的。一个个，是想翻天啊。"梁音压着火气训了几句，转身就把矛头对准谢林，"你是他们的师兄，他们不好好练功，你就任由他们偷懒？戏曲舞台不像拍电视还能重来，他们现在偷懒，以后上台出错了，你给他们兜着？"

吃了瓜落的谢林羞愧道："是我没看好他们。"

大家被训得灰头土脸，也不敢出声，只有一个叫何桃的小姑娘不高兴地说："师叔，戏楼都关门好久了，我们还练功做什么？又没人来看我们唱戏，练了也白练。"

"五音戏楼不会关门。"梁音正色道，"不出一个月，就能重新开张。"

"可是大师兄和小乔师姐都走了……"

"就算他们走了，戏楼也不会倒闭。"

梁音辈分高，脾气却很随和，但凡有空，就会陪他们对戏、练功，小姑娘心里头也是敬重她的。只是这一年来，戏楼就像风雨中的小船，有今日没明朝，让人惶惶不安。这种关头，当家花旦和小生却一起出走了。

大家伙闻言便纷纷开口："师叔，你是不是已经找到投资人了？"

"师叔，我们真的不会没戏唱吗？"

"师叔，你昨天和投资人谈得怎么样？"

"好了，都安心练功。"梁音没有多做解释，不轻不重地点道，"你们练好基本功，就算以后去了别处，也有立身之本。我们这个行当，一星半点的敷衍都容不得，也做不得假。你们现在懈怠，等往后再捡起来就难了。"

梁音并不是在恐吓他们，她的一个师兄，昆曲界有名的小生，当年因为变声期的缘故唱不出腔调，颓废了几年没练习基本功，等熬过那段时间，他的嗓子恢复了，可是身段却总不够风流潇洒。昆曲这个行当，最容不得你荒废时光。

"是，师叔！"

"师叔，我们哪儿都不去，就待在五音戏楼。"

"师叔，我们会好好练功。"

等他们散开去练功，梁音走到谢林跟前："你师父呢？"

谢林赶紧道："师父领着师兄师姐在戏台那边排戏，你要不要过去看看？"

"不了，我一会儿还要去协会那边，就回来取个东西。"本来他们是想趁关门的这段时间重排一版《牡丹亭》，但扮演杜丽娘的旦角和扮演柳梦梅的小生都跳槽了，估计这会儿师兄师姐们正苦恼着。

谢林闻言，眼睛一亮："是为了培训名额的事？"

梁音"嗯"了一声，低声道："先别告诉他们，免得白高兴一场。这次去省城培训的名额只有两个，所有剧团都盯着呢。"

谢林点点头，但还是忍不住憧憬道："师叔加油。"

"当你师叔是神仙啊。"梁音笑了笑，"行了，去盯着他们练功。"

梁音去办公室取了材料和U盘，然后骑着那辆破破烂烂的自行车去昆曲协会。五音戏楼离协会不远，路过秦淮河的时候，梁音忽然想起严川途。他们当年在这里看过花灯，走过见证无数历史的石桥，许过承诺。

那时候她觉得严川途不善言辞，一句含糊不清的话就当是甜言蜜语。

如果喜欢一个人，应当是像她那样，怎么藏都藏不住。

梁音摇摇头，不想了，这些事情不能深想，要说起来，南京每个地方都有严川途阴魂不散的影子。他是京城人，来这里念书几年，也没把南京逛完。他们在一起之后，她带他去夫子庙、栖霞山、乌衣巷。

他们游遍南京，听曲，赏花，看雪。

梁音不太喜欢回忆过去，但许是又遇到严川途，解封了脑子里的记忆。看到一个地方，总忍不住想到他们曾经来过这里。

她一边唾弃自己，一边骑着小破自行车到了昆曲协会。她把车扔树下，也没锁，这破自行车连小偷都不稀罕偷。

她到得比较晚，进去的时候，见到好几张熟面孔。

他们看到梁音过来，纷纷站起来打招呼："梁师叔好。"

"梁老师坐这里。"有人让出了位置。

他们的年龄都比梁音大很多，但在论资排辈的昆曲界，见到梁音还是得客客气气地叫一声"梁师叔""梁老师"。

有个头发微白的老先生冲梁音招手道："梁师妹怎么有兴趣过来开会？"

"听说您老来了，我就来了。"梁音走过去，搀扶着老先生坐下。跟其他人打过招呼之后，她就向老先生打听消息，"师兄，你得跟我说句实话，这次上课的老师到底是谁？以前这种培训活动，可没这么大阵仗。"

吴老先生笑呵呵道："上头很重视对年轻一代的培养，这次可是费了很大功夫才说服几个老前辈过来讲课。"他说了一个名字，"她跟你爷爷是同辈，很久没出来活动了，有幸得到他们的指点，可是受益终身。"

梁音爷爷那一辈的老先生，很多都过世了，上头能邀请到一个这个级别的先生，可见是花了心思的。梁音也认识吴老先生提到的前辈，主攻闺门旦兼正旦，是昆曲界的无冕之皇。梁音闻言都忍不住心动，难怪这次竞争如此激烈。

十点正式开会，通知完其他事情，就提到了名额分配。

按照资历、潜力、演出次数、代表的大戏四个数据进行评分，总分最多的两个人取得去省里上课的资格。看起来十分公平，但以这样的方式筛选，五音戏楼里的那帮人，没一个人有机会抢到名额。

梁音倒也没有太失望，来之前就猜到是这个结果。

她今天来参加会议，本就是冲着吴老先生来的，她刚才说的话并不是客套。

散会后，她把手里的资料交给吴老爷子，然后才走。

梁音出了协会大楼，正在取那辆破自行车，忽地被人叫住："音音。"

她一转身，就看到了前男友周即白。他被誉为实力派的偶像小生，自然长得好，不然也不会获得这样的称呼。昆曲是一种很美的戏曲艺术，他在行当里浸染了十几年，熏陶出来的气质也与普通人不一样，站姿端正，举手投足里有股雅致的味道。

"你可以叫我梁老师，或者喊我一声师叔。"梁音觉得既然已经分手了，那"音音"这个称呼实在太过亲密，被他的爱慕者听到了不好。

周即白露出一个受伤的表情："音音，你非要这样绝情吗？"

"师侄啊，你这话说得我糊涂。"梁音刻薄起来，能把死人气活，但看在小狼崽子的那张脸的分上，她收敛了许多，只实事求是地反问道，"这出轨的人是你，当了负心汉的人也是你，你怎么反倒一副被我伤透心的样子？"

周即白顿时噎住了，神色有些一言难尽。

梁音自认为是个大度的师叔，拍拍他的肩膀，安慰道："人不轻狂枉少年，谁都有犯糊涂的时候，你也别放在心上。不过啊，以后交了女朋友，还是得注意一下，不是每个姑娘都像你师叔我这么和气。"

周即白的眼神微微一沉，许久才咬牙切齿道："看到我和别的女人上床，你就一点也不生气？哦，对了，我还带着小乔跳槽。你这样大度的前女友，确实少见。"

"人往高处走，水往低处流。"梁音知道他这个人心思重，又敏感，所以就耐着性子多说了两句，"说起来也是我占了你的便宜，如果不是我，你一年前就该走了。所以虽然你给我戴了绿帽子，但我们扯平了。"

如果出轨的不是周即白，那那人的"第三条腿"已经断了。周即白是她"看着长大"的小狼崽子，他在五音戏楼最落魄的时候没有离开，在娱乐公司挖角的时候没有离开，在她失去亲人的时候没有离开。这份情，她得领。老爷子走了一年，五音戏楼还是没有起色，是她的问题，周即白该做的不该做的都做了。

只是周即白大概觉得没脸见她，竟是招呼不打一声就跳槽了。

其实她并不觉得前任男女朋友的关系尴尬，当不成情人，还能继续做同门，但周即白从小就拧巴，谁也闹不清他怎么想。就说现在吧，分明是他出轨在先，他居然敢摆出一副受害人的姿态，换个人，她能打爆他的狗头。

"好一个扯平！"周即白的脸色愈发难看，"梁音，你这个人当真没心没肺。"

梁音不乐意了："我觉得我挺好的啊。"国民前女友也就她这样了。

"好好好！"周即白一连说了三个好，眼神冷得像三月的江水，他恶狠狠地盯着面前的人，"我问你最后一个问题……"

不等他问完，梁音抢答："我原谅你了。"

"……"

"不是要问这个？"梁音一摊手，"你问吧，我知无不言。"

"音音，你到底……喜欢过我没有？"他停顿片刻，将涌到喉咙里的"爱"咽回去，换做"喜欢"二字，"我和别的女人上床你不生气，看到小乔对我示好不嫉妒，我离开五音戏楼，你也没有挽留。你心里真的有我吗？"

梁音却有些腻歪这样的做派，轨也出了，手也分了，现在再纠结这种问题一点意义也没有。她拍了一下周即白的肩膀，语重心长道："师侄啊，师叔对你的容忍也是有限的，下次别再摆出被我辜负的样子。"

　　她微微一顿，冲他笑了下："不然师叔会忍不住打爆你的狗头。"

第二幕戏

你要不要当我的心上人，陪我一道私奔？

夜色中的南京，灯火如九天河汉，摇曳阑珊，隐约可见几百年前的风情。

秦淮河附近有个颇负盛名的昆剧社，每晚都有名角登台唱戏，吸引了不少票友。此时戏台上，扮演赵色空的旦角正咿咿呀呀地唱着那出经典折子戏《思凡》，吴侬软语的唱腔慢慢将人带进了戏中。

哪怕是对昆曲毫无兴趣的蒋颂，都听得津津有味。

只是……

"说好晚上去酒吧喝酒的，怎么就变成来这里听戏了？"蒋颂用手肘捅了一下身边的严川途，小声道，"老三，我知道我们下午看到的小白脸是谁了。就那个纠缠你家小龙女、长得一脸轻浮的男人——他叫周即白。"

严川途的眼神微微一暗，却没说话。

他怎么会不认识周即白呢？

梁音的师侄兼竹马。

当年他就知道周即白暗恋梁音，他的企图和占有欲，几乎没有任何的隐藏，唯独梁音毫无察觉。他是潜伏在角落里的野兽，充满致命的危险性，但他在梁音面前却温顺无害得像一只小奶狗，将人哄得团团转。

时光轮转，当年求而不得的周即白已得偿所愿。

他与梁音却成了见面不相识的陌路人。

蒋颂凑过来，一脸八卦道："他是你家小龙女的第四任前男友，脑子好像有病。不知道他是怎么想的，跟人在酒吧厮混。都说他爱梁音爱得要死，苦追多年才抱得美人归，怎么才交往短短两个月就出轨？"

"他们分手了？"严川途忍不住问道。

"都抓奸在床了，肯定得分啊。"蒋颂顿了一下，故意道，"就是不知道梁音以后会不会心软，跟他复合。"

严川途心道：不会。

梁音喜欢你的时候，什么都肯给你，整个世界只有你；可一旦收回感情，就能立马翻脸不认人。她的脾气，说好听点是拿得起放得下，说难听点就是没心没肺。

戏台上，扮做赵色空的旦角唱道："佛前灯，做不得洞房花烛。"

严川途看着台上的赵色空，心中想的却是：这出折子戏，梁音也曾唱过。她是武生，唯一演过的旦角就是赵色空。梁音的武生许多人看过，十分叫座，但鲜少有人知道她扮旦角更加惊艳。

八年前他就知道梁音想换行当，想学闺门旦的戏。只是五音戏楼不缺闺门旦，也不缺活泼可爱的小花旦，但拿得出手的武生只有梁音一人。以梁音的脾气，但凡生了一个念头，就会去做，压根儿不会去管后果，却没想到她会为了自家的小戏楼，愣生生耽误了八年的时间，至今还是武生。

蒋颂自然不知道严川途在想梁音，还以为他听戏听得入迷了。

他是个话痨，安静了几分钟，又忍不住叨叨："老三啊，我觉得你的口味有点重，梁音哪里是小龙女，分明是老流氓。我觉得当年，她对你肯定是见色起意。不过你现在老了，可能没办法靠美色报复回来。"

是的，梁音在严川途朋友圈中的外号是"小龙女"。

几年前的某日，蒋颂拿严川途的手机打游戏，结果在他的手机相册里发现了一张白衣飘飘的美人照。蒋颂不懂昆曲，自然不知道那是《思凡》里赵色空的扮相。在他看来，穿白衣的高冷美人就是小龙女。

后来经过蒋颂的传播，所有人都知道抛弃严川途的初恋是小龙女。

严川途冷着脸道："报复什么？少看点没营养的八点档。"

"哦，那你不打算报复回来吗？"蒋颂贱兮兮道，"当初她玩弄你的身心，玩腻了，就一声不吭将你甩了，多狠心的女人啊。你应该去把场子找回来，让她知道，玩弄别人的感情是会有报应的！"

严川途正在喝茶，闻言差点被呛到："闭嘴吧你。"

"恼羞成怒了？"

"都多少年前的旧事了，谁还耐烦记着。"严川途板着脸说。

严川途在南京待了半个月，蒋颂以为他和梁音之间会发生点什么，然而直到严川途回北京，他们都没有再见过面。

八卦是媒体工作者与生俱来的天赋，本来他追着严川途天南地北地跑，是为了让他答应独家专访，没想到却见到了那位传说中的初恋。可惜啊可惜，他不能爆料出去，拿这个威胁朋友也太缺德了，只能私下乐一下。

严川途这次来南京，是为了拍摄一组与昆曲相关的照片。

回到北京后，严川途把全部的照片洗出来，却找不出一张满意的作品。因为脸盲症的关系，他从来不拍摄人物，他拍了昆曲的头面、戏服、舞台、起源，却忽略了昆曲中最重要的构成，昆曲演员。

很少有人知道，赫赫有名的国际摄影大师严川途早在两年前就进入瓶颈期，失去了创作灵感。为了寻找灵感，他去了许多国家，看了许多风景，见了许多不同的人，可都拍不出他想要的东西。

只有一个地方是特殊的。

南京，是他的起点。

这个地方发生了太多的故事，那些他不想忘记的、想要忘记的人事物，都在南京。夫子庙、栖霞山、秦淮河，每一个地方都充满了无法忘却的回忆。

严川途从书架的顶端拿下来一本相册，里面全是少年时的梁音。

有她扮演赵色空的照片，也有武生的扮相。

自初见至分手，她的每一场戏，他都看过。她在台上唱戏，他在台下用相机记录，不知不觉，已经攒了厚厚的两本相册。

他不知道别人长什么模样，只能看清她的样子。

鲜活又夺目。

她生得这样好看，光彩夺目，怎的一颗心却又冷又硬？

想到过往种种，严川途冷着脸合上相册。

他走到阳台，站在略带凉意的夜风里，抽完一支烟，然后给助理打了一个电话："订两张机票，跟我去一趟南京。"

许助理纳闷，怎么刚回来两天又去？难道这次采风不顺利，没有拍出满意的照片？不过口中却立马应下，迅速办好老板交代的事情。

前些时日，梁音去昆协开会，一是为戏楼争取去省里培训的名额，二是为了让吴老先生收谢林为徒。吴老先生的小生，在当年也是赫赫有名，只是后来年纪大了，就不怎么出来走动，也不喜欢有人上门打扰。

这回梁音没抢到培训名额，但第二个目的却达成了。

吴老先生回去看过影像资料，就将谢林叫去考核一番。也是他的时运到了，竟被老先生一眼相中，成了关门弟子。正经地磕过头，喝过茶，师徒名分就这么定了。又选了一个好日子，在酒店里办了几桌，请了一些同行过来做见证。

谢林的机遇，让戏楼里的师兄弟们十分羡慕，眼巴巴瞅着梁音，也想拜个师父。

不过他们也都知道机遇这个东西，可遇不可求，谢林能得吴老先生的青睐，靠的不仅仅是梁音的推荐，更多的是因为他的勤勉和唱功。一时间，他们都不再偷懒，练功都变得勤快起来，叫梁音省心不少。

梁音的嘴里长了许多泡，她现在也就面上看着淡定。

周即白和乔雅的离开，给五音戏楼带来的风波比她预计中的还要大，谁都知道这家摇摇欲坠的戏楼能坚持到现在，全靠有着"第一小生"名头的周即白和当家花旦乔雅。本来戏楼就因为场地问题暂停演出，现在他们俩再一走，其他人自然就更不安了。

大家对戏楼都有感情，可是生活压力大，没有演出，工资又经常发不出来，现在连台柱都走了，他们还有留下的必要吗？

一时间人心惶惶，陆陆续续又走了几个，梁音让财务给他们多结算两个月的工资。这笔钱是梁音用猫儿胡同的老房子做抵押，跟银行贷款来的，刚打到她卡上，本来就打算用来发工资。

老房子不值钱，位置也偏，这笔钱顶多够戏楼周转两个月。

梁音为了找到一个靠谱的投资人，整天在外面跑，但对昆曲感兴趣的人不多，有兴趣的呢，又不看好五音戏楼这种私人小作坊。

投资人陈先生自从因为脑震荡失忆之后，就人间蒸发了。

梁音的师兄经过打听，才知道陈先生的车祸后遗症十分严重，人已经被他侄子送回北京治疗。这位师兄是个念旧情的人，因早年受过梁老爷子的恩惠，所以对五音戏楼的事十分挂心，转了几道关系，梁音终于和这个神秘的侄子联系上。

侄子和他叔一样，十分推崇昆曲文化，答应来五音戏楼看看。

梁音得到消息后立马叫人打扫戏楼，准备接待工作。大家都知道这个投资人的决定关乎戏楼的生死，十分上心。该整理的整理，该打扫的打扫，就连后院的桂树都挂了两盏不知道从哪里翻出来的灯笼。

转眼就到了约定的日子，梁音起了一个大早，守在戏楼里等人。

她与小陈先生的助理用电话联系过，说是十点会来。梁音心里有些紧张，不知怎的，今早眼皮一直在跳，弄得她心头发慌。

9点50分，一辆黑色SUV缓缓地在五音戏楼的正门口停下。

梁音估摸着车主就是小陈先生，领着谢林出去迎财神。车门一开，从里面走下来一个不高不矮、不胖不瘦、不丑不帅的男人。他的存在感很弱，长了一张标准的路人脸，不过看起来十分和气，未语先笑。

"梁老师，久仰大名。"他迎上前，与梁音握手，"我叫许南山，您可以叫我南山，也可以叫小许或者大山。"

他一说话，梁音就听出了许助理的声音，他们之前通过电话。

"许助理好。"往车里瞧了瞧，问，"小陈先生呢？"

"小陈先生？那是谁？"

梁音懵着一张脸道："你老板啊！"

"误会误会，我老板姓严。"许助理笑眯眯地问，"您没见到严先生吗？我刚在车上时就与他联系过，他说已经到五音戏楼了。"

梁音满头雾水，她一早就守在大门口等人，哪里见过什么严先生。

许助理是个有眼色的人，一看这情况，就知道他们没遇上。他当着梁音的面，给自家老板打了一个电话，问清楚他所在的位置后，与梁音解释道："严先生是从后门进去的，那边离他住的酒店比较近。"

梁音有些惊讶："严先生以前来过五音戏楼？"

五音戏楼的后门和正门不在一条街上，位置比较隐蔽，也没有挂招牌。她听师兄提过，陈先生的侄子跟他一样都是京城人，那他怎么知道戏楼有后门？

许助理咳了一声，有点不自然道："大概吧，严先生大学是在南京读的。"

梁音"哦"了一声，一边与许助理寒暄，一边领着人往后门那边走。许助理不着痕迹地打量起戏楼的环境，破，真破。虽然近几年昆曲受到越来越多的关注，但依旧是曲高和寡的小众文化，并不适合当做投资项目。

再者，如果真想投资这个行业，那也应该选择前景比较好的几家戏楼。五音戏楼的当家花旦和小生可都已经跳槽了，能撑场面的角儿，数来数去也就一个年少成名的梁音，完全无利可图。

最重要的是，他家老板是国际知名摄影师，什么时候有闲情逸致搞投资了？他自己的工作室，都还在请人管理。

许助理看着在前头带路的梁音，暗道：色令智昏啊色令智昏。

一行人跟着梁音走到后院。

穿过影壁，梁音便看到了一个清隽高大的背影。他站在桂树下，不知道在看什么。听到他们的脚步声后，他转过身来。这日的阳光十分好，透过扁舟似的树叶洒下来，落在他的脸上，模糊了他的神色。

"梁音。"他用一种古怪的语气叫出她的名字。

梁音脸上的笑意在看清严先生的相貌后凝固住，不是因为对方长得丑，相反的，他生得十分英俊，穿着扣得严严实实的黑西装黑西裤，充满了禁欲感。与八年前相比，他看起来愈发地成熟内敛。

他五官的线条很流畅，不管是侧脸还是正脸都找不到死角。他的眼睛是她见过最好看的一双眼睛，用文艺一点的说法就是仿佛在他的眼睛里看见了一条星河。他笑的时候，褪去了眼底的寒意，显得温柔又深情，无论是谁都抵挡不住那一刻的魅力。只是他很少笑，偶尔微微一笑也是转瞬即逝，完全辜负了他得天独厚的外貌。

这个男人，无论长相还是气质，都符合梁音的审美。

然而，他偏偏是严川途。

旧人，旧物，旧景，这一刻的时光好似与八年前重叠。

也是这样一个春光明媚的天气里，她穿着戏服，对着唯一的观众练习《思凡》。大约他们是因为这出戏定情，所以每逢她练习，他都会来看，神色专注又认真，像藏着一团火。

《思凡》这出折子戏，说的是小尼姑赵色空情窦初开，厌倦了孤灯古佛的日子，想找一个陪她过日子的如意郎君，于是便悄悄逃下山去。她弃了木鱼，丢了铙钹："从今去把钟鼓楼佛殿远离却，下山去寻一个少哥哥，凭他打我，骂我，说我，笑我，一心不愿成佛，不念弥陀般若波罗！"

她见严川途听戏都板着一张脸，忍不住就想戏弄他。她凑到他的耳边，轻轻道："三哥哥，你要不要当我的心上人，陪我一道私奔？"

严川途的脸色没有变化，耳朵却红了："别闹。"

她忍不住亲了一下他的耳朵："严川途，你真可爱。"

他的身体绷得直直的，僵硬得像根木头。他似乎想推开她，但又不敢碰她，看着有些无措，只能无奈地重复道："音音别闹。"

"我没闹啊。"她把人按在树上，笑着说，"我是——在调戏你。"

"……"

"你要理解，美色当前，不是人人都有自制力的。"她一本正经地胡说，"圣人都说了，秀色可餐，不餐则浪费。"

她踮起脚，勾着他的脖子，想要亲亲他。

此时严川途忽然伸手遮住她的眼睛，低头亲了她。他以前大约没有练习吻技的对象，所以技术很糟糕，亲得她的嘴巴有点痛。她想拉开他的手，看看他此时的表情，一定很性感，可是严川途却不肯松手。

一片黑暗里，她的睫毛扫过他的掌心。

他的掌心有细细的汗，潮湿又灼热，像是要烫伤她的眼睛。

"音音。"

…………

梁音的耳边还残留着那一声沙哑又克制的"音音"，看着站在桂树下的男人，一时之间有些恍惚，他刚才是喊她梁音还是音音？

"严川途——"梁音收回心神。

"很意外？"

怎么可能不意外，被自己甩掉的前男友摇身变成决定戏楼命运的投资人，没有比这个设定更糟糕的事情了！梁音暗叫不好，脸上却重新露出恰到好处的微笑，用欢喜又热络的语气说道："意外，也不意外。"

"说来听听。"

"我记得严先生以前就对昆曲文化十分有兴趣，是个热情又善良的人，所以今天见到您，我一点都不意外。"梁音一本正经地胡诌道，"不过没想到您是陈先生的侄子，这大概就是缘分吧，不过——"话锋一变，她忽然道，"您这样大度的人，应该不会还记着当年那些鸡毛蒜皮的小事吧？"

"激将法对我没用。"严川途负手而立，"那些鸡毛蒜皮的小事，我都还记着。"

说这句话的时候，严川途完全忘记几天之前跟蒋颂说过的话。说好不耐烦记着陈年旧账的，怎么记性又变好了？

梁音：完了完了完了，这架势分明是来寻仇！

"所以我是特意来通知你——"严川途居然笑了一下，笑得梁音不知所措，魂都吓掉了一半，果不其然，后面一句就是，"我不会投资你的戏楼。"

"以前怎么没看出来，你这么幼稚。"

严川途反问："那你告诉我，我有什么理由给抛弃我的前女友投资戏楼？"

饶是梁音善辩，此时也无言以对，毕竟当初是她把人给甩了。她抬头看看天，看看桂树，想了许久，豁出脸皮不要了："你要是投资了我们戏楼，你就是我的金主爸爸，随时可以找我算账——而且我肯定不敢反抗啊。可如果你不投资，我家戏楼倒闭了，我去其他剧团唱戏，你想报仇都没机会。"

严川途大概见识过梁音的无赖，所以一点也不吃惊。

然而许助理对梁音的认识还停留在她的外貌上，听到这番话竟傻眼了：太太太不要脸了！传说中老板的初恋是高不可攀的小龙女，哪里来的虚假情报啊？可再仔细品一品这些话，又感觉有那么一点道理。

……有道理个鬼！

谢林和梁音是一个学校的，认识了足足十年，所以梁音的每一任男友，他都见过。严川途是他印象最深的一个男人，因为在他们交往的那段时间里，梁音像一个真正的小姑娘，为讨好心上人而做了许多荒唐可笑的事情。

梁音应该很爱他，可是后来他们却分手了。

当年梁音哭着告诉他，她被严川途甩了，对此，他一直深信不疑。对他们这些靠嗓子吃饭的人来说，酒是穿肠毒药，所以梁音虽然好酒，但从来不碰，唯一的例外就是和严川途分手后，大醉三日。

然而——

他被骗了，始乱终弃的人分明是他家师叔！

昨日他看到投资人是严川途十分高兴，心想当年严川途辜负了师叔，那现在就用投资戏楼来当赔偿。谁知，下一刻就听到严川途说：那你告诉我，我有什么理由给抛弃我的前女友投资戏楼？

谢林一脸悲愤地盯着正在写大字的梁音，满怀希望地问："师叔，你觉得严先生会为了报复你而投资我们戏楼吗？"

梁音沉重地叹了口气："不知道啊。"

"给负心前女友花钱，这种事，换我就不干。我觉得严先生不会给我们投钱。"

谢林觉得梁音的恋爱谈得有些伤筋动骨，比如分手八年还要回来找场子的严川途，比如刚刚跳槽去了其他剧团的周即白。他忽然不确定，到底她和周即白分手是因为他出轨，还是她当了负心人？

不过这些都已经不重要了，现在的难题是如何搞定严川途。

"师叔啊，要不你去色诱一下严先生？"谢林在一旁乱出主意，"我觉得搞不好他对你旧情难忘，他要是忘了你，不在意你，怎么可能回来找你。"

"换个对象还能色诱一下……"梁音在宣纸上写下几个字，停了笔，郁闷道，"我怀疑严川途那方面有问题。"

"师叔，你又在胡说八道。"

"不信你去试试。"

谢林无语良久："……皮一下你会开心点吗？"

"开心啊。"

梁音写完七杀碑文，心情舒坦了点。他们学昆曲的，大多还得学别的东西来充实自己的文化涵养，谢林精通史学，周即白会吹笛子，乔雅擅琴，而梁音为了磨炼耐心，跟着梁老学了一手漂亮的草书。

"对了，师叔，"谢林忽然纳闷道，"既然当初是你抛弃了严先生，那为什么你却痛苦得整日酗酒？"

梁音理所当然道："谁告诉你那叫酗酒？失恋了，不都得吃点好的。"

"……"合着你喝酒是为了享受？

过了一会儿，谢林又问："那你为什么要甩了严先生？我记得你很喜欢他，熬夜给他织过一条围巾，还说毕业了就结婚。"他想起来了，他以前还撞见过师叔调戏严川途，就在后院的桂树下，两人腻歪得很。

所以怎么毫无预兆地就分手了呢？

梁音闻言，狼毫微微一顿，在洁白的宣纸上留下一团墨。她垂着眼，不紧不慢道："那方面不中用的男人，不赶紧甩了，我还留着过年吗？"

谢林：好有道理哦。不是，有道理个鬼！

"梁——音——"

两人循声望去，就看到了脸色铁青的严川途，以及给他带路的顾师姐。

梁音暗叫一声糟糕，严川途怎么忽然来了？难道是因为投资戏楼的事？果然白天不能说人，晚上不能说鬼。她就嘴贱说了这么一句，偏偏被正主听到。怎么办怎么办怎么办，要是把人气走就完蛋了。

"严先生——"梁音热情地迎上去，"您什么时候来的啊？怎么也不通知一声，我们好做好接驾的准备。——小林子，赶紧去泡茶。"

谢林一脸担心地看着梁音，生怕严川途一气之下杀人灭口。

顾师姐觉得这气氛怪怪的，拉着谢林赶紧跑了。

"我要不来，也听不到你在背后这么造谣我。"严川途走进来，语气不善道。

"您听错了，我说的那是我前男友……周即白。"梁音特淡定地说，"他那个人，上上下下，哪方面都不行。严先生您就不一样了，虽然我们分手这么多年了，但我最怀念的还是我们在一起的那段时光。"

严川途怒极反笑："鬼话连篇。"

"夸您，您还不乐意听。"梁音搬了一把椅子过来，殷勤道，"严先生，您坐。其实我一直想跟您道歉，当年年少轻狂，不懂得珍惜，现在我已经尝到苦果了。我特别后悔，对您也特别愧疚，希望您能原谅我。"

可不是尝到苦果了吗？要是当年她委婉一点，耐心一点，让严川途甩了她，那她现在就可以理直气壮地要求他补偿她，比如给她投资戏楼。悔恨当初，年少轻狂，意气用事，人都没拿下就分了，亏了血本。

"原谅你之后，给你的破戏楼投钱？"

"您老睿智。"

严川途冷冷道："几年不见，你的脸皮倒是更厚了。"

"我们不讲私人恩怨，就从商业角度来说，其实五音戏楼非常值得投资。我们戏楼已经传承了几百年，具有极高的历史价值。你别看它有点破，但修一修，就可以用了。还有我们排的《桃花扇》《玉簪记》几个大戏，每年都有许多戏迷慕名而来。"梁音为了让严川途给戏楼投钱，推荐得格外卖力。

严川途无情地戳破道："那些戏迷是为周、乔而来，不是冲你们五音戏楼。我记得没错的话，周即白和乔雅已经跳槽了。"

"没了他们，我们戏楼还有很多优秀的昆曲演员。"

"大言不惭。"

梁音把他的讽刺当夸奖收下，这个时候谢林来送茶，见她还全须全尾地活着，悄悄松了一口气，心道：严川途当真是一个大度的男人。

谢林送完茶，就被梁音打发走了，赔礼道歉这种丢人的事可不能让小辈看到。

梁音倒了一杯茶，递给严川途，见他喝了，笑着说："呐，喝了我倒的茶，就当您原谅我了。谢谢严先生。"

严川途放下茶盏："我只是口渴了。"

"严先生，您在我心中，是一个大度的人。"

"你嘴里就没一句真话。"严川途盯着她，不知道想到了什么，语气骤冷，"你要是想让我投资你的破戏楼，就回答我一个问题。——我要听真话。"

梁音欢欢喜喜道："您问您问。"

"你跟我分手……"严川途转过脸，看着窗外的斜阳，停顿了很久，才继续道，"真的是因为怀疑我不行吗？"

梁音正在喝茶，闻言立马喷了出去。

她难以置信地盯着严川途，憋了许久，还是忍不住哈哈哈笑出来。

"梁——音——"严川途问完这个问题就后悔了。但是当初他们为什么会分手，他想了八年也没想明白。她去拉萨旅游之前，还甜甜蜜蜜地跟他说情话，给他准备了礼物，可一回来就甩了他。

梁音脑子一热，神使鬼差地蹦出一句："我要说是呢？你要怎么证明给我看。"

话刚说出口，她就后悔了。

她怎么能调戏未来的金主爸爸呢？太太太嘴贱了！

梁音正懊悔着，这个时候，却见严川途将一张名片递到她的面前，不疾不徐道："今晚来这里，我证明给你看。"

梁音接过名片，只见上面写着——卡尔顿酒店。

严川途离开戏楼之后，梁音木着脸，捏着张名片发呆。谢林以为她是因为戏楼的事情担心，正要安慰，却听到梁音咬牙切齿道："他以前防我跟防贼似的，现在居然都学会开黄腔了，到底是哪个小妖精带坏了他！"

在邮轮上撩妹的蒋颂，忽然狠狠打了一个喷嚏。

"谁在说我坏话？"

那日严川途被气走之后，梁音本以为他不会投资戏楼，但没想到过了几天，许助理就过来与她洽谈具体事宜。接受严川途的投资后，梁音失去了管理权，虽然戏楼赚钱了可以拿分红，但她无权干涉戏楼的运作。

这个条件很苛刻，一般投资人都是只拿分红，不干涉具体事务。但梁音不擅管理，也乐得把管理权交出去。严川途是商学院毕业的高材生，怎么可能管理不了一个小戏楼——只是有点困惑，她在杂志上看过严川途的专访，他现在可是赫赫有名的大摄影师，怎么忽然有兴趣亲自来管理一个小戏楼？

梁音倒没有多想，比如怀疑严川途要报复她之类，现实又不是狗血偶像剧。

难道是扶贫？

算了，不想了，谈恋爱那会儿她都搞不明白严川途，更何况现在。她唯一的要求，就是五音戏楼的招牌不能换，什么规矩都能改，但招牌得在！

有了钱，梁音立马联系以前合作过的老师傅，叫人过来维修戏楼。

眨眼就是一个月。

破旧的五音戏楼，一日日在变，慢慢露出原本的气势和美貌，它曾在战火中走过，曾见证和平的到来，曾没落过，曾辉煌过，白云苍狗，弹指百年，这座沉淀着悠久历史的戏楼终于从沉睡中苏醒——

梁音站在正殿的门口，想起许多儿时旧事。

她生于此，长于此。

她在咿咿呀呀的昆曲声中长大，未识字，便先会背曲谱。老爷子走了，除了给她留下一座戏园子，就是那一箱手写的工尺谱和戏本。她喜欢唱戏，但心里却一直遗憾，老爷子是武生，所以她跟着学了武生的戏。

梁音想换行当，这个念头由生已久。

这不是一件容易的事情，昆曲行当分得特别细，每个行当都有讲究，通才演员是有，但极少。再者，少了周即白和乔雅，戏楼的生意肯定大不如前，她要是在这个时候扔下武生的戏，师兄师姐们肯定得疯。

梁音想到这些事，忍不住有些烦躁。

"梁音——"

有人喊她，她转身看去，就见到了乔雅。她素有"小乔"之称，相貌自然不差，只是素颜时稍显寡淡。然而她却是标准的戏曲美人脸，脸型饱满，没有上戏妆的时候并不会让人觉得有多惊艳，但如果上了戏妆，贴上片子，就是一个绝代佳人。

梁音慢悠悠道："乔招娣，你的规矩都喂了狗啊，连声师叔都不会喊？"

一听这个名字，乔雅的脸就黑了。是的，小乔美人的原名叫乔招娣，这个充满了浓浓的乡土气息的名字，跟她的气质一点也不搭。乔雅最讨厌别人叫她的真名，此刻简直恨不得用泥巴糊住梁音的嘴。

"不准叫这个名字！"她四下张望，见附近没人，才松了一口气。

乔雅这个人既臭美，又死要面子，偶像包袱一吨重，生怕自己的真名被人知道，然后曝光出去，那她还有什么脸见人。

梁音见她紧张兮兮的，有点好笑，就道："看在你长得赏心悦目的分上，这次就不和你计较了，以后见到其他老师，记得嘴巴甜一点。"

乔雅无视了后半句，冷哼一声："算你有眼光。不过，就算你夸我，我也不会回来唱戏，糖衣炮弹对我没用。"她是那种没眼色的人吗，在论资排辈的昆曲界，学戏先做人，这都是老规矩，她哪里敢对前辈不恭敬。

"知道知道，只有小周牌的糖对你有用。"梁音又忍不住嘴欠了。

"你这人——"乔雅指着她的鼻子，又恼又羞，"周师兄怎么就喜欢你这样的人。你还是别说话了，一张口就没个样子，实在是糟蹋你的脸。"

"我也知道自己长得好看。"梁音抄着手，懒洋洋道，"师叔可是靠脸吃饭的人。"

乔雅无言以对，她是真的奇怪，周即白为什么那么喜欢梁音，除了一张脸，她还有哪里好了？肤浅的男人！可是自己偏偏就喜欢这个肤浅的男人。

"梁音……"

"乔招娣。"梁音慢悠悠地打断她的话。

乔雅咬牙，愤恨道："师叔！"

"这才对，嘴巴甜一点的姑娘才讨人喜欢。"梁音一本正经地说道。

"……"

乔雅气得脑袋发晕，过了老半天才想起来此行的目的。她重燃战意，冲梁音露出一个炫耀的笑容："虽然我已经离开五音戏楼了，但是师父们对我的栽培，我一直记着。我今天过来呢，是有一个好消息要和师叔您分享。"

梁音脑子一转，就猜到了："你拿到培训名额了？"

"没错。"乔雅得意道，"你应该知道这次的老师是谁，她主攻闺门旦和正旦，正好是我学戏的方向。——师叔，我真替你遗憾，你一直想换行当，要是可以跟着魏老师学点闺门旦的戏，一定有所收获。"

梁音想换行当，知道的人不多，但也并非什么秘密。

"既然被选上了，就好好学，这个机会很难得。"梁音没和她计较。这次的名额是优先考虑闱门旦。她靠武生成名，就算去申请，也不太可能拿到名额。

梁音的反应让乔雅有点失望，在她的想象里，梁音应该嫉妒、生气、羡慕。

她想叫梁音也尝尝她平时的心情，可对方怎么就无动于衷呢？

梁音不知道乔雅的内心戏这么多，她听到工头师傅在门口喊她，打算出去看看情况。见乔雅还杵在那，她就说："你要闲得无聊，就去训练室看看你师父。"说完，她往外面走，不再搭理乔雅。

可乔雅是为了炫耀来的，没看到梁音羡慕嫉妒，哪里甘心离开。

她追上去，远远盯着梁音和工头师傅交谈。

这时候日头还晒着，她怕紫外线，躲到了桂树下。也不知道过了多久，乔雅看到一个男人从外面进来，冲着梁音走过去。

这个男人长得十分英俊，气质斐然，看着就是梁音喜欢的那种风格。

乔雅心头一跳，觉得自己的机会来了。她跑上去，拦住这个男人，露出一个笑容："这位先生，你长得很眼熟啊。"

"你搭讪的台词太老了。"严川途冷淡道，"麻烦让让。"

"不是——我没搭讪。"乔雅出师不利，有点生气，物以类聚还真没错，喜欢梁音的人都不是好惹的人，除了她师兄。

乔雅用毫不掩饰的目光打量严川途，长得挺好的，就是眼光不行。

她酝酿了一下情绪，真诚道："你是师叔的男朋友吗？应该是吧，我师叔就喜欢你这个类型的男人，她每一任男朋友都长得和你差不多。我瞧着你的眼睛有点像张先生，鼻子有点像林教授，嘴巴跟莫医生一样！"

梁音啊梁音，你即将失去你的新男友！

严川途听她说完，神色却没有一点变化："你和梁音有仇？"

"怎么会？她是我师叔。"乔雅最讨厌打直球的人，懂不懂什么叫委婉？但对上严川途冷冰冰的目光，她败下阵来，半真半假道，"好吧，有一点点的仇。我师叔特别花心，见一个爱一个，又喜新厌旧。我有一个师兄，被师叔抛弃了，至今情伤未愈，特别可怜。这位先生，你和师叔谈恋爱，千万别动真心。"

"你说的师兄是周即白？被梁音抓奸在床的前男友。"

"我师兄才没有出轨！"乔雅生气道，"他是——他是——"她憋住话，气得眼睛都冒火了，反驳的话也十分苍白无力，"反正他没有做对不起梁音的事。"

"以后别说梁音的坏话。"严川途特别严肃地警告道。

"我说的是实话，不是坏话。"乔雅讪讪道，"你别以为梁音会真心喜欢你，她只是喜欢你这个类型的男人，不是你，也可以是别人。"

"你说错了。"严川途纠正道，"她不是喜欢我这个类型的男人，而是因为她对我旧情难忘，所以找的那些男朋友，身上都带着我的影子。谢谢你告诉我这些事，不然我都不知道音音这么爱我。"

乔雅目瞪口呆："……你谁啊？"

"你好，我是严川途，音音的初恋男友。"

乔雅一脸恍惚地走了，她没想到挑拨离间没成功，反倒被塞了一嘴的狗粮。她来五音戏楼的时间比较晚，所以不认识严川途，但隐隐约约知道梁音有个喜欢得不得了的初恋，周即白对这个人一直耿耿于怀。

别说乔雅意外，就连偷着看戏的梁音都惊呆了。

她从桂树后面走出来，围着严川途转了好几圈，上上下下地打量他："你还是我认识的严川途吗？没被人调包了吧？"

严川途不自然地咳了一声："你现在是我的员工，我有责任维护你的名誉。"

"她就一个小姑娘，没必要较真。"梁音微微一笑，眼睛里好似落满星辰，看起来心情很好，"不过，还是谢谢你。你刚才的样子真是又帅又苏，我都忍不住要爱上你了。"这次她说的是真心话，可是没人相信。

严川途的嘴巴动了下，似乎想说什么，但又放弃了。

"那你想怎么谢我？"他问。

梁音摸着下巴想了想："你大概不稀罕我以身相许，那就请你吃饭吧。"

严川途心想你怎么知道我不稀罕？

原来我的脸对你还有吸引力。

五月的夜晚，微风徐徐，带来初夏的气息。

八九点正是夜市热闹的时候。

街上车水马龙，人声鼎沸，空气里飘着各种食物的香气。梁音将严川途带到一家叫做"百年老店"的路边摊，要了两份鸭血粉丝汤。下午事情多，他们在戏楼忙到现在，约好的晚饭直接变成夜宵。

鸭血粉丝汤很快就端上桌，另送了一碟小菜。

严川途问："你请人吃饭，就是请一碗九块钱的鸭血粉丝汤？"

"这家的鸭血粉丝汤做得特正宗，味道老好了。"梁音看看西装革履的严川途，再看看周围的环境，略略心虚。她想了想，犹豫许久，狠狠心，冲胖乎乎的老板喊道，"老板，再来一份牛肉锅贴！"

严川途见她一脸心疼，眼中闪过一抹笑意。

梁音抬头正好对上他的视线，当他眼底的寒意褪去之后，那一瞬，仿佛天上的星光与人间的烟火都落进他的眼中。

梁音的脑子里闪过两个字：撩人。

她垂下眼睑，咬住了嘴唇。

老板的手脚很麻利，没过一会儿就把香喷喷的牛肉锅贴送了过来。梁音饿着肚子，顾不上跟严川途客套，一口粉丝一口锅贴，说好请客，但她吃得又凶又快。要不是严川途下手快，连锅贴的味道都尝不到。

严川途看她吃东西的样子，想起了以前的一些事情。

他们谈恋爱那会儿，经常去老东门吃东西，梁音嗜辣，但她的体质又特别容易上火，所以为了保护嗓子，她只能克制口腹之欲。每次他买了加辣的小食，她就眼巴巴看着，实在忍不住，才会凑过来吃一小口。梁音以为他也嗜辣，其实并不是，只是因为她馋嘴的样子很可爱，让他忍不住想逗她一逗。

八年的时光很漫长，足够让一些人一些事都褪去色彩，可当他再见到梁音，那些记忆却再次变得鲜明。大概是因为梁音没有任何的改变，还是没心没肺，只撩不善后，气得人肝疼，却又找不到办法去除。

严川途没有继续往下想，很快就收回了心神。

他吃好东西，放下筷子，看着对面的梁音。她不说话的时候，哪怕身在闹市之中，一举一动都带着不食人间烟火的仙气。

"那个……"梁音被他看得不自在，咳了一声，"你吃饱了？"

"嗯。"

梁音吞下口里的东西，又问："要再来点吗？"

"不用。"

梁音"哦"了一声，低头继续吃，过了一会儿，忽然想道：我为什么要心虚？

这么一想，她就理直气壮地迎上严川途的视线。许是夜市的灯光有些暗，又泛着黄，以至于她竟在他眼底看到些许温柔的神色。但等她定神再看去时，那里面仍然冷冰冰的，没有一点情绪波动。

她想，大概是看错了。

真奇怪，为什么世上会有人长得这么符合她的审美？八年前，她最开始就是看上严川途的脸，那时候他比同龄人稳重内敛，但身上又保留着少年独有的干净清爽，就连身材都是她喜欢的那一款，所以她等不及他来表白，主动出击了。谁叫他顶着这么一张脸，整天在她面前晃，她怎么可能忍得住。

梁音杞人忧天地想道：他现在可是我老板，我要是再忍不住怎么办？

"在想什么？"严川途出声道。

梁音恍惚地"啊"了一声，脱口而出道："想你怎么这么勾人呗。"说完，她才意识到自己说什么，露出一个懊恼的神色，赶紧找补，"不是，就……就觉得八年不见，你怎么还和当年一样好看……也不是，我其实是想说，八年不见，严先生风采依旧，还是万人迷男神，所以就特别感慨了一下。"

严川途听完，表情没有一点变化："挺好的，原来我的脸对你还有吸引力。"

这句"挺好的"在梁音的脑内循环了数十遍后，她才回过神，眨眨眼，再次感慨严川途的性格变得有点不一样了，至少以前不会怼人。

吃过夜宵，严川途送梁音回家，她现在住的地方在胡同里面，虽然有路灯，但一个人走夜路还是不安全。

梁音不得不感慨，严川途还是这么有风度。

无论是分手时，还是重逢后发生的种种，他都没有给她一点难堪。

真糟糕，他这么好，她要是再动心怎么办。

梁音摸了摸自己心脏的位置，还好还好，稳着，没有小鹿乱跳，只怪夜色作祟，让她有了这种可怕的错觉。

"其实我很意外，你会投资我的戏楼。"梁音忍不住问，"为什么？"

"你觉得是为什么？"

"我不知道。"梁音转过脸，看着他的侧脸，忍不住撩了一句，"难不成是因为你想潜规则我？"

一秒，两秒，三秒。

梁音看到严川途的耳朵尖慢慢变红，但那张冰山脸却始终没有任何表情。

她转回头，憋住笑。上次被他塞了一张名片，她还以为他已经改掉了这个毛病，没想到还是老样子，撩一下，他的耳朵就会变红。

他冷冷道："不想。"

"好吧，是我自作多情了。"梁音的声音里满满都是笑意，"那你说说呗，为什么给五音戏楼投资了那么多钱？做慈善啊？"

"不是。"严川途的脚步微微一顿，正色道，"我想以你为主角拍一组照片。当然，你可以拒绝，我不会撤资。"

几百万的投资换一组照片，任谁都觉得严川途在做赔本生意。

听起来也不是什么为难的事。

不仅不是坏事，反而更像是天上掉馅饼，有多少明星艺人想和严川途合作，却都没有这个机会。但梁音闻言却忽然变了脸色，她垂着眼睑，脸上的笑慢慢消失："你想拍我？我记得没错的话，你从来不拍人物照。"不等严川途开口，她又道，"让我猜测，你是不是遇到了瓶颈期，所以急需一个突破口？"

严川途坦然地"嗯"了一声，没有隐瞒自己的现状。

"你看起来很不愿意。"

"天这么黑，你能看出什么。"梁音咬牙切齿道，"我很愿意。我答应了，您想怎么拍都可以。就冲您保住了五音戏楼的招牌，我赴汤蹈火、以身相许都没问题，何况只是拍照。这桩买卖，是您吃亏了。"

不过就是拍几张照片而已，占便宜的人可是她。

她不生气，一点也不生气。

拿人手短，她有什么资格生气，八年前不就知道了吗，他对她所有的兴趣和关注都是因为她的这张脸。严川途患有脸盲症，他记不住别人的脸，唯独她是特殊的。这是他一直瞒着她的秘密，她知道，却一直假装不知道。

八年前，他因为她的脸接近她。

八年后，他还是因为她的这张脸接近她。

梁音慢慢呼出一口郁气，抬头看了一眼天上的明月，又侧首看向身边的男人。他是真的很好，皎月清风也不及他的万分之一，可惜……

接下来的一段路，两人都不说话，严川途本来就话少，而梁音则在生闷气。

严川途看了她一眼，转回头，过了一会儿，又看了她一眼。

梁音生气的时候会用舌尖抵着脸颊，来回几遍，这个习惯她自己可能都没有察觉。她这个人一向没心没肺，心又大，难得有生气的时候。

她在生气，为什么？

严川途第三次转头看她的时候，忽然开口："下周戏楼开张，你有什么想法？"他主动打破僵局，用这个话题来转移她的注意力。

"……呃？"提到正事，梁音暂且压下了心头乱七八糟的情绪，认真回答，"之前我们重排了一出《牡丹亭》，但小周和小乔走了之后，这个戏就停了。小生可以让小林子顶上，他火候差不多了。只是杜丽娘没有人可以演。闺门旦吃香，只要唱出点名堂，就不缺挖角的人。"

五音戏楼不是没有培养出好的闺门旦，这是旦行里最受女孩子喜欢的一种，唱昆曲的女孩子都愿意学这个。可是五音戏楼待遇差，福利也不好，除了老爷子收的那些徒弟，其他人来来去去，留下的极少。

现在五音戏楼里有两个闺门旦，但小姑娘没有唱大戏的经验，平常主要跟着他们的师父跑龙套，还在学习当中。梁音不是没想过从她们当中选一个出来演杜丽娘，但观察了半个月就放弃了，不是唱功不行，就是身段差几分。

"我想去其他剧团挖人。"梁音分析道，"那些大剧团跟我们戏楼不一样，他们的闺门旦多，竞争也激烈，不一定就能轮得她们来演杜丽娘、崔莺莺。我们现在不差钱，可以提高待遇，不可能没人心动。"

严川途问："你有没有想过自己演杜丽娘。"

他不知道梁音为什么不高兴，却知道怎么让她变得高兴，但他又不想让她看出来自己在哄她，所以表情特别冷淡。

"我？"梁音一愣，"小乔跟你说的，我想换行当？"

严川途没有回答这个问题，而是直接道："你表演经验多，唱功好，人气也不错，你来演杜丽娘，是很大的噱头。"

"但我是武生。"

"你想演杜丽娘吗？"

梁音沉默了。

想啊，怎么不想，可她从小学的就是武生的戏，她怕自己演砸了。现实不是小说，昆曲舞台也不是拍电视，上台了，就没有重来的机会。

严川途从她的脸上看出期待和犹豫，继续问："你敢试吗？"

"我……"梁音很少有这样优柔寡断的时候。武生有武生的练法，旦角有旦角的身段，换行当不是简单一句话。

武生是什么？昆曲中的武生是指会武功的男性角色，比如武松、林冲。而闺门旦，从字面就能解读出来是闺阁中的千金小姐，像《牡丹亭》中的杜丽娘，《红楼梦》里的林黛玉，都属于闺门旦这个类别。

梁音想从武生改闺门旦，等于重学一个行当，难度极大。

"你敢试吗？"他又问了一遍。

梁音沉默了很久，眼神从迟疑到肯定，忽地豪气万千道："为什么不敢？演砸了，赔本的又不是我。你敢冒险，我也敢。"

昆曲被誉为百戏之祖，它是戏曲里最美，也是最难学的。每一折戏，每一句念白，每个动作，都是既定的程式化表演，容不下丁点的错误。老师教戏也是一句句词，一个个动作，口传心授，手把手地教。从入门到出师，学上十年都不算长，所以极少有人像梁音这样练了二十年的武生后换行当的。

梁音不怕难，也没想过如果失败会有什么后果。

既然决定了要去做，就只能往前走。

对于梁音的决定，负责排戏的顾师姐并不惊讶，好像早就料到了。

顾师姐今年快六十了，早年也是颇有名气的闺门旦，她曾不止一次感叹过梁音是学闺门旦的好苗子。其实闺门旦的挑选非常严格，对身高、长相、内涵都有要求。梁音无论是外形还是嗓子，都适合唱闺门旦。

闺门旦在很多戏中相当于女主角，例如《牡丹亭》里的杜丽娘，《玉簪记》里的陈妙常，《红楼梦》里的林黛玉，位置相当重要。如果是在别的行业，还可能会发生钩心斗角的事。但在昆曲这个行业里，少有内斗，因为昆曲演员的培养极其不易，十分稀缺，全国加起来可能也就几千人。

每个昆曲演员都是百里挑一选出来，从小就开始训练，等到毕业后，能有一半的学生选择昆曲行业就已经算极好。

梁音要演杜丽娘的事在五音戏楼传开后，收到了许多支持和鼓励。

谢林："师叔加油。"

何桃："石老师最早是花旦，后来才改的小生。师叔你也可以哒。"

大明："师叔你长这么好看，不唱闺门旦可惜了。"

梁音想唱闺门旦很多年了，所以平时一有空就会跟师姐们学一些闺门旦的戏，指法、水袖这些基本功，都还算熟练。除了《思凡》，她最熟的一出戏就是《牡丹亭》，但要登台演出，肯定还得练。

戏楼重新开张的时间原定是下周，但梁音还需要训练，所以时间只能往后延。

戏楼已经关门快小半年了，不可能无限期地等下去，梁音只给自己两个月的时间。顾师姐也点头赞同，一是梁音基本掌握了《牡丹亭》的唱词和身段，二是她本身就有十几年的舞台经验，缺的那部分是闺门旦的经验。

梁音为了多一点时间训练，戏楼装修好之后，就立马搬回来住了。

让她意外的是，严川途也要搬进来。

戏楼只有后院能住人，统共就两间房，比邻而建，共用一个屋檐。以他们现在的关系——前任男女朋友，孤男寡女一起住在戏楼，未免太过尴尬。梁音并不觉得严川途对她抱有任何暧昧的想法，所以十分困惑。

"你不觉得我们住一起不太合适吗？"梁音随口问道，"如果不是知道你的性格，我都忍不住要误会你对我有想法。"

严川途拖着行李箱站在门口："如果我有想法呢？"

"那吃亏的也不是我。"梁音冲他笑了起来，张扬又肆意，撩人却不自知，看着简直就像在故意挑衅他。

严川途似乎噎了一下，他把手搭在行李杆上，皱着眉，不太高兴地说道："你对谁都这样吗？"

"哪样？"

严川途没有回答，他提着行李箱跨过高高的门槛，径自往后院走。和梁音谈恋爱那会儿，他经常来这里听戏，所以对戏楼的地形十分熟悉。梁音见严川途不搭理自己，小跑着追上去，冲他"喂"了一声。

"你真的要住进来？"她追上去，跑到他前头，负手倒着走。

"好好走路。"严川途看着她后面的路，都是平地，眉心才微微松开，"我住进来，比较方便拍摄。这次的主题是'蜕变'，我需要记录你换行当的整个过程。武生的扮相也需要拍一点，但这部分不是重点。"

类似的拍摄，周期都很长，可能几个月，也可能一年才能拍到满意的照片。严川途要记录她从武生转成闺门旦的过程，肯定是住进来观察比较方便。有时候，一张惊艳的照片，往往是不经意的抓拍，摄影师的灵感也是这样。

"还有一点需要征求你的同意。"严川途说话的时候，一直帮她看着后方的路，"你平时训练、吃饭，我都可能会拍。"

梁音慢吞吞地"哦"了一声，神色一下子就沉下来。

她拿舌尖抵着脸颊，眼底的笑意褪得一干二净。

她转过身，背对着严川途，语气不阴不阳的："拍照是吧，我说了，随便你怎么拍，我都配合。不过戏楼这边的条件差，房间是还剩下一间，但没有空调，夏天的时候比较闷，你要是不介意就住下吧。"

严川途："……"

梁音把他带到空屋子那里，看着一地狼藉，灰尘满天，心头的郁气才消了一点。她扔下一句"你自己打扫吧"，就跑得没影儿了。

严川途站在屋檐下，看着梁音的背影，面露困惑。

怎么生气了？难道不欢迎我住进来？

严川途住进戏楼，对梁音的影响很大，他就住在她隔壁，仅隔着一堵墙。

前几个晚上，她失眠了。

梁音的作息比老年人还规律，每天雷打不动十点睡觉，也从来不失眠。但想到隔壁睡着一个严川途，她满脑子就……

总之，他严重影响了她的作息和训练。

梁音吃完早饭后，坐在台阶上，支着下巴想了许久，没想到解决办法，但却想到了一个问题：为什么她这么在意严川途？是不习惯镜头吗？也不是，她登台演出的时候，底下成百上千的观众看着，她也没紧张过。

头疼。

梁音烦躁地拆开一根棒棒糖，咬着糖，手臂往后一撑，仰头向后看，就看到刚起床的严川途，头发软趴趴的，穿着黑色的卫衣和牛仔裤，正迈着大长腿往她这边走。他现在的模样看着就像回到大学时，年轻，充满活力。

她鼓着腮帮子想：真要命，这该死的荷尔蒙。

看到这副模样的严川途，梁音忍不住想起了大学时的荒唐事。

她和严川途不在一个学校，他是商学院的学生，而她读的是从中学一直念到大学的戏曲院校，晚上有门禁，管得比较严。可是有时候晚上看个电影，吃个夜宵，再手牵手一起散步一下，她哪能记住踩点回去。

她没让严川途知道这个奇葩的规定，每次超过十点回校，她就翻墙进去。

只是翻墙次数多了，总有被保安逮住的时候。

那时她也不觉得丢脸，写个检讨书，都当情书来写，坦坦荡荡地宣告所有人：严川途已经有主了，是我的人，小姑娘们都甭惦记。

严川途是商学院的男神，附近几个学校里喜欢他的小姑娘多不胜数。要梁音一个个吃醋，那是醋不过来的。

所以只要有机会打标签，她就会宣告主权，连检讨书都不放过。因为检讨书会贴在女生宿舍楼下，那些暗恋严川途的小姑娘看到了，就会知道他们有多甜，每天都腻在一起，回回约会都超过门禁时间。

可能她的这番操作太浪了，所以有人就把她的检讨书拍下来，发到了论坛里，后来就传到了严川途的耳中。

之后他们再在晚上出去，他总会卡着时间点送她回去，一直送到女生宿舍楼下。

梁音瞄到他脖子上戴着东西，为了缓解心情，没话找话道："你今天怎么戴项链了？"

严川途把项链从衣服底下拉出来，晃了一下，又马上放回去："一直都戴着，只是你没注意过。"

梁音没看清，咬着棒棒糖含糊道："小气。"

严川途拿着水壶去浇花，梁音坐在一边干看着，也不过去搭把手。院子里的花，什么品种都有，姹紫嫣红一片，十分养眼，都是梁老爷子生前种的。以前是梁音浇水，严川途搬进来后，就变成他的日常。

"走了，我去训练。"她站起来，拍拍手，往训练室的方向走。

后院和前头的训练室离很近，穿过一条长廊和拱门，走两分钟就到了。

梁音通常早上五点起来背曲子，等顾师姐来了，再跟着她学戏。

昆曲是载歌载舞的表演形式，如果曲子不会唱，那身段就怎么也学不好，因为身段跟唱曲是严丝合缝的。梁音不至于背不出曲子，但她以前以武戏为主，就算学过《牡丹亭》也不敢托大，仍旧每天早起勤勤恳恳地练习。

换行当后，她找回了刚学戏时的激情和冲劲。

虽然每天都很累，但身体里的血液却在沸腾，既满足又愉悦。

训练室。

顾师姐是个负责任的老师，几乎是手把手地从头开始教，每一句的白口、行腔，从唱、念到身段，把她自己对杜丽娘这个角色的领悟全部教给梁音。

"音音，你先停一下。"顾师姐喊道。

梁音收回水袖，疑惑地看向顾师姐："怎么了？"

"你身上开门行当的痕迹太重，这个得注意了。"顾师姐的声音很好听，又轻又柔，听着就特别舒服，"还有收袖的时候注意一下……"

顾师姐重复了两遍不一样的收袖。"看清楚差别了吗？一定要等到水袖飘到九十度的时候，再用手肘的力量去收，然后手形跟着变，这个指法你得再练练。杜丽娘是含蓄而温婉的大家闺秀，并不是跳脱的性格，你不能用武生的身段去演她。"

梁音点点头，表示明白。

顾师姐讲解的时候，梁音有点走神，忍不住偷瞄了一眼站在门外的严川途。他还穿着早上那套衣服，袖子挽到手肘，正在摆弄相机的手指修长白皙，漂亮得像在发光。他过来后一直没有说话，但他的存在感太强。

"我再示范一遍，你注意看。"顾师姐轻咳了一声提醒。

"……哦。"梁音尴尬地应道，"好的。"

顾师姐放慢动作，重复讲解了一遍水袖的要点。

梁音跟着走了一遍动作，停下，自己先琢磨，完了之后对着镜子又重复一遍。

训练室有点闷热，五音戏楼所有的训练室都没有装空调，因为登台表演的时候，戏服一层一层的很厚，加上舞台的灯光，热是肯定的。所以平时训练得忍着热，这样登台表演的时候就慢慢习惯了。

梁音抹了一把额头的汗："师姐，现在怎么样？"

她从早上八点练到现在，已经快四个小时没休息过。顾师姐见她一头一脸都是汗，气息都开始不稳了，就说："今天先练到这里，我们休息一个下午。音音，你最主要的问题是眼神，你下午对着镜子找找感觉。"

"眼神？"

梁音看向镜子，训练室的镜子是铺满整面墙的大镜子，照得格外清晰。她走近一点，有点疑惑地看着镜子里的眼睛。

"杜丽娘是大家闺秀，她的眼神要含而不露，你的千言万语、你的情意，都要写在你的眼睛里。"顾师姐把所有的要点都拆开来，慢慢讲给她听，"《牡丹亭》讲的是被礼教束缚的闺阁小姐慕色而亡，死后找到情郎与之相恋，最后复活，有情人终成眷属的故事。所以杜丽娘她有温婉的一面，也有大胆奔放的一面。"

梁音学过闺门旦的身段、唱腔，却没琢磨过眼神。

"要含而不露，要千言万语？要温婉，还要奔放？"这怎么呈现？

"你的眼神太直白了，太露了，得收一下。"顾师姐摇着折扇，慢慢扇着风，"这里面的度得你自己去琢磨。"

梁音备受打击："师姐，这太难了。"

"难也得练。"顾师姐笑着摇摇头，折扇一收，虚虚点了她一下，"手和眼是唯一不能被妆覆盖的地方，所以你的眼睛必须得有戏。"

顾师姐走了之后，梁音坐到地上，盘着腿对着镜子找感觉。

找了半天，除了别扭还是别扭。

大家闺秀是什么眼神？

她打开手机去看以前保存的视频，有魏明华老师的，也有柏松老前辈的，她细细观摩她们的眼神，然后再对着镜子琢磨。

严川途按下快门，将她专心致志的模样定格。

没人知道严川途喜欢上摄影的契机是因为梁音，为了记录她在舞台上的每一种模样，他才去学的摄影。别人在他眼中都是一个模样，唯有梁音不同，她就像黎明的第一缕天光，打破他眼中的重重黑暗。

然而他的作品拿奖之时，他和梁音却早已形同陌路。

南京，是他的起始点。梁音，是他最初的灵感。

回南京是为了寻找灵感，还是为了寻找梁音，也只有他心底最清楚。

严川途拍了几张照片，悄悄走了。

许助理在微信上炮轰了严川途一个早上，威胁说，再不给他回电话，他就直接杀到南京。严川途隔着微信，感受到了自家助理浓浓的怨气，终于想起来给他回电。

这个时间，大家都出去吃午饭了，戏楼里很安静。

严川途站在屋檐下打电话："什么事？"

"什么事？老板您是不是忘了八月的摄影展？"许助理提醒道，"现在已经五月了，可是您还没选定最终参展的作品。还有场地呢，您不回来确认一下吗？哦，对了，一些商务合作都等着您回来处理。"

严川途道："商务合作都推了。"

"老板，您已经休假两年了。"许助理苦口婆心地劝道，"您知道外面都怎么传的吗？都说您江郎才尽了，所以才不接商务，也没有其他作品流出。还说您的摄影展就是您的谢幕礼。您能忍吗？能忍吗？"

"还好吧。"严川途并不把这些流言放在心上。他想拍什么，想做什么，是不是江郎才尽，没有必要向一群不相干的人解释。

"一点也不好！"许助理觉得自己的命特别苦，再这么继续下去，他的发际线就保不住了，"老板，您必须回北京一趟，这边都乱成什么样了，您得回来主持大局。不管是商务合作，还是场地、名单，这些都需要您确认。"

最后在许助理的哀号下，严川途终于答应抽空回北京一趟。

然而，一天过去了，两天过去了……一个星期过去了。

苦守在北京的许助理盼星星盼月亮，也没把自家老板盼回来。因为梁音这头出了一点问题，她找不到杜丽娘的感觉，迟迟无法入戏。严川途最近一直拍她，是最早发现她状态不对的人，她被困住了，情绪逐渐变得焦虑。

顾师姐给梁音放了两天假，叫她出去走走，放松一下心情。

梁音哪里有心情出去玩，她抱着个镜子练习眼神，练得眼睛都快抽筋了，依旧没找到对的感觉。离登台演出的时间越来越近，梁音心里也急，怕拖大家后腿，怕领悟不了杜丽娘这个角色的精髓。

梁音最近过得不太顺，训练进度缓慢，不省心的梁女士又闹腾着和她抢遗产，前任男友周即白天天送花，怒刷存在感。她烦得不行，恨不得把这些干扰她训练的人都统统拉黑。

梁音抱着镜子，仰面倒在训练室的地板上，从泫然欲泣到娇羞含笑，做了一堆表情后放弃了。她的眼睛往旁边瞄，捕捉到那无处不在的镜头，更想叹气了。

太难了，什么才叫恰如其分？怎么看别人演杜丽娘都那么美，换她就不行了？难道她没有唱闺门旦的天赋？

"起来，跟我走。"严川途走进来，低头看着像咸鱼一样摊着四肢的梁音。

她掀起眼皮看他，有气无力地问："去哪啊？"

"找灵感。"见她懒洋洋的一动不动，严川途又补充了一句，"你的灵感，和我的。"

梁音还是提不起精神，慢吞吞地"哦"了一声，语气里带着微妙的不痛快："对哦，我状态这么差，影响您拍照了。"

严川途没有意识到她情绪不对，肯定地"嗯"了一声。

梁音深吸一口气，没吱声，忍住把镜子砸到他脸上的冲动。她爬起来，把身上的练功服脱下来，放到旁边的更衣室。

梁音走回训练室，一边拆棒棒糖一边说："不是要找灵感吗，走吧。"

"先去化妆。"

梁音点点头，也没问化妆做什么，耷拉着脑袋，咬着棒棒糖跟在他后面，嘴里嘀嘀咕咕地念着"他是金主爸爸，我忍"。

进了化妆间，她特安静特乖巧地任由化妆师给她上戏妆。

为了方便上戏妆，梁音"咔嚓"几声咬碎棒棒糖，然后随手把塑料棍扔进垃圾桶。她的腮帮子一鼓一鼓的，过了好一会儿才把糖咽下去。她吃糖的时候，扫了一眼桌上的头面、假发等东西，都是闺门旦上装需要的。

她也没问严川途究竟想干什么，全程无比配合。

两个小时后，梁音看着镜中陌生的"杜丽娘"，微微恍惚了一下，原来她扮杜丽娘是这副模样啊。她冲镜子笑了一下，镜子里的"杜丽娘"眉眼一弯，也笑得眯起了眼，瞬间就冲淡了那股子陌生的感觉。

梁音一拂袖，看向一旁的严川途："如何？"

严川途："空有其形。"

梁音没有上戏装之前，气质偏冷，带着一点儿仙气，但贴上片子后，有赖于妆容，她在外形上已经很贴近杜丽娘，衣袂翩翩，婉约清丽，让人见之不忘。但眼神还是属于梁音的眼神，而不是杜丽娘。

她点点头，故意找茬儿："那您帮我找找杜丽娘的魂呗。"

严川途却认真地"嗯"了一声，没有一点敷衍。

这下换梁音纳闷了，他有招？她揣着一肚子的困惑，跟在严川途的后面走到戏楼的停车场，上了他那辆黑色SUV。

下午两点，酒吧街异常安静，不复夜晚的喧嚣热闹。

某家名叫"夜色"的酒吧，一般在傍晚四点之后才开门，白天基本没人。今天却是例外，不仅来了两个明显是来找茬儿的客人，就连昼伏夜出的老板都现身了，惊得酒保差点打翻了正在洗的马克杯。

来找茬儿的人是周即白，另一个是乔雅，她怕出事，所以跟着一起过来。

老板到的时候，周即白已经喝得有些上头了，他阴沉着一张脸坐在吧台边上，浑身上下似乎都写着"别惹我"三个字。他灌了一杯又一杯的酒，乔雅劝也劝不住，想给能管得住他的人打电话，又不太情愿。

乔雅正纠结着，忽然就见周即白飞快地蹿出去。

"张二狗，你个王八羔子！"

老板一出现，周即白就控制不住满腔的怒火，冲上去跟他扭打成一团。这两人以前是情敌见面分外眼红，而现在是仇人见面分外眼红，都压着火，早想揍对方了。新仇旧恨加在一起，简直恨不得弄死对方。

"别打了——"

乔雅失声尖叫，她跑过去，看见周即白的脸上挨了一拳，急得眼都红了。但此时两人都已经打得失去理智，怎么可能听劝。

周即白打架是野路子，完全没有章法，全凭直觉，跟人打架打多了，自然就知道哪里是要害，打在哪里比较痛。而张匪风是正儿八经学过，一招一式都是花大价钱练出来的，但此时也说不上谁更厉害点。

你一拳我一拳，都是打得又狠又重。

酒吧里的摆件、椅子，都被他们撞飞了一地，砰砰作响。乔雅喊酒保去拉架，但他刚靠近就被他们俩齐声吼了一声"滚"。酒保没办法，拉着乔雅躲到吧台里："你别过去，伤到你一个小姑娘就不好了。"

乔雅又急又气，喊道："周即白你是不是疯了，你明天还要演出！"

"别打了你们！"

"师兄，你冷静一点！"

乔雅喊得嗓子都哑了，也没人搭理她，酒保觉得小姑娘要哭不哭的样子很是可怜，就安慰道："别担心，让他们打吧，打完了，叫救护车完事。"

乔雅快气死了，这都什么人啊。

怎么办怎么办怎么办，再打下去肯定要出事。对了，周即白最听梁音的话，而且他们今天打架不就是为了梁音吗。

乔雅颤抖着手，从包里掏出手机。

梁音不知道在忙什么，过了很久才接她的电话："梁音——"

"乔招娣，你又皮痒了？"

电话那端的声音听起来不是很愉快，大概她现在心情不好。

乔雅顾不上计较"乔招娣"这个名字，慌里慌张道："好吧，对不起对不起。师叔，你赶紧来酒吧街的夜色一趟，出事了！出大事了！"

"什么事？说清楚。"

"周师兄和张匪风打起来了。"乔雅怕心大的梁音想不起这号人，贴心地提醒道，"张匪风，你前前前任男朋友，脚踩两只船那个人渣，记得吗？他在打周师兄，你快点过来，再打下去，师兄就没命了。"

梁音似乎在回忆，过了一会儿才说道："哦，他啊。"

"师叔，你赶紧过来吧。"

"我现在过去，至少要一个小时，打也该打完了。"梁音一点也不担心，还给了一个建议，"你可以帮他们打120，或者直接报警。"

"梁音，你别太过分了，要不是为了你，周师兄怎么会和那个土匪打起来。"乔雅对着手机吼道，气得直喘气。

梁音无辜道："又关我的事？"

"不关你的事，关谁的事？要不是因为你，那个土匪怎么会……"乔雅的话只说了一半就停下，她有私心，不想让梁音知道周即白出轨是被人算计的，她知道真相，却在一旁煽风点火。她也觉得这样的自己又贱又恶心，可是梁音如果对周即白有半分的爱意，她也不会故意隐瞒这些事。

梁音不爱他，哪怕她对他再包容，也不是因为爱。

有愧，有已经习惯的护短，却都不是爱。

乔雅比任何人都清楚，梁音接受周即白的表白，不是因为爱，更多的是无可奈何的退让。所以梁音对他的出轨一点也不在意，说放手就放手，没有半分留恋。

她不想周即白再陷下去，梁音不可能与他相携白头。

可是自从他们离开五音戏楼，周即白一日比一日消沉，脸上的笑容也消失了。除了平时的训练，连话都懒得多说一句。但以前的周即白不是这样的，那时候他总黏在梁音身边，眼睛里满满都是笑，又甜又温顺。

自己是怎么爱上周即白的呢？

是因为他的笑吧。

但他的笑，他的体贴，他的幼稚，所有的好都是给梁音的，他对着别人根本就是另一张脸，既毒舌又傲慢，对谁都爱答不理。

酒瓶落地的声音拉回了乔雅的心神，她冲电话吼道："总之就是你的错！"

"行行行，我的错，你小心点嗓子。"梁音无奈道，"你把免提打开，音量开到最大。"

乔雅见她终于肯管了，当下大喜，立马照做。

"别打了。"

乔雅心道，好歹大点声啊，我刚喊破嗓子都没人听到。

然而，周即白一听到梁音的声音就真的停手了，他先停手，张匪风的脚没收住力，将人踹到墙上，砰的一声砸下来。乔雅惊慌地喊了一声"师兄"，举着手机马上冲了过去，眼泪汪汪地问他哪里受伤了，疼不疼，但他没理她。

"音音！"周即白把手机抢过来，挣扎着坐起来，结果扯到伤口，疼得直龇牙。

"出息了，居然跟人打架？"

周即白看了一眼乔雅，知道是她告状，没说什么。他很久没听到梁音的声音了，想见她，想和她说话，可是又不敢联系她。梁音最恨出轨渣男，或许别的事情可以挽救，但出轨，在她这里就是不能原谅的死刑。

"师叔，我好疼。"周即白可怜兮兮道。

张匪风坐在地上，听到他黏糊糊的声音，冲他翻了一个鄙视的白眼。周即白才懒得搭理他，抱着手机撒娇："师叔，你来看看我吧。"

"没空。"梁音问，"张匪风呢，还在你旁边吗？"

"问他干吗？"周即白的语气满满都是嫌弃，但还是老老实实地回答，"他在。"

"张二狗，有怨有仇你就冲着我来，动他做什么？"梁音沉声道，"咱俩的那点破事都过了多少年，值得你这么惦念吗？"

"我×！"张匪风怒骂一句，"梁音，你那护短的破毛病什么时候能改改，你怎么不问问你那好师侄做了什么，一上来就给我定罪。"

周即白警告地瞪了他一眼，慌忙把免提关了："师叔，我去医院了。"不等梁音说话，又说道，"等我脸上的伤好了，我去找你，你别不见我，我已经知道错了。下次见，我们好好谈一谈，行吗？"

梁音大概是答应了，所以周即白才一脸满足地挂了电话。

他把手机扔给乔雅，随手扯过一张椅子，坐上去，低头看着张匪风，眼神里透着阴恻恻的郁气："张匪风，把我害成这样，你是不是很解气？"

"挺解气的。"

张匪风坐在地上，从裤兜里摸出一包烟，抽了一根叼在嘴里，用打火机点开，深深吸了一口，结果扯到嘴边的伤，不由得皱了下眉，骂了一声："我也没想到这么巧，会在夜色看到你，那晚你喝得不省人事，一直在喊梁音的名字。我本来想叫她来接你，但想想我们还有一笔旧账没算，就礼尚往来，送了你一场艳遇。小子，我比你厚道多了，你当初给我整的那出仙人跳，可没我讲究。"

当初要不是周即白耍阴招，梁音就不会误会他劈腿，继而将他打个半死。

别看他现在体格健壮，打架也凑合，但七年前他只是一个手无缚鸡之力的美少年。就因为那次差点被打成残废，他才去学的拳击。本来过了这么多年，那点破事他早忘了，但一看到周即白，又全想起来了。

这口气憋了挺多年，有机会自然要整回来。

"我给你选的出轨对象都是照着梁音的模样挑的，就怕你……"他慢悠悠地吐出一个烟圈，挑衅道，"……没反应，浪费了我一番心意。"

那晚周即白喝得断片，而乔雅是在收到张匪风发的短信后才带着梁音过来抓奸的，所以只有张匪风最清楚那晚到底发生过什么。

周即白今天过来是找他算账，也是想找他问清楚："既然已经解气了，我们之间就当扯平了。告诉我，那天晚上，我究竟有没有做对不起音音的事？"

> 她的爱是荒唐的，是浪漫的，
> 是情难自控的一场无边风月。

乔雅给梁音打电话的时候，她还在严川途的车上。

她的手机是个山寨机，平时卡得要命，但音量却特别大，加上车里很安静，所以乔雅的大嗓门和免提外放没差别。

梁音想，公开处刑也就是这样了。

身边一个前男友，电话那头两个前男友，怎么那么不对味？

挂断电话后，车里又恢复了安静。梁音垂着眼睑，拿手指去扣手机壳上的图案，她一紧张就这样，会下意识地用一些小动作来掩饰情绪，但这会儿她压根儿没意识到自己在紧张，干巴巴地问："那个……到了吗？"

严川途没回答。

梁音转过头，直勾勾地望着他的侧脸，为什么有人可以连喉结都长得这么性感？她脑子里闪过一些乱七八糟且莫名其妙的想法，为了缓解气氛，她没话找话道："我怎么感觉你心情不好啊？"

严川途冷冷地反问："不高兴的人，难道不是你吗？"

"我有吗？"梁音撇撇嘴，"好吧，刚才是有那么一点，很明显吗？不过我现在已经不生气了，跟个木头有什么好计较的。"她最后一句的声音很轻。

本来她是气的，但接了乔雅的电话，不知道为什么有点心虚，就忘记气了。

他们已经到目的地了，严川途跟着指示牌把车开到停车位，他没有马上打开车门，而是先回答了梁音的问题："很明显，你不喜欢拍照，每一次，都不高兴。梁音，你可以拒绝，不用这样勉强。"

严川途的语气冷淡，带着几分疏远，梁音听得很不舒服。

"我已经很配合了。"她以为自己掩饰得很好。

"你的不喜欢，厌恶，都传到了镜头里。"严川途的目光落在窗外，没有看她，"你是讨厌拍照，还是讨厌给你拍照的我？"

"我……"梁音皱着眉，有点语塞，"都不是。"

车内的气氛变得有点奇怪，梁音觉得不舒服，又不知道是哪里出了问题。她想了想，努力地解释："我不讨厌拍照，更不可能讨厌你。我只是不习惯，对，不习惯整天面对镜头。"她没说实话，打人不打脸，骂人不揭短，她没那么缺德，"是我的问题，没调整好心态，但我发誓，绝不会再这样了。"

她冲他举起手，竖着三根手指发誓，脸上带着几分讨好的笑意。

这件事，确实是她的错。

都过了八年，她应该释怀，再迁怒就有点过了。

梁音自认为是个大度的人，想明白之后，就决定以后好好配合严川途，绝对不给大摄影师拖后腿，毕竟拿了几百万的投资，吃人嘴短拿人手短，她得讲江湖道义。

"撒谎。"严川途面无表情地拆穿了她，却没有追问下去。

他打开车门，下车后，站在一旁等梁音，她头上的东西加起来大概有十几斤重，戏服也比较长，行动很不方便。

严川途下意识地伸手去扶，但刚伸出去就立马收回来。

他不自然地移开视线，但下一秒又转了回来，只是面色愈发冷了。

严川途的动作并不明显，梁音也没发现，她一手提着裙摆，一手虚放在头顶，怕下车的时候碰到头上的发饰。

出现在梁音视线里的是一座古朴的园子。

梅园。

匾额上的字龙飞凤舞，气势磅礴，也不知是哪位名家的手笔。

梁音是土生土长的南京人，自然知道这座梅园。据说是某个名门望族的当家人给自己的妻子建的园林，是聘礼，也是定情信物。因为他妻子的名字中带了一个"梅"字，又喜爱梅花，所以他在园中栽了各种品种的梅树，每到冬日就能看到美不胜收的景致。

可惜梅园是私产，从不开门待客。以前爷爷在世时，跟她唠过梅园定情的故事，所以她印象很深。她小时候每次经过这里，都会站在墙外看一看，心中满满都是好奇，对住在里面的人好奇，对那片梅林好奇。

严川途站在门口打了一个电话，过了一会儿，梅园的大门从里打开了。

来开门的是个上了年纪的老先生，头发几乎都白了，穿布衣，着布鞋，气质儒雅，脊背笔挺，手里握着把折扇。梁音注意到老先生走路的姿势，目光微微一闪。学昆曲的人，气质和身段都不一样，再看老先生拿折扇的手势，八成是圈中的前辈。

梁音心中好奇，却没有说话，她走到严川途身边，用眼神询问他。

"柏老先生，别来无恙。"严川途微微颔首，冲他问好。

梁音马上也跟着说一句："老先生好。"

老先生见到梁音的扮相，对她温和地笑了笑，但没有出声评价。

他和严川途寒暄的时候，梁音不由得有点跑神，柏不是一个常见的姓氏，圈内比较有名的一位前辈恰恰就是姓柏。男旦柏松，她最喜欢的闺门旦，但柏松前辈在四十岁的时候就退圈了，那一年，梁音才六岁。

梁音爱上闺门旦的契机，就是因为柏松唱的《游园惊梦》。

她心中最美的闺门旦就是柏松前辈。

柏老先生就是柏松前辈？梁音认不出来，她收藏了很多柏松前辈的演出录像带，但卸装后的照片却一张也没有，加上已经过了二十多年，她也不确定眼前的老先生是不是柏松。如果不是，叫错人就尴尬了。

梁音按捺下满腔的激动，跟严川途一起走进梅园。

柏老先生关上大门，并不与他们一道，随意地打开折扇，慢悠悠地负手走开。

老先生一走，梁音就忍不住问："这位老先生是？"

"梅园的主人。"

梁音用袖子挡日光，听到他的回答，不由得笑着"喂"了一声："你什么时候变得这么无聊啊，明知道我不是问这个。"

严川途慢慢道："我又不是你肚子里的蛔虫。"

"我发现你现在变得爱怼人，也不是，是爱怼我了。"梁音有点怀念以前的严川途，不擅言辞，又容易害羞，连接吻都不会，她想怎么调戏就怎么调戏。停停停，不能再想了，再想下去就……

梁音没有继续问，他的反应已经是最好的答案。

严川途带着梁音走进梅园，他似乎对这里很熟，并不用人带路。梁音走在他后面，四下打量，梅园很漂亮，像一位经历了沧桑的绝色佳人，背负着沉沉的风霜岁月，又藏着不为人知的心事，处处透着神秘与古拙。

梁音提着裙子拾级而上，穿过精致的垂花门，就是与之相连的抄手回廊。靠外侧的湖中种满了莲花，仔细看，还能隐约在水中找到几尾锦鲤。约莫这么走了两三分钟，便到了百花绽放的后花园。

梁音最先看到的一整面漂亮的花墙，蔷薇花从墙脚往上爬，开满整面墙。除了大片叫人惊艳的蔷薇花，园子里还有鸢尾、春夏鹃、芍药、海棠，从普通到名贵，姿态各异，姹紫嫣红，令人目不暇接。

不远处是假山和亭台水榭，亭中的石桌上放着古琴和笛子。

《牡丹亭》中最有名的一折就是《游园》，讲的是被封建礼教困在深闺的杜丽娘，终于大胆了一次，在丫鬟的陪同下来到后花园，望着满园春色发出感慨，这才有了"不到园林，怎知春色如许"的经典唱词。

梁音心想，杜丽娘游的那个园子，大概也就是这样了。

"柏松前辈当初就是在这里演的园林版《牡丹亭》。"严川途一边调相机的焦距参数，一边跟梁音说话，"你下午在这里练习，找找状态。"他抬了一下手里的相机，望着梁音问，"今天可以拍你吗？"

梁音点点头，说："可以，没问题。"

严川途垂着眼，调整好相机的参数，对着墙角的月季试拍了几张。

梁音的目光不由得落在他修长的手指上，看得渐渐入神。

他的每一个部位都长在她的审美上，睫毛，眼睛，手指，就连声音都是她喜欢的，低沉又干净，特别适合录来做催眠曲。

八年前和八年后的现在，她的审美一点都没变。

这可真是一个令人绝望的事实。

现在已经五月，天也渐渐热了，梁音穿着厚厚的戏服，头上的东西又重，额头出了一点汗，她不敢用手擦，怕妆花了。她把折扇打开，扇了几下。折扇是闺门旦必备的道具，她今天穿成这样，自然不会落下折扇。

"梅园从不对外租借，你其实不必大费周章地帮我借地方找灵感。"可能日头太晒，导致梁音的脑子有点不清醒，居然又开始嘴欠，"长成你这样，本来就容易让人走神，你再对我好一点，我就该心动了。"

严川途还在摆弄他的相机，闻言略略抬起眼，复又落在相机上，语气冷淡道："你的状态太差，我拍不出满意的照片。"

"……"

"抓紧时间吧。"

梁音觉得自己的感动都喂了狗："对不起，影响到您了，我现在马上开工。"

怎么就忘记了，这个男人是个工作狂，她不该自作多情，浮想联翩。梁音瞟了一眼冷冰冰的镜头，发热的脑子终于冷静了。

梁音轻轻拂袖，先唱了一段已经熟悉的《游园》来进入状态，手中的折扇与水袖跟着她的唱词变换。《牡丹亭》对梁音来说最难的一点就是大量的内心戏，杜丽娘的情感太过细腻，身段动作又繁复，每个腔，每个字，都有它对应的身段，十分考验闺门旦的基本功。梁音的唱词记得很牢，但身段却还需要再磨炼。

"袅晴丝吹来闲庭院，摇漾春如线。"

"停半晌，整花钿。没揣菱花，偷人半面，迤逗的彩云偏……"

这一刻，镜头下的梁音，就是话本中端庄秀丽的杜丽娘。

她低垂的眉眼，飞扬的水袖，眼波流转里的轻愁，都定格在严川途的镜头中。

梁音扮演的杜丽娘，在外形上无可挑剔，她褪去了平日里的漫不经心，隐去了眼中撩人而不自知的笑意，多了几分温婉和矜持。

在这个微醺的午后，她是最浓烈的一抹色彩。

严川途看着镜头下的梁音，目光直白而灼热，神色不再冷淡。无穷无尽的灵感在他的脑子里闪过，最终变成定格的画面。

时隔八年，严川途再次见到梁音旦角的扮相，又怎会心无波澜？

他最初的灵感，就是诞生于《思凡》。

他的外公外婆都是昆曲演员，他也常去听戏，但第一次感受到昆曲的美，却是梁音唱的那一折《思凡》，此后就跟着魔了一般，舍不下，忘不掉，不敢想，不敢碰，再也没办法直视《思凡》。

不知何时起，这出折子戏就变成他不能碰的禁区。

梁音缓缓地代入杜丽娘逛后花园的心情，《牡丹亭》的创作时间是推崇"存天理灭人欲"的明朝，是闺阁小姐被封建礼教束缚得最严重的一个时期，所以杜丽娘甚至从来没逛过自己家的后花园。

她在丫鬟的鼓动下去游园，看着满园春色，却被勾起了心底的忧思，想着自己和这园中的春光一样无人欣赏，不由得发出感慨："原来姹紫嫣红开遍，似这般都付与断井颓垣。良辰美景奈何天，赏心乐事谁家院！朝飞暮卷，云霞翠轩；雨丝风片，烟波画船——锦屏人忒看的这韶光贱！"

梁音唱到"断井颓垣"时，心中忽生一股悲伤。

这一瞬间，她与杜丽娘共情，一种情绪猛地触摸到了她内心的世界。

她看着满园春色，悲从中来，却又必须保持大家闺秀的端庄。她动了春心，但在这深深庭院之中，却连一个欣赏她的人也没有。

梁音全身心投入，唱得尽兴，没有注意到何时多了一道笛音给她伴奏。

她唱完《游园》，水袖一收，脚步站定，目光缓缓对上不远处的严川途，他放下嘴边的笛子，握在手里，眼中流淌而过的波光仿佛带着几分温柔，但待她细细再看，仍旧是一双清清冷冷的眸子。

梁音的目光落到笛子上，道："谢啦。"昆曲大多以丝竹笛音为伴奏，有音乐配合，更容易使她入戏。

严川途没有说话，他把笛子放回原处，坐在亭子里翻看刚才拍的照片。

梁音的视线微微往上抬，看到了亭子上的匾额。

牡丹亭。

《牡丹亭》中的牡丹亭。

梁音慢慢笑了起来，手腕微微一转，折扇就开了。她走进亭中，打着扇子凑过去："严川途，你觉得我刚才唱的那折戏如何？"

"不如《思凡》。"严川途不留情面道。

梁音失望地"哦"了一声，但不知道想到了什么，又高兴起来："你还记得我演的赵色空是什么样的啊？赵色空的性格比较活泼，杜丽娘是大家闺秀，更端庄一些，跟我的性格相差太大，所以你才觉得出戏吧。"

严川途的手微微一顿，抬起眼皮："记得。"

"都那么久了还记得啊……"她说着说着忍不住笑了，笑得眼睛都眯起来，她也不知道自己为什么忽然笑，想憋住笑，却失败了。她咬了一下嘴巴，觉得燥热，用力摇着扇，摇得扑扑作响，"对了，你什么时候会吹笛子了？"

他冷淡道："在你不知道的时候。"

"无聊。"梁音的目光微微一闪，撩人的笑意顿时在眉眼之间慢慢荡开。她转了一下折扇，"唰"的一声合上。她把手撑在桌上，身体往前倾，微俯着身望着严川途，"你闲着也是闲着，不如帮我分析分析杜丽娘。"

"嗯。"

"《训女》《闺塾》《游园》这几折子的情绪，我把握得差不多了，但我拿捏不准《惊梦》。"梁音一动不动地盯着他，离得近看他，更要命了，一个男人为什么要长这么长的睫毛？他的眼睛微微一眨，睫毛就像羽毛一样在她心上挠了一下，痒痒的，让她不可抑制地产生冲动，想碰一碰他的眼睛。

梁音走神的时候，似乎听到严川途问她哪里不懂。

她脑子一热，就管不住嘴巴胡说八道："之前有点不明白杜丽娘为什么会对柳梦梅一见钟情，跟他在梦中温存缠绵。但现在看着你，忽然就懂了，如果你是柳梦梅，杜丽娘怎么可能不动心。"

《惊梦》是全戏里最香艳的一折，讲的是杜丽娘在梦里与柳梦梅共赴巫山，花草为床，幕天席地，情定三生，唱词也极为露骨。换个说法，就是床戏。只是戏曲中对这种剧情的处理比较含蓄，表现手法更美。

但再含蓄，懂的还是懂。

严川途轻轻"咳"了一声，耳根慢慢泛红："说正经的。"

"哪不正经了，要是我梦到的人是你……"梁音看到他的耳朵，忽然意识到自己在说什么，马上捂住嘴，咽下后面的话。她站直身体，打开折扇，挡住微微发烫的脸，只露出一双亮晶晶的眼睛。

她没说完，严川途却知道后面半句是什么话。

他的嘴巴动了一下，想说：既无意，又何必总来撩拨我。

"你……"

"对不起。"

两人同时开口，说对不起的人是梁音，她打断了严川途的话。她意识到自己太过了，咬着嘴唇，捏着折扇的手微微收紧，一看就是在紧张："我真不是故意的，就……就……总之不是故意占你便宜。"她狼狈地撇开脑袋，避开他的视线，"以后我不会再这样了，我保证。你别又不搭理我。"

梁音不喜欢和他冷战，他不理她的时候，她浑身都不对劲。

严川途说了一句"没关系"，没有继续说别的话。

梁音有点懊悔，要不是她嘴欠，气氛也不会变得这么尴尬，她收起折扇，坐下来，老老实实地坐在他对面的位置，离他最远的一个板凳上。

"那……继续说戏？"

严川途应了一声，梁音的神色渐渐放松。

"顾师姐说我的《惊梦》不对味，太露骨，太直白。"梁音这次是真心实意地请教，不敢再作妖，"我觉得这场戏里，杜丽娘的情绪应该外放，她在梦里解放了天性，大胆、热情，所以才敢与柳梦梅在牡丹亭畔……"她停了一下，斟酌着用词，思量再思量，最后才小心翼翼用了"定情"二字。

"是少了几分大家闺秀的书卷气。"严川途面无表情地帮她分析道，"杜丽娘的情愫应该更细腻一点，你的眼神要再收一点。"

梁音皱着眉想了一会儿，慢慢调整眼神，酝酿杜丽娘的情绪。

因为刚才的事情，梁音没好意思对着严川途练眼神，她转过身，背对着严川途。他大约看出她的尴尬，说了一句"你慢慢练"就离开了牡丹亭。

之后的几个小时，他们之间再无交流。

不知道是因为严川途的点拨，还是梅园的实景有代入感，梁音终于开窍了，明白了《牡丹亭》这个戏的精髓。

生者可以死，死者可以生——这就是杜丽娘和柳梦梅之间的爱情，至情至深，梁音读懂了剧本，却没读懂他们之间的感情。从前她不理解为什么杜丽娘会爱上梦里的人，甚至因相思而死，直到方才她脱口而出的戏言。

如果我梦见的人是你，我也可以为你生，为你死。

傍晚六点，天色已经暗下来。

今天可把梁音累得不轻，头上的东西加起来有十几斤重，又在太阳底下训练了一下午，一身的汗，妆也花了，看着极狼狈。

回去之前，他们去向柏老先生辞行。

他当时坐在凉亭里喝茶，手中还是拿着那把折扇，或展或合。梁音想起以前看过的一篇报道，柏松老师为了练好扇子功，无论走到哪里、做什么，都带着折扇，从不离身，后来这也成了他的一个标志。

与柏老先生道别后，他们正要走，他忽然对梁音道："小友以前是武生吧。"

"柏老师好眼力，我刚换的行当。"梁音有点拘谨，这是很少见的情况，她这个人脸皮厚，一向只有她让人吃瘪的份儿。

柏老先生笑呵呵道："小友的扇子功还有进步的空间。"

梁音听懂了他话里的意思，这是在含蓄地告诉她，她得改掉以前的习惯，武生有武生的台步指法，闺门旦有闺门旦的身段，他们都有既定的程式，不能混在一起。梁音也确实受到以前的影响，扇子使得不够规范，也少了几分美感。

"多谢柏老师提点。"她决定回去以后，也学柏松老师一样扇不离手，随时练着。

柏老先生道："谈不上提点，只是两句闲话。"

梁音其实有很多问题想请教，但又怕太突兀了，于是有些局促。她用手肘悄悄地捅了严川途一下，用眼神询问：我可以向柏老师请教吗？

她拼命冲严川途使眼色，但他却装作没看见，气得她眼都绿了。

梁音眨得眼睛都抽筋了，憋着气放弃，低着脑袋不搭理他了，小气，肯定是因为下午那会儿调戏了他，他现在来找场子。

她放弃了，严川途却忽然出声问："老先生能否指教一二？"

"你小子啊。"柏老先生拿着扇子虚虚点了他一下，笑着戏谑道，"你特意将人带到我面前，不就是想叫我看一看吗？"

严川途："……"

梁音惊讶地看了严川途一眼，心头浮起一股古怪的情绪。

原来他带她来梅园，不仅仅是为了找灵感和拍照，这人可真是……可是为什么呢？只是因为她的状态影响到他拍照？

他知不知道他做的这些事，于她而言意味着什么？

许是因为柏老先生欣赏梁音，也或许是因为严川途的引荐，老先生对她十分亲切，可谓是倾囊相授，有问必答。

柏老先生没有讲解身段，因为时间不够，他重点说了自己对《牡丹亭》的感悟，在台上要如何与柳梦梅调情，讲这段是因为他下午去看了她唱的《惊梦》——说到这里，梁音才知道他特意去了园子，只是没出来打扰他们。

"在台上的时候，你眼中只能有柳梦梅，你爱他，为他生，为他死。你不能表现出来的热情和疯狂都藏在心里，所以你要用你的眼神和肢体去传递。"

柏老先生在这里停下，示范了一下眼神，他虽然上了年纪，脸上有了老人斑，但一双眼睛却还是清清亮亮，没有半点浑浊和老态。眼波流转，欲语还休，一个眼神就透露出了千万种的情绪和不可言说的暧昧："我现在老了，眼神不行，闺门旦的眼睛要灵，你有时间可以打打乒乓球，练练眼神。"他笑着打比喻，"这乒乓球到处乱飞，我们闺门旦的眼神不也是这样吗？"

天色渐渐昏暗，不方便观摩，柏老先生就不再讲解眼神，点到即止。

他接着说戏，讲感悟："我唱了二十几年的戏，唱得最多的还是才子佳人戏。不管是杜丽娘，还是陈妙常、李香君，她们都有共同点，你明白了什么是至死不渝的爱，你才能演好她们。你不懂，那就没办法与她们共情。"

柏老先生只看了她一折戏，就看出她戏中少了什么韵味。

她没有入戏。

她不懂杜丽娘，不懂她为何因梦生情，为情而亡。她的爱是荒唐的，是浪漫的，是情难自控的一场无边风月。

柏老先生说这段的时候，梁音有些走神。

她侧眸看向严川途，本是想偷偷瞄一眼就收回视线。但严川途这时却忽然朝她的方向转过头，与她的视线撞个正着。

梁音仿佛被什么东西烫着了一般，慌里慌张地转回头，垂着眼，掩饰性地去扯自己的水袖，小动作特别多。

但转念一想，心虚个什么劲啊？

梁音又理直气壮地看回去，眼睛一眨，故意给他一个灿烂的笑。

严川途没有被她逗笑，反而皱起眉，低声道："专心点。"

梁音蔫儿吧唧地"哦"了一声，终于安分了，老老实实地听柏老先生说戏。机会这么难得，她居然还有心思想些有的没的，太不应该了。

柏老先生将他们俩的小动作看在眼里，也不在意，包容地呵呵一笑。

他说了许多，但大部分都是针对那折《惊梦》的意见。梁音有些歉然，觉得自己今天的戏没唱好，在前辈面前丢了丑。

柏老先生却不以为意，笑着赞赏道："小友天赋过人，日后必定一鸣惊人。"

梁音被夸得有点不好意思，忍不住笑起来，眼睛里的光顿时就被点亮了，显而易见是在偷着乐，却又不想表现出来。梁音有个坏习惯，一紧张就会咬嘴巴，咬了好几下，才冷静下来："我下个月有演出，柏老师要是有空，可以来看看。"说完，她又后悔了，怕那日表现不好，在柏老先生这里留下不好的印象。

柏老先生笑着应下，说一定会去看她的演出。

天色渐晚，他们没办法多逗留，梁音和柏老先生聊了两个多小时，方才恋恋不舍地与他道别。柏老先生笑着说欢迎他们下次再过来玩，一直将他们送到正门口。

回去时仍旧是严川途开车，一路上，他们都没有交谈，梁音也没有坐在副驾驶位，而是坐到后面一排。她一会儿看窗外的夜景，一会儿低着头折腾水袖，一会儿又去扯折扇，小动作很多，就是不敢看一眼正在开车的严川途。

自从下午她借着《惊梦》里的桥段调戏了严川途，他们之间的气氛就一直不对。

还有柏老先生的那句话。

他为什么要特意带她拜访柏老先生？为什么对她这么好，为她想得这样周到？她不怕他对她坏，但却不敢接受这样的"好"。

好得就像梦里南柯，叫人舍不得醒来。

"你刚才看我做什么？"快到戏楼的时候，严川途忽然问道。

梁音还没回过神："什么时候？"

"柏老先生说，你明白了什么是至死不渝的爱，你才能演好她们——他说这句话的时候你看了我，看了两次。"

"我，我就……"梁音一紧张，手一抖，手里的折扇就裂成了两半，她不自觉地舔了一下干得起皮的嘴唇，佯装镇定道，"看你好看呗。你要是觉得吃亏，那你就看回来。我看了你两次，那你可以看我四次、八次、十次，我可不像你那么小气。"

严川途不说话了，不知道是被她气到，还是纯粹不想搭理她。

车速忽然变快，没几分钟就急刹车了。

"下车。"他冷冷地道。

梁音往外一看，原来已经到五音戏楼的后门，她"哦"了一声，乖乖下车。她站在门口的台阶上等他，想跟他一起进去。

严川途看都没看她一眼，直接开车走了。

被怼了一脸尾气的梁音有点无奈："这就生气啦？"

这晚严川途没有回五音戏楼，倒也不是因为梁音，而是去机场接许助理。接完人，他就在许助理下榻的酒店办公。

严川途走了两个多月，累积了不少工作，商务活动能推的，许助理都推了，但还有一些没办法做主，需要他决定。

许助理也不想打扰老板谈恋爱——应该是谈上恋爱了吧？

但他在北京等了一天又一天，盼星星盼月亮，迟迟没有把自家老板等回来，只能直接飞南京了。这两个月，他的工作量比过去一整年都多，老板倒好，自己的工作室放着不管，却给别人管理戏楼，爱情的魔力啊。

"除了《NEW摄影》，其他采访都推了。"严川途说道。

这家杂志的副主编是蒋颂，打着采访严川途的名头，他已经在南京浪了两个月，借工作之名度假，也就他干得出来。

"好的老板。"许助理一边记录一边问，"那摄影展的主题，您比较满意哪一个？投票最高的是'重归'，这个主题的名字暗示您沉寂两年后，再次归来。我觉得挺好的，也可以把老板您过去七年的得意之作都展示出来。"

"我想好了，就叫……"严川途顿了一下，轻声道，"'蜕变'。"

这两个字，就像在他的舌尖徘徊了许久才慢慢吐出来，带着不易察觉的温柔。他说这个名字的时候，眼中的冷意也散去了。

许助理手里的笔一顿，只写了一个"虫"就停下。

"老板，这个名字是不是太……"许助理有点担心，没人比他更清楚严川途的状态，他已经两年拍不出满意的照片，他失去了灵感，失去了创作的欲望。他从前的成就太高，有无数双眼睛在盯着这次摄影展，展示获奖照片是最稳妥的办法，但"蜕变"这个主题代表了"突破"，他肯定得在摄影展中展示新的作品。

必须比获奖的作品更棒，才能配得上"蜕变"这个主题。

只要稍微逊色，必定招来"江郎才尽"之类的抨击。

"严川途"三个字在摄影圈代表了什么？是巅峰。他是连续五年获得荷赛奖的华人，是荣耀之光，但他去年和今年都没有参加荷赛奖的评选，也没有流传出别的作品，这两年的沉寂，让外界对他充满猜疑。

"就用这个名字。"严川途说，"这也是我明年参赛的作品名。"

荷赛奖的结果通常在每年的2月揭晓，今年已经结束，想要参赛的摄影师，大多会提早半年，甚至一年来准备。

许助理本想劝他稳妥为上，但对上他的眼神，所有的话都吞了回去。

他眼中的寒气散去之后，似有万千星河。

许助理为严川途工作了七年，从他第一次拿奖之后就跟着他，但从未见过他眼中露出这样温柔的神色。

"好的老板。"许助理慢慢笑了起来，他想，他的老板一定可以再创造一个奇迹，"那就预祝老板再夺自然奖。"

他知道严川途患有严重的脸盲症，所以他的作品大部分是自然环境和动物，从不拍摄人物。获奖的一系列作品，除了一些模糊的背影，其他的主角都是动物，最为有名的就是那组《帝企鹅》的照片，堪称问鼎之作。

然而严川途却慢悠悠道："错了，明年我要参赛的是肖像组图。"

你能不能不要顶着美人脸说这种流氓的话？

梁音家中收藏了许多折扇，从古代到近代，从纸面到绢面，从鸟兽鱼虫到风花雪月、四季美景，应有尽有。她在玻璃柜前走了两圈，犹豫了一番，最后却取出了一把扇面绘着梅园雪夜图的折扇。

与旁边别的扇子比起来，这把折扇没有任何特殊之处。

但梁音偏偏就喜欢它的扇面。

梁音学柏老先生那样，走哪里都带着这把折扇，吃饭转，走路转，抓紧所有空暇的时间练闺门旦的扇子功。

可能是因为柏老先生的提点，也可能是梁音忽然开窍了，明白至死不渝的爱是什么，她的感情戏变得细腻，有了杜丽娘的韵味。可以用"恰如其分"来形容，多一分太过，少一分感情又太淡，就像脱胎换骨一般。

梁音的训练渐入佳境，与谢林的配合也越来越默契。

一开始他们演《惊梦》这一折戏的时候，谢林的情绪有一点放不开，需要梁音去带他入戏。可能是因为太熟了，谢林反而不好入戏。后来磨合了几次，谢林的问题也解决了，两人将戏中的"至死不渝"发挥得淋漓尽致。

他们在表演的形式上还有生涩的地方，但感情上已是最好的。

顾师姐看杜丽娘临死前拜别母亲那一场戏，看得眼眶都湿了。什么才叫好戏？不是演员把自己演哭了，而是她没哭，看的人却哭了。

她演的这段有悲却无悔，是摆脱封建礼教后的解脱和新生。

梁音终于入戏了。

顾师姐松了一口气，不再担心七月的演出，只要保持这个水准，不说满堂喝彩，但也不至于砸了百年招牌。

不知道是出于什么缘故，梁音终于不再抗拒严川途的镜头，特别配合他的拍摄。因为跟拍的缘故，他们俩待在一起的时间特别长，梁音走哪里，严川途就跟到哪里，惹得戏楼里的人都忍不住开始八卦了。

谈恋爱都没他们这样黏糊的，跟拍分明就是幌子！

证据就是梁音最近跟磕了药一样兴奋，明明每天训练的时间都超过16个小时，累得不行，但她还有闲情逸致找严川途聊天。人不搭理她，她也能叽叽叽说个不停。还有，梁音喜欢热闹，以前总找他们一起吃饭，可自从严川途来了之后，她一次也没找过他们，每天都是和严川途凑在一起吃饭。

有天谢林跟他们同桌吃饭，盒饭里有梁音讨厌的苦瓜，谢林本来想帮她吃掉，但梁音却把苦瓜都夹给了严川途，因为他喜欢吃苦瓜。当时谢林就在想，八年过去了，她还记得前男友喜欢吃苦瓜？

最重要的是，他们俩好像都没有意识到这种行为有点太亲密了。

一个夹得自然，一个吃得坦然。

谢林却看得心惊肉跳，这个气氛，这个气场，瞬间就让他想起了八年前的一些旧事。有一回夜里他去网吧打游戏，回学校晚了，只能翻墙进来。结果还没翻，就看到一个脑袋从里面冒出来。那附近的路灯都坏了，乌漆嘛黑的，猛地冒出一个人头，他吓得腿软，差点叫出声来。等那人跳下来，才认出是自家师叔。

问她干什么呢，大晚上的翻墙玩。

她拍拍身上的灰，把叼在嘴上的袋子拿下来，一脸的理所当然："快十二点了，我要去给严川途庆祝生日。"

他还腿软着，扶着墙说道："他是今天的生日还是明天的？如果是今天，那你这女朋友也当得太不称职了……"

"明天啊。"梁音急匆匆地扔下一句，"只剩下十分钟了，我要去给他倒计时。——小林子你赶紧跑，刚才保安看到我了。"

他刚想回一句"师叔你也太夸张了，可以明天一起过啊"，但一个字都还没说，就看到保安打着手电筒朝他冲过来，嘴巴还喊着"终于逮到你小子了"。

八年前，梁音去给严川途倒计时过生日的那天晚上，谢林成了师叔的替罪羊，写了满满三页的检讨书，所以印象深刻。

作为他们恋情的见证者，谢林一直不明白他们为什么会分手。

他记得梁音分手后的颓废和痛苦，一直以为她是被甩的那一个，所以不敢问不敢提。可按照严川途说的，分明是梁音主动提的分手。但当年的梁音那么喜欢严川途，为什么会舍得和他分手？

八年前，到底发生了什么事？

作为热衷八点档的妇女之友，谢林严重怀疑严川途对梁音旧情难忘，不然怎么对她那么好，出钱又出力，知道梁音想换行当，就让她演杜丽娘，都没想过她要是砸演了，他砸进去的大笔投资就打水漂了。

这天他们练完功，谢林把自己的推测告诉了他家美貌的师叔。

梁音笑着用折扇拍了一下掌心："你分析得挺有道理的，我都差点信了你的邪。严川途会投资五音戏楼，就只是为了拍照。"

"谁会为了拍照花几百万的钱？合理吗？这合理吗？"

梁音仰头，靠着墙，嘴角扯了一下，似乎是想笑，但笑到一半却又笑不出来，她在心里回答了这个问题：合理啊，因为严川途患有严重的脸盲症，看谁都一个样，只能辨别出她的脸，他想拍人，就只能拍她。

挺好的，至少她是特殊的。

梁音拿舌尖抵着脸颊，心情变得有点糟。她握着折扇，无意识地敲在地板上，发出"哒哒哒"的声音。

谢林道："按照八点档剧情，他应该是想让你爱上他，然后再狠狠地抛弃你，完成他的报复。"

梁音被他逗乐，顺口道："虐恋情深啊，我喜欢。"

"师叔，你口味真重。"

梁音低下头，伸了一个懒腰，一脸无所谓："我最遗憾的事，就是当年没有拿下严川途。"

谢林无奈道："师叔，你能不能不要顶着美人脸说这种流氓的话。"

"圣人都说了，食色，性也。"

"也就师叔你能把耍流氓这种事说得如此清新脱俗。"谢林用手一抹额头，擦了一手的汗。现在已经快六月了，天气渐渐炎热，但练功室没有开空调，每次练完功，都要出一头一脸的汗。为了适应舞台灯光的高温，他们平时练功，哪怕是夏天也不会开空调。所以学戏是真的苦，不是真的热爱昆曲，是没办法十年如一日地坚持下来的。

谢林去饮水机那边倒了两杯白水，递了一杯给梁音，忍不住问："师叔，你当初为什么和严先生分手？"

"不是和你说过了，他不行。"

"师叔，你刚刚才说了，你没拿下严先生。"

梁音噎了下，过了会儿，理直气壮道："你师叔我长得这么漂亮，他还能当柳下惠，不是不行，还能是为什么？"

"师叔你就编吧。"谢林不仅喜欢看狗血八点档，还喜欢在网上看小说，所以脑洞特别大，"你们之间是不是有什么误会？比如他妈妈不喜欢你，给你一张五百万的支票，威胁你离开她儿子；又或者他和你交往是因为他和别人打赌；还有一种可能，恶毒女配嫉妒你，故意制造了和严先生的暧昧场景。——师叔，我觉得你们之间可能存在误会，应该找个时间把话说清楚，不能让狗血剧情发生在我们的生活里。"

"听说狗血文看多了容易变傻，原来是真的。"梁音喝完水，把纸杯子捏成一团，冲垃圾桶一抛，杯子稳稳当当地落进去，"现实里哪来那么多的误会。我们分手不是因为第三者，也不是因为棒打鸳鸯。"

"那是为什么？"收到梁音不耐烦的白眼后，他还不死心，"难道是不能说的秘密？"

"不是什么秘密，就是有点丢脸。"

梁音本来不想说，但架不住谢林缠人，就慢慢道："当时严川途总追着我跑，我去哪里唱戏他都跟着，所以我以为他暗恋我，但其实并不是……"她省略了脸盲症的事,这是严川途的隐私,"总之就是严川途没有对我一见钟情,但我误会了,而且还自作多情地跑去求交往。"

他没有暗恋她,也从未喜欢过她。

他去看她的演出,是因为她的这张脸能让他记住。

他回应她的表白,也是因为她的脸。

现在想想,严川途脸盲,却唯独能记住她的脸,其实是一件很浪漫的事,可惜它却爆发在一个不恰当的时间里,摧毁了他们之间的信任。这个严川途不想让她知晓的秘密,是通过他的小青梅的口说出的。

她和严川途谈恋爱,付出了一颗炙热无比的真心。她以为严川途爱她,所以她做任何讨好他的事情,都是理直气壮的,是情人之间的一种情趣。但如果严川途并不爱她,那她做过的荒唐事等于死缠烂打。

但她舍不得和严川途分手。

她爱严川途。但她为他做的那些事,却成了别人奚落她、攻击她的武器。年轻时的梁音,骄傲又自负,她五岁学戏,十六岁成名,哪里受得了情敌的奚落。——尤其这个情敌还是严川途的小青梅。

如果严川途爱她,她自然无所畏惧,但他爱她吗?

当时正好放寒假,她特意找了一个适合谈恋爱的地方,买了两张火车票,打算跟严川途出去旅行,顺便问明白他的心思。

他要是不喜欢她,那就一拍两散。

孤男寡女的旅行,其含义不言而喻,但严川途拒绝了。因为旅行的时间刚好和一场名家的《牡丹亭》撞到一起,他要留下来听戏。

而在戏中扮演春香的小姑娘，恰好就是他的小青梅。

梁音没有陪他一起去看小青梅的《牡丹亭》，而是一个人拖着行李箱上了火车。从拉萨回来后，她就随便找了一个理由和严川途分手了。

当时她还在气头上，说了许多难听的话。

惨的是，她甩他的时候，不小心被人听了全过程，导致所有人都知道他们分手的细节。严川途脸面扫地，她也被人扣上"渣女"的标签。

大概就是因为这个标签，她上大学那会儿遇不到一个好男人。

"你说我冤不冤，所有人都觉得我玩弄了严川途的感情，每次我看上谁，都会有一堆人跑去他那边科普我的黑历史。"梁音想到这些旧事，简直悔不当初，她才是受害者，欺骗感情的人也是严川途，可那时候她把面子看得比天大，甚至没有将小青梅找茬儿的事说出来，结果最后她却变成了负心人。

正因为分手时闹得太难看，现在梁音对严川途还有一点点心虚。

如果那时候分手她不瞎作，也没说那些伤人的话，那她才是受害人啊。年少轻狂，意气用事，死鸭子嘴硬说的就是她。

听完这桩无头公案，谢林抓抓脑袋，也不知道站谁那边："师叔，我觉得你当时有一点点，真的就一点点，冲动。他又不知道你找他出去旅行是为了摊牌，而且魏老师的戏很难买到票的，回回都是一票难求啊。所以说不定严先生是真的想看魏老师的《牡丹亭》，而不是为了去见小青梅。"

梁音站起来，拍拍手："好了，八卦完了，继续练功吧。"

"哦。"谢林也站起来，忍不住又问，"师叔，你情敌是谁啊？"

"好像叫味精吧。"梁音笑着调侃道，"一个味精，一个盐，他们的名字放一起就能组CP名了，简直印象深刻。"

谢林不怕死地说道："陈年老醋，真香。"

"滚犊子。"梁音怎么可能承认当年她都醋到上头了。

谢林练功练到一半的时候，忽然想起来"味精"是谁。昆曲皇后魏明华的徒弟魏今，苏州昆剧院的当家花旦！

唱功好，身段好，相貌好。

不过魏今到底和师叔说了什么，才会让师叔坚定不移地认为严先生不爱她？

严先生怎么可能不爱师叔，当初他对谁都冰冷冷的，唯有看师叔的眼神又温柔又专注，任何场合，任何时间，只要师叔在，他总是旁若无人地盯着她，就像少看一眼，人就跑了一样，瞎子都能感觉出他浓浓的占有欲。

唉，师叔不是瞎子，但可能是块木头。

眨眼就到了炎热的六月，儿童节那天早上，梁女士给梁音打了一个电话，语气破天荒地温和。女儿姜江要回南京参加高考，但姜家的房子在乡下，住那儿不方便来回，刚好猫儿胡同的房子离姜江的考场很近。

猫儿胡同的老屋是梁音爸爸留给梁音的，以前梁女士一家回来探望老爷子，都是直接住酒店。梁老爷子也从不在老屋这边接待他们一家人，要么在外面吃饭，要么就是在五音戏楼的后院见上一见。

梁音不喜欢梁女士和她的现任丈夫，但对姜江这个同母异父的妹妹却没有恶感。

姜江是个讨人喜欢的小姑娘。

她比梁音小了足足九岁，两人的性格也是南辕北辙。梁音什么事都自己扛着，自己做主，生命力跟野草一样旺盛。姜江呢，蜜罐里泡大的，父母的掌中宝，天生一副笑模样，就没有愁苦的时候。

姜江从小就喜欢梁音这个姐姐，什么事都愿意和她说。其实她们相处的时间不多，每年也就见上一两面，不过感情却不差，至少比梁女士跟梁音的关系好。

姜江前几年不知道从哪里听说了上一辈人的恩怨，总觉得他们一家人都对不起梁音，知道梁女士想争梁老爷子的遗产，气得不行，三天两头向梁音通风报信。

梁音不想梁女士踏进老屋一步，但却愿意接纳姜江。寒窗苦读十几年，为的就是那两天的高考。虽然也可以安排她们住酒店，但酒店肯定不如家里清净，最重要的是那两天的饮食要安全，尽可能吃家里做的。

梁音答应借房子，梁女士高兴地挂了电话。

早上训练完了，梁音回猫儿胡同做卫生，她最近都住在戏楼，家里落了一些灰，被单被套也要换新的。严川途开车送她过来，也帮着一起整理。两人忙了一中午，终于把老房子收拾好，窗明几净。

老房子住久了，犄角旮旯的地方总会落尘，平时注意不到，也不会去特意清理，梁音还是第一次发现自己家原来这么干净。

她笑着跟严川途道谢："谢啦，今天要不是你帮忙，我肯定忙不完。"

严川途正对着水龙头洗手，袖子挽到了手肘的位置，闻言低低"嗯"了一声，却问了一句："你心情不好？"

"很明显吗？"她摸了摸自己的脸，笑容一下子就消失了。

"你觉得呢？"

"我觉得还好吧。"梁音握着折扇走到院子里，往台阶上一坐，也不怕弄脏衣服，反正已经脏了，等下回去也要洗澡换衣服。

严川途走到她身边，站着说："你今天的话特别少。"

因为她话少了，所以就发现她心情不好？

梁音舔了舔牙齿，忍不住笑了一下。也不知道为什么，她最近总喜欢和严川途说话，而且废话特别多。

她故意道："你不是嫌弃我话多吗？我现在改了。"

"没有。"严川途反驳道。

梁音哼了一声，拿折扇指着他："睁眼说瞎话，明明昨天还叫我闭嘴别影响你拍照，凶得要命。我反省过了，以后都不吵你。"

严川途认真思索片刻："我没说过。"

"有，就昨天傍晚，你说要拍我的武生扮相，我花了两小时上戏装。然后我们去了戏台那边拍照，拍的时候，我问了你不知道什么问题，你就叫我闭嘴。"梁音也想不起当时问了什么，因为她最近的废话是真的特别多。

"没有叫你闭嘴，我说的是安静点。"

"差不多，反正一个意思。"梁音佯装委屈，垂着脑袋，蔫了吧唧地说，"你嫌我话多，我干吗还上赶着招人烦。"

严川途皱着眉，面无表情的脸上透出几分无所适从。他以为梁音真的伤心，蹲下来跟她对视，一本正经地解释："我没嫌你话多。"

梁音忍不住笑起来，眼睛里满满都是笑意："知道啦。"

他又问："那你真的是因为昨天的事不高兴？"

"骗你的啦。"梁音打开折扇，故意气他，"我又不是你，哪会那么小心眼。我呢，是一个大度的人。"

严川途的视线正对上折扇上的字，唇角微微上扬，笑意稍纵即逝。

梁音见他一直盯着扇子，神色变得尴尬，这还是当年严川途送的礼物，她悻悻地收起折扇。把它拿出来的时候，她是想着已经过了八年，严川途应该已经不记得送出去过这么一把扇子，所以才坦坦荡荡地用了。

她用了大半个月，他都没反应，今天怎么就注意到了？

"为什么不高兴？"他又问。

"啊？"怎么话题又绕回去了？梁音愣了愣，没说话。不知道为什么，她并不想让严川途知道她复杂的身世。她看着眼前的人，看着那双眼睛里有点狼狈的自己，忽然就想到了"自惭形秽"这四个字。

不是什么秘密，却难以启齿。

无论讲给谁听，都是在自揭伤疤。

"也没有不高兴……"梁音撇开头，避开他的视线，往后仰了仰，无意识地拉开他们之间的距离。她勉强笑了笑，有些语无伦次，"就，就这里是我小时候生活的地方，我和我爷爷住的地方。"

他盯着她的脸，没说话。

"触景生情懂不懂？"梁音很快就组织好了语言，"刚才就是忽然想到了爷爷，有一点难过，不过现在已经好了。"

正值午时，日头正烈，梁音坐的位置没有遮挡，待久了有点晒。她抹了一把脸，站起来走到树荫下。树下搭了一架简陋的秋千，她一屁股坐下来，一只手握着绳子，一只手转着手里的折扇，一直低着脑袋。

严川途跟着走到树下，站姿端正，看着就极为赏心悦目："要不要聊天？"

"这是安慰？"她问。

"嗯。"

"有点烂。"梁音仰头看他，"这么多年了，你安慰人还是就这一句吗？"

严川途没说话，低头看她，神色是少见的温和。梁音仰着脸，与他的视线撞个正着，互相看了许久，她先忍不住笑起来。

梁音跳下来，说了句"等我一下"，就一阵风似的跑进房里，过了好一会儿，她抱着一本相册跑出来。

"我小时候的照片，要看吗？"

虽然他安慰人的方式很烂，但梁音的心情却真的变好了。她忽然在这一瞬间产生冲动，想在这个自己长大的地方和他说点什么，给他看一看过去的自己。好的，坏的，愚蠢的，他不曾知晓过的那一面。

严川途"嗯"了一声，接过她递来的相册。梁音坐下后，拍拍身边的空位，叫他坐下来一起看。秋千很宽，坐两个人绰绰有余，但坐姿却稍微有点暧昧，梁音没意识到，严川途迟疑了一下，还是坐下了。

严川途翻开相册，第一张是梁音五岁左右的样子，背景就是这个院子的一角，她正在压腿，表情很严肃，脸上肉嘟嘟的，但依稀可以看出她现在的影子。还有许多她练功的照片，大部分时候都是一个人，只有少数几张是合照，有梁老爷子，有周即白，有顾师姐和一个圆眼睛的小孩子。

没有她和父母的合照，一张都没有。

"这是我妹妹，叫江江，可爱吗？"梁音指着一张照片说，"这是她五岁时，我们在栖霞山拍的。她比我小足足九岁。"

严川途翻到第一页，用食指点了一下梁音压腿练功的照片："不如这张可爱。"

梁音先是愣了一下，然后偏过头看他，瞥见他微红的耳根，心情慢慢变得愉悦。她屈着手指压了一下不断上扬的唇角，但还是忍不住笑了，那笑意一点点扩散，最后蔓延到她的眼底，像星光在瞬间被点亮，好看得要命。

梁音没吱声，就光顾着笑，盯着他一直笑。

严川途被她盯得有些不自在，轻轻地咳了一声，把照片翻过去。

梁音难得善解人意，没有在这个时候撩拨他，而是顺着照片聊起了背后的事："我小时候挺怕练基本功的，刚开始那会儿，练扳腿、下腰，就疼，疼得受不了。但必须得练，不练不行，我爷爷盯着。我敢偷懒，他就拿板子打我手心。"

严川途翻相册的手微微一顿，语气如常："学戏这么苦，你为什么还喜欢？"

"小时候哪里知道喜不喜欢的，我爷爷教，我就跟着学。"梁音回忆了一下，"真正喜欢上昆曲是十二岁那年，看柏老师的演出录像带，就看了一折《游园惊梦》，太美了……想想有点后悔，当时我怎么就没想过换行当。"

严川途缓缓道:"现在换也不迟。"

"我今年都27岁了。"

"石老师换行当比你还晚。"

梁音忍不住又笑了,他一点也不会安慰人,可是她现在已经不难受了:"好吧,希望我也能像石老师一样成功。"石老师以前是花旦,三十岁左右才改的小生,可现在但凡提到昆曲小生,肯定都会想到她。

严川途认真地"嗯"了一声。

正午的日光,烈而刺眼,没有风,既闷又热,但他们却没想过换一个地方,似乎也不觉得腿靠着腿有点挤了。严川途在看相册,梁音有一搭没一搭地说着小时候的事,他偶尔应一声,或是问一句。

气氛微妙,却无人察觉。

晚上,梁音洗完澡,躺在床上背剧本,背了一半,听到敲门声。

戏楼的后院只住了她和严川途,现在这个时间,除了他,不会再有别人来。梁音下床去开门,走到门边,忽然折回去,对着镜子扒拉几下头发,仔细端详片刻,点点头,满意了,才趿着拖鞋去开门。

打开门,外面已经没有人了,但隔壁房间的灯已经亮起来。

梁音看到地上放着一个纸袋子。

她拎起来,看到袋子上贴着一张便利贴,上面写着:儿童节快乐。

梁音把便利贴撕下来,看了一会儿,忍不住笑了。她把袋子拎回去，关上门，以为拆开会是什么礼物，结果却是三个食盒。

她打开盒子，里头分别装着桂花糕、赤豆元宵，还有糖芋苗。

都是她喜欢的甜点。

她尝了一口桂花糕，立即就吃出来了，是夫子庙那家百年老店的味道，但赤豆元宵和糖芋苗吃着却不像，夫子庙那家的赤豆元宵甜到腻，她喜欢清淡软糯一点，就像现在吃的这碗一样，似乎是梁音知道的另外一家店，不过那家店很偏，和夫子庙南辕北辙，他不可能路过。

梁音一边吃夜宵，一边给严川途发微信："谢啦，甜点很好吃。"

她吃完东西，严川途的消息才进来，她激动地点开一看："点太多没吃完，不想浪费就给你打包回来了。"

她还以为严川途给她送夜宵，是因为看她下午不高兴，才用这种委婉的方式安慰她。好吧，又自作多情了。

六月五号，离高考还有两天，梁女士带着姜江回来了。

梁音把她们送到老房子那边安顿好，自己还是回戏楼这边睡，没有留下来陪她们。她和梁女士相见两相厌，只要讲话超过三句，必定吵起来。为了不影响姜江高考，梁女士暂且放下遗产一事，两人尽量维持表面和平。

猫儿胡同到市一中，不算堵车时间，来回就要一个小时，所以中午肯定要在考场附近的酒店休息。梁音预订酒店的时间太晚，考场附近几乎没有房源，最后她是花高价订了两天的蜜月套房，直接刷爆信用卡。

就这样，梁女士还是不满意，觉得酒店离考场不够近，要步行五分钟。

梁音跟顾师姐请了两天假，借了严川途的车，打算全程陪考。严川途说他可以开车接送，但梁音不想让他见到梁女士，拒绝了。

第一天考完，姜江有点蔫，觉得自己考砸了。

姜江今年瘦了很多，两颊的婴儿肥都没了，下巴也变尖了，于是就显得眼睛更大，乌溜溜圆滚滚的。她长得和梁音没有一点相似之处，眉眼还带着几分可爱的稚气："完了，下午的数学我有两个大题解错了。要是过不了一本线，妈妈一定会叫我复读，我可不想再读一年，高三就是地狱啊。"

"你觉得难，那别人肯定也觉得难。"梁音为了安慰姜江，吃过饭没有马上走。

今晚的月亮格外的亮。城里灯火璀璨，很少能看见这么明亮的星光。院子里有条木头长椅，姐妹两个挨着坐，气氛十分温馨。

因为上一代的恩怨，梁音和姜江其实很少有机会相处，因为梁女士并不乐意看到她们交好，不知道她是怎么想的，竟觉得梁音恨她，所以不可能真心接受姜江这个妹妹。梁音懒得搭理她，也不想解释。

对于父辈的恩恩怨怨，梁老爷子没有瞒过梁音，她看不上梁女士的做法，但也谈不上恨，有资格说"恨"的人只有她那个不知道在哪个国家流浪的爸爸。

"我要是没考好怎么办？"姜江一脸担心。

"你平时成绩那么好，考得再差，二本线总能过。先选个喜欢的专业读着，考研的时候再挑学校。"梁音理智地一条条分析，"如果不想去二本院校，也不想复读，还能留学。你之前不是也考虑过留学吗？"

姜江抱着梁音的胳膊撒娇道："姐，你真好，还让我住在这里。"

"反正空着也是空着。"

夜风微凉，空气里有淡淡的花香，是墙角的那丛海棠花开了。姜江晃着腿，跟梁音说着自己的小秘密。梁音很安静，大部分时间都在听，但很耐心。姜江也不觉得奇怪，她印象里的姐姐就是这样沉默寡言。

"妈妈回来之前，找了律师咨询遗产的事，他们想和你打官司……"姜江的情绪变得消沉，"姐，你别难过。我以后会赚很多的钱，这样他们就不会打你的主意了。"

梁音并不难过，梁女士能忍到现在已经出人意料。

她笑了下："好好考试，别想太多。"

姜江点点头，一脸愧疚，但不管是她父母还是梁音，没有人听她的话。她努力过，想要改善妈妈和姐姐的关系，可是失败了。

梁音没有多待，八点不到就回五音戏楼了。

后院的路灯坏了，黑漆漆一片，唯有严川途房间亮着灯，像是在给她指引方向。梁音锁好大门，走到严川途的门口，抬起手想敲门，但迟疑了一下，又慢慢放下。她握紧手里的折扇，走回隔壁，在门口看到一个纸袋子。

梁音把纸袋子拎进去，打开又是桂花糕、赤豆元宵和糖芋苗。

她看着桌上的甜品，慢慢笑起来，那笑意从嘴角蔓延到眼底，整张脸都亮了起来。赤豆元宵已经冷了，口感并不好，但她还是一口不剩地吃完。全都吃完了，她才想起来，其实可以用微波炉加热。

梁音用扇子敲了下自己的脑门，忍不住又笑了。

"还敢说不是特意为我买的。"梁音的眼中盛满荡漾的笑意，笑得眉眼弯了起来，欢快极了，"不是我自作多情，也不是吃剩打包的。"

她摸了一下心脏，怦怦怦。

梁音郁闷地想：严川途啊严川途，你要是对我没意思，就不要总来撩我。既然撩了，为什么不干脆负责到底呢？

吃完夜宵，梁音心头甜滋滋的，一扫满腔郁气，精神满满地去背剧本。但背了两句就被隔壁传来的水声勾得走神。房子的隔音不太好，她这边安静下来，水声更清晰了，应该是严川途在洗澡。

梁音的脸有点热，她用折扇猛扇几下，喃喃道："背剧本背剧本。"

她做了几分钟的心理建设，一点也不管用。她崩溃地把脸埋进被子里，她太高估自己的定力了，就不该让他住进来。

"梁音，你完蛋了。"梁音绝望地抬起头，"但这不是你的错，要怪就怪严川途，没事瞎撩什么啊，看，撩出问题了吧。"

她仰头倒在床上，把剧本盖在脸上。

怎么办？

无论是八年前还是八年后的现在，严川途都只对她的脸感兴趣。他不喜欢她，对她所有的照顾都是为了拍照。可是她又喜欢上了严川途，他这么好，整天在她面前晃，她真的没办法做到心如止水。

八年前她意难平，觉得他只喜欢自己的脸，满腔情意都被辜负了。

现在想想，其实喜欢自己和喜欢自己的脸有什么区别？至少在他眼中，自己是唯一的、特殊的。可惜年少冲动，分手是分得痛快，可谁能预料到八年后的自己仍要来承担这一切。她没脸表白，也不敢让严川途知道。

隔壁的水声已经停了，梁音的一颗心却还在怦怦乱跳。

梁音关了灯，打算睡觉，躺在床上翻来覆去，迷迷糊糊有了几分睡意之际，手机忽然响起来。她摸到手机，刚接通，就听到梁女士愤怒地吼声："你给江江吃了什么东西，她上吐下泻，身上还起了疹子！"

梁音顿时清醒了："你们现在在哪儿？去医院了没有？"

"在去附一的路上。"梁女士生气道，"梁音，你现在立刻过来！"

梁女士挂断电话，梁音急忙起床，换了衣服，把现金和银行卡都带上，穿着拖鞋就跑出去了。听症状像是急性肠胃炎，不是要命的病，但姜江明天还要考试，如果不能去考试，十几年的心血就白费了。

严川途听到她的动静走出来："这么晚去哪儿？"

"去医院，我妹妹不舒服。"梁音说话的片刻里，人已经走到大门口。

严川途大步跟过去，拿走她手里的车钥匙："哪家医院？我来开车。你开我的车子，要是出事，我还得担责任。"

"好吧。"梁音顾不上和他客气，"附一。"

戏楼离医院不算远，加上晚上不堵车，二十分钟就到了。梁音一到医院就打电话给梁女士，但她没有接。

"去急诊室，应该在那边。"严川途说道。

"哦？哦，对。"梁音有点急晕头了，她跟着指示牌走，边走边说，"你先回去休息吧，谢谢你送我过来，改天请你吃饭。"

严川途道："我陪你一起找。"

梁音转头看了他一眼，又说了一声谢谢。严川途刚洗过澡，头发还是湿的，白衬衫牛仔裤，看着特别年轻，就像时光倒流回了大学时代。梁音忽然发现，好像她每一次遇到麻烦的时候，都是严川途陪在她身边。

他们很快就找到急诊室，梁音环顾一周，先看到正和医生讲话的梁女士，她看着有些狼狈，没化妆，脸上还带着几分焦虑，难得见她这样失态。姜江闭着眼睛躺在床上，正在挂水，露在外面的胳膊和脸长满红彤彤的疹子。

梁音走到姜江身边，轻轻喊了一声："江江？"

"姐？"姜江一直都醒着，急诊室太吵，根本没办法睡。她睁开眼睛看到梁音，有点惊讶，"你怎么来了？"

"哪儿难受？"梁音摸了一下她的额头，还好体温正常。

"我没事，就是过敏引起的腹泻，现在都好了。"姜江看到严川途，觉得眼熟，盯着他又看了一会儿，忽然想起来，"我小时候见过这个哥哥……的照片。"她笑着看向梁音，好奇地问，"姐，他是你男朋友吗？"

姜江说的小时候，是七年前年的清明节，梁女士带她回来扫墓，梁音也去了，回来的路上她拿姐姐的手机打游戏，屏保壁纸正是严川途。花灯下，他微微侧过头，望着镜头的眼睛温柔又深情，似有星河，见之不忘。

拍这张照片的人应该是她姐姐，那一刻他看的人也是她。

姜江记得当时，她指着手机问过："他是姐姐喜欢的人吗？长得可真帅。"

她姐说"不是"，还把手机屏保换成了招财猫。怎么可能不是，现在都十一点了，这个时间他们在一起，没有关系才奇怪。而且他也没有反驳她的话，如果对她姐没意思，肯定会马上说"我只是你姐的朋友"之类。

梁音敲了下她的脑门："净瞎说，他是我老板。"

姜江露出一个暧昧的笑，一副"我懂"的表情，梁音见她还有精神调侃自己，微微放心了。梁女士跟医生交谈好，走回姜江的病床边，看看她的脸色，又掖了一下被角，然后才把视线转到梁音身上。

"医生怎么……"

梁音的话还没说完，就被一声清脆的巴掌声打断。梁女士铁青着一张脸，恶狠狠地瞪着梁音，那眼神就像看自己的仇人。

梁音被这一巴掌打懵，偏过头，难以置信地去摸自己的脸。

"姐！"姜江急得坐起来，"妈，你打我姐做什么？"

"音音——"

严川途扶住被打得后退一步的梁音，在梁女士再次朝她挥掌的时候，他抬手握住了梁女士的手腕，沉声道："够了吧，梁音也是你女儿。"

"这位先生，这是我们的家务事。"梁女士活动了下被捏疼的手腕，脸色愈发难看，"麻烦您让让。"

"我……"梁音的手搭在严川途的胳膊上，脸色有点白，过了好一会儿才继续说，"我没事。"她示意严川途松开她，勉强笑着说，"你出去等我，我和……和她说两句话。"

严川途没有动，梁音又说了一遍，语气近乎哀求："严川途，你出去等我，成吗？"我不想让你看到我这么狼狈的样子。

他迟疑片刻，对上梁音的眼神，无奈道："好。"

"谢谢。"

严川途出去之后，梁音看向梁女士，她们可真不像一对母女，哪有母亲会用这样厌恶的眼神看自己女儿的。也不会有任何一个女儿，面对来自母亲的憎恶还能这样淡定。梁音慢慢问："江江的身体怎么样？明天能去考试吗？"

"你还有脸问？你明知道江江对桂花过敏，你还让她吃放了桂花的元宵。"梁女士怒不可遏，眼眶微微泛红，"梁音，你太恶毒了，你妹妹明天还要高考啊！我知道你恨我，但江江是无辜的，你怎么能害她！"

梁音微微一愣，是那碗赤豆元宵？

"妈！"姜江生气地喊道，"赤豆元宵是我买的，不是我姐给我吃的，我不知道里面放了桂花。这事和我姐没关系，你讲点道理好不好。你怎么能这样，每次出点什么事，你都能怪到我姐的身上！"

今天考试完，回来的路上经过一家做南京小吃的老店，姜江下车去买赤豆元宵，因为只剩下一份，所以她姐没吃，让给她了。

梁女士却听不进姜江的话："她是地道的南京人，怎么可能看不出里面有桂花？她就是知道，所以才故意把那碗元宵让给你吃。我早就说过了，让你离她远点，你偏不听！她和她那个爸爸一样的德行，最会装模作样。"

"你说我就够了，扯我爸做什么。"梁音沉下脸，眼中浮起浓浓的寒意。

"你爸不是好东西，你也不是什么好东西。"

"够了！"梁音拿舌尖抵着脸颊，冷着脸道，"梁女士，不要以为当事人不在，您就可以随意编派，您要是记不清当年的事，我不介意帮你回顾。"

"你！"梁女士用手指指着她，"你"了半天才凶狠道，"你就是故意要害我的江江，让她明天不能参加高考！"

梁女士说着，火气上来，又想打梁音，姜江大叫着阻止，眼泪汪汪，不知所措。

梁音挡住她的手，没有解释，反而冷冷道："对，我就是故意的！今天害江江，明天还要害你的奸夫，整得你家无宁日才舒坦。"

她说完这番狠话，转头就走。梁女士在她身后咒骂，姜江哭着喊"姐"，引得急诊室里的其他人纷纷侧目。

梁音一出去，就看到严川途，他正在打电话，看到她出来，匆匆挂断。

"走了。"她说道。

梁音径自走了，脚步又急又快，一直走到大门口，她才停下来。夜风微凉，吹在她的脸上，让她的脑子微微冷静下来。她拿出手机，找到一个朋友的电话打过去，拜托他帮姜江安排一个单人间。

"她明天还要高考，晚上要是休息不好，会影响发挥。"电话那头的人应下了，她感激道，"多谢，什么时候你有空，我请你吃饭。"

道完谢，梁音挂断电话，微信的提示音一直在响，她打开，全是姜江的消息，一个劲地在为梁女士道歉。

想到这孩子明天还要考试，梁音给她回了一条：好好休息，明早我去接你。

姜江：姐，我换到单人病房了，那个主任说他是严大哥的朋友。你记得帮我和严大哥道谢哦。

梁音看着这条消息，微微一愣，他也叫人帮忙了？她转过头，望向身侧的男人，心中五味杂陈，张了张嘴巴，却不知道说什么好。今天晚上，她已经和他说了太多声谢谢，这两个字说多了显得廉价。

梁音上车后，闭着眼睛装睡。

她没有说话，严川途也没有问她发生了什么。

既然不喜欢我，那你就不要天天撩拨我。

车子开到戏楼的后门，梁音先下车，没等严川途就进去了。脸有点疼，可能肿了，但她没有管，仰面倒在床上。

今晚发生了太多的事，她心头乱糟糟的，还是等明天再向严川途道谢吧。

梁音把胳膊放在眼睛上，挡住了微微泛红的眼角。

"梁音，开门。"

严川途在敲门，不轻不重的三声，她没回答，他又敲了三下，这架势看着是非要她开门不可。

梁音无奈地呼出一口气，爬起来开门："干吗？"

严川途把手里的啤酒递给她，她接过来，很冰，大概是刚从冰箱里拿出来。

"我看起来像是需要借酒消愁吗？"梁音笑了一下，结果扯到腮帮子，疼得皱眉，"放心吧，我没那么脆弱，我有一颗金刚心。"

"给你敷脸用的。"严川途把啤酒拿回来，直接按到她的脸上，她被冰了一下，忍不住轻呼出声。

梁音抢回来，说道："我自己来。"

"嗯。"

梁音走出来，坐在台阶上，仰头看着满天星光，也不说话。严川途没有回房，也跟着坐下来，挨着她坐。

梁音敷了一会儿脸，感觉没那么疼了，就把啤酒喝掉。

"真痛快。"她喝完，转头问，"还有啤酒吗？"

严川途沉默地站起来，走回房去，过了一会儿，拿了四罐啤酒走出来。他坐下来，把啤酒放在两人中间。

梁音拿着一罐啤酒慢慢喝，忽然听到身边传来"啪"的一声，转过头就看到严川途也开了一罐啤酒，他仰头喝了一口，喉结微微滑动，性感得要命，她盯着看了一会儿，脸微微发烫，慌忙转开视线。

啤酒度数很低，不至于喝醉，但却让梁音紧绷的神经放松下来。

"严川途……"

"嗯？"

"其实……"梁音说了两个字，剩下的话又咽回去，换成别的话，"你和家人的关系好吗？"

"还好。"严川途捏着易拉罐，不疾不徐地介绍道，"我有一个哥哥，一个姐姐，我是家里的老幺。我爸是普通职员，我妈是舞蹈演员，爷爷和奶奶都已经退休了，外公外婆和你的职业一样，是昆曲演员。"

"你们家的人可真多。"梁音把空罐子排成一排，低着脑袋说，"听着就热闹。"

严川途转过头看她："你呢？"

"我？"梁音不停地摆弄着空罐子，笑了笑，"我爸是爷爷的得意门生，算是半个养子吧。他和梁女士青梅竹马，从小就喜欢她。我爷爷呢，也希望他们在一起。梁女士当时受了情伤就答应和我爸结婚。你看我的名字就知道我爸多爱她了，他姓冯，我姓梁，就连名字都是五音戏楼的音。"

"可惜梁女士不爱他，她对昆曲一点兴趣都没有，她向往时尚的大都市，喜欢可以陪她风花雪月的男人。"梁音嘲讽道，"我出生没多久，她就出轨了，和她的白月光初恋缠缠绵绵，至死不渝，但我爸不肯离婚。"

"应该是我四岁的时候吧，我爸生了一场病，嗓子毁了，再也不能唱戏。"梁音顿了一下，"后来梁女士还是走了，跟江江的爸爸去了上海。我爸呢，也走了，我不知道他去了哪里，从我五岁开始，就再也没有见过他。"

梁音对嗓子的保护近乎神经质，重口味的东西不吃，垃圾食品不碰，作息规律，饮食清淡，还时常煲些滋养嗓子的汤水。她这么紧张自己的嗓子，固然有体质的原因，但更多的是因为她爸爸的前车之鉴。

"你怪他？"严川途问。

"以前怪过他。"梁音想了想，才回答，"我以前一直在等他回来，带我走。"

梁音不恨梁女士，因为对她没有任何期待。

但父亲却是她脑海里永不褪色的记忆，她一直在等他回来，像从前那样将她举起来，跟她说一句："音音，爸爸回来了。"

她等啊等，从还没桌子高开始等，等到她初次登上昆曲舞台，一直没等到。是，他的嗓子毁了，受了情伤，被妻子背叛，遭到这么大的打击，所以离开了南京和昆曲界，她可以理解，但是为什么要扔下她呢？

她只有五岁，没了妈妈，也没了爸爸，只能和爷爷相依为命。

严川途摸了一下她的头："你别难过。"他的语气很轻，带着难以察觉的温柔。

梁音并没有觉得难过，无非是一些陈年旧事，都过了二十几年，她已不再是那个会坐在门口等待父亲归来的小孩子。她从小到大，听多了闲言碎语，从未因此哭过，但严川途的一句话却险些叫她落泪。

"严川途……"梁音吸了一下鼻子，忍住眼眶中灼热的泪，"爷爷也走了，我现在没有家了。"她低低道，"严川途，我没有家了。"

她仰着脸看他，眼角泛着红，说不出地可怜。

严川途伸手压在她的眼角上，用大拇指轻轻擦了擦。梁音这个人，虽然什么话都敢说，什么事都敢做，看着没脸没皮、没心没肺，但其实比谁都要面子，何时露出过这样可怜又委屈的神色。

哪怕在他们的热恋期，他也没见过她像现在这样情绪失控。

这是他第一次触摸到梁音的内心世界，也是她第一次对他敞开心扉。

"那……你要我当你的家人吗？"

漫天的星光似乎都落进了严川途的眼中，汇聚成一条漫长的星河，一眼望进去，叫人不由得沉溺在里面。

梁音愣了一下，脑袋微微一偏，恰好避开了他的手。

是她听错了，还是她误解了严川途的话？

"你——是在同情我吗？"

严川途垂下手，克制地握成拳："你从哪里得出这个结论？"

"有个事，我老早就想说了。"梁音抹了一把脸，像是要把他残留在她脸上的温度狠狠抹去。严川途的一句话，转移了她所有的情绪，她严肃道，"既然不喜欢我，那你就不要天天撩拨我。就比如现在这样，我会误会的。"

严川途："……"

翌日，梁音借车去医院接姜江，但她到的时候，梁女士和姜江已经不在了。她看到姜江发的微信，才知梁女士已经带她去了考场。

梁音露出一个嘲讽的表情，梁女士这是要防她害姜江啊，也是难为她了，一把年纪的人还有这么丰富的想象力。等下回看到谢林，得让他戒掉狗血小说和电视，不然以后也变得和梁女士一样神经就完了。

梁音抿紧嘴，深呼吸了两下。

她趴在方向盘上，按住被气疼的胃，发泄般拍了一下喇叭。

胃疼得厉害，她趴了好长一会儿才缓过劲坐起来，但额头都是汗。

梁音系上安全带，踩着油门走了。这次是她犯贱，多管闲事了。梁女士那么担心她害了她的宝贝闺女，又何必来借她的房子。

车子开到半路，她接到一个胡姓律师的电话，梁女士委托他来处理遗产一事。梁音本不想搭理他们，但转念一想，如果置之不理，梁女士必定纠缠不休，也是烦人，便改道去了那家茶馆见他们。

茶馆很安静，他们订的是个小包厢，环境挺好的，雅致又隐秘。

"我还以为你能忍到明天。"梁音进来后，没有坐下，讽刺道，"你也太心急了。"

梁女士站起来，怒道："有没有家教，这么和自己的母亲说话。"

"你和我谈家教？"梁音抿了一下嘴唇，忍不住冷笑，"梁女士，谁都能指着我的鼻子骂我没家教，唯独你没有这个资格。我没家教，那是谁造成的？要不是你背叛自己的家庭，我爸就不会扔下我！"

她不想对这些破事耿耿于怀，可是他们为什么就不能放过她？

总有人出现在她的面前，不断地提醒她，她有多惨，多可怜，甚至连她的出生都是不被期待的。这些陈芝麻烂谷子的破事，过去就过去了，为什么非要一而再再而三地挑战她对他们的容忍度呢？

"你给我闭嘴！"梁女士最恨别人提到这件事，一直将这段婚史视作污点，盛怒之下，她朝梁音挥出巴掌，但被她拿折扇挡住。

梁音用折扇挥开她的手，轻轻笑了一声："又想打我？看来没家教是会遗传的。"

梁女士闻言，脸色更难看："和你爸一样，你就是一个白眼狼。是我生的你，也是我梁家养大了你，你倒好，趁老爷子病糊涂的时候，伪造遗嘱，侵占梁家的祖产。"

梁音握紧手中的折扇，舌头抵着脸颊，压抑着胸口翻滚的情绪。

她慢慢地问："所以呢？"

梁女士示意律师去和梁音交涉，她坐下来，倒了一杯茶，就着火气灌下去，却烫到了嘴巴，让她更加恼火。

围观许久的胡律师站出来，用带着南京方言的普通话说道："这个嘛，按法律条例来讲，梁女士才是梁老先生的第一继承人，外孙女是没有继承权的。但作为你的母亲，梁女士并不打算追究你伪造遗嘱、涉嫌巨大金额诈骗等行为，但是呢……"

梁音转了一下折扇，慢慢打开，露出扇面上的梅园雪景图："但是要我把戏楼'还'给她？如果我拒绝，是不是就要起诉我？"

"我们还是希望能和平解决，尽量不上法庭。"胡律师把一份文件拿给梁音，"这是我们对五音戏楼的评估，市价大概这个数字。梁女士希望她与姜江小姐继承其中的三分之二，只要梁小姐拿出这部分钱，五音戏楼就归你所有。当然，我们也考虑到了你的经济情况……"胡律师顿了一下，继续用别扭的普通话说，"你也可以选择卖掉戏楼，钱分成三份，你和梁女士、姜江小姐，各拿三分之一的遗产。"

梁女士自认为这个分配很公平："我和江江也是老爷子的亲人，他不可能什么东西都不留给我们。我没你那么贪心，该给你的，我不会短了你，不该你拿的那部分，你也得吐出来还给我们。"

梁音"唰"的一声收起折扇，嘲讽道："搞这么大阵仗吓唬谁？你们手里要是有我伪造遗嘱的证据，尽管去告。"

"果然是只养不熟的白眼狼。"梁女士站起来，怒道，"既然你不同意我的方案，那我们只能法庭上见，到时候我一毛钱都不会分给你。"

梁音微微抬起下巴，慢慢道："我等着。"

隔壁包厢，茶香四溢，水雾袅袅，墙上挂着山水图，门与茶几之间架着水墨屏风，营造出一种隐蔽舒适的视觉效果。环境雅是雅，可惜隔音不太好，时不时就能听到一个女人扯着嗓子在骂人或嘶吼。

魏今对这家茶馆十分不满，气氛都被隔壁的噪声破坏得一干二净。

闹哄哄的和菜市场有什么区别。

今天的相亲，是她费尽心思促成的，从见面的场地到打扮，她都提前许多天准备，就是希望能给对方留下一点好印象。

魏今平时偏好艳色的衣服，走的是烈焰红唇的性感路线，长发大卷，大长腿，脚下踩的高跟鞋至少七厘米，在气势上就压倒了一众清汤寡水的傻白甜。但因为她暗恋的男人不是这个审美风格，她今天愣是把自己捯饬成了一个仙女。

她穿了一件交领长裙，外面披着白色的外套，卷发用簪子挽起来，化了一个清淡的素颜妆，毫无平日里盛气凌人的架势。

她微微垂着眼，慢悠悠地煮茶，画面看起来颇有几分岁月静好的感觉。

"三哥，来尝尝我的手艺，我记得你喜欢龙井。"魏今将茶盏推到他的面前。

坐在魏今对面的男人长得十分英俊，五官挑不出一点毛病，只是看着十分冷淡，眼中没有一点情绪波动。他的坐姿十分端正，仪态比唱昆曲的魏今还要好，可以用赏心悦目来形容了，只是——他是严川途。

他没有喝茶，淡淡道："现在不喜欢了。"

"那你现在喜欢喝什么茶？"魏今对他的冷淡毫不介意，含笑问道。

"桂花茶。"

魏今刚听到这个回答，并未觉得哪里不妥，再细细一品，每个字都叫人发酸。南京除了各种做法的鸭子，就数桂花最多。她记得没错的话，梁音对外公开的资料里，最喜欢喝的就是桂花茶。

"桂花茶啊……"魏今喝了一口龙井，真苦，"挺好的。"

严川途心不在焉地"嗯"了一声。

隔壁包厢的动静越来越大，隐隐能听到"白眼狼""遗产""起诉"之类的话。他也没想到会这么巧，被母亲骗来相亲，却遇到了梁音。昨天见识过梁女士的蛮横不讲理，他有点担心梁音吃亏，想过去看一看，但心知以梁音的臭脾气，不会愿意被他看到这一面，就像昨晚也是叫他去外面等着。

如果梁女士打她，她能躲开吗？

梁女士骂她没家教，她会不会又难过了？

严川途烦躁地拧起眉，拿起手机给梁音发微信，一句话删了又改，最后变成：什么时候回来？我买了夫子庙那家的桂花糕。她不高兴的时候，吃点甜的，心情就会变好，一会儿就打车去夫子庙买桂花糕。

梁音没有回他的消息，隔壁的动静一直没有消停。

大概没空看手机吧。

严川途屈着手指，无意识地敲着桌面，完全没注意听魏今讲话。

魏今有点郁闷，但还是努力找话题："我上次来南京还是八年前，那时候是跟着我姑姑来演出，当时三哥还在这边念书，那天也过来看我们演出了。那是我第一次登台演出，没想到三哥会来，我都开心疯了。"

"魏小姐，"严川途抬起眼，"你可以直接叫我的名字，或者称呼我严先生。"

魏今的笑容尴尬地僵住，她撩开脸上的碎发，复又恢复正常："是我太自作多情了，以为你还记得我。我们小时候经常一起玩的，那时候我总跟你后面，三哥三哥地喊。阿姨说我从小就是你的跟屁虫。"

她把话说到这个份上，姿态摆得这样低，正常人都不会再计较称呼。但严川途完美地诠释了什么叫不解风情，他居然面无表情地说："我不记得我看过你的演出，也不记得我们小时候一起玩过。"

魏今尴尬地"哈"了一下，仰头喝了一口茶，借以缓解情绪。他是真的不记得，还是故意用这种方式拒绝她？

魏今笑盈盈地自我调侃道："我小时候是个哭包，你不记得才好。"

严川途没有说话。梁音一直没有回他的消息，隔壁又一直在闹，他有些担心，忍不住又发了一条微信：你什么时候回来？

又开始冷场了。

魏今绞尽脑汁地想出一个安全的话题："你在南京念的大学，对这里应该很熟，有没有什么小吃推荐？我这几天比较闲，想好好逛一逛南京。"

严川途不假思索道："桂花糕，糖芋苗，赤豆元宵。"

他对这个话题果然有兴趣，但为什么他有兴趣的点都和梁音有关？

"听……听着还不错。"魏今的笑容完全垮下来，这些不都是梁音喜欢的点心吗？作为严川途唯一交往过的对象，她可是把梁音的喜好兴趣和家庭背景查了个底朝天，保不准比严川途都了解梁音这个人。

魏今心想，她现在要是问他喜欢什么类型的姑娘，他会不会直接告诉她是梁音？

不是都分手八年了吗？

为什么都分手了，还喜欢前女友喜欢的东西？

"啊，对了。"魏今跳过和吃有关的问题，又换了一个话题，"我最近都在南京，有时间可以出来一起吃饭。听阿姨说，你现在也是基本在南京。"

严川途婉拒道："最近都没有时间。"

"我什么时候都有时间，你空的时候，可以约我。"魏今直勾勾地盯着严川途，毫不掩饰对他的兴趣，"反正你现在也没有女朋友，不如和我试试。我们两家也算是知根知底，阿姨喜欢我，我妈也喜欢你，从各方面来说，我们都很适合。"

"很抱歉，我并不知道今天是相亲。"严川途不疾不徐地说，"你是一个很优秀，也很有魅力的女性，但我对未来已经有了安排。"

魏今没想到会被拒绝得这么直接，这么不留余地，她苦笑道："你真的觉得我优秀，有魅力吗？我想，走出这扇门，你压根儿就记不得我长什么样。"

严川途没有回答，但魏今却明白他的意思。

他的赞美就是一句客套话，为了不让她太难堪。

魏今勉强地笑了笑，还想说什么，却听到隔壁传来杯子破裂的声音，还有一个男人的惊呼声，像是打起来了。这家茶馆的环境真的太糟糕了，她绝对不会再来了。风水也不好，不适合相亲，更不适合表白。

严川途神色忽变，立马站起来，疾步往外走。

魏今一头雾水，不由自主地站起来，想跟着他出去，但严川途却转头说了一句："你别出来。"说完，他就把包厢的门重新关紧。

"你滚！我没有你这个恶毒的女儿！"

严川途拉开隔壁的门，看到梁女士正抄着茶壶往梁音身上砸。他伸手拉了梁音一把，茶壶砸了一个空，落在地上，水珠四溅，冒出白色的雾气。茶水还是滚烫的，如果砸到梁音的身上，下场可想而知。

梁音被他拉得踉跄一步，撞进他的怀里，脑子都撞懵了。

严……严川途？

"梁音你没事吧？"严川途急切地问。

"我没事。"梁音后退一步，严川途的手还握着她的手腕，皮肤相触的地方滚烫得像要烧起来，她不自在地把手抽回来，放在身后，摩擦了两下，"你怎么在这里？"

严川途垂下手，迟疑了一下："我，路过。"

梁女士砸出茶壶的时候就后悔了，但见没砸中人，放下心后，又憋不住火气咒骂梁音，什么戳心窝的话都往外蹦，简直是把她当成仇人。

说是仇人也差不多，梁女士生来就是天之骄女，一帆风顺，要什么有什么，唯一的污点就是梁音的出生。每次和姜江的爸爸吵架，她就怀疑他是介意她结过婚。

无论梁音说什么，做什么，她看着都碍眼。她恨不得没生过梁音，断了关系。偏偏老爷子心软，舍不得把她送人，非要留在身边养。这么一大活人杵在她眼前，时时刻刻提醒她当年的旧事。

　　严川途紧紧拧着眉，冷声喝止："梁女士，你不要太过分了。"

　　"我过分？那梁音侵占我梁家的祖产，就是恶毒了。"梁女士看梁音的眼神都带着毫不掩饰的憎恶，"她要是还有一点羞耻心，那就把老爷子留下来的东西吐出来，以后我们桥归桥路归路，互不干扰。"

　　"我和你没什么好说的，你想告就告吧。"

　　梁音说完，直接拉着严川途的手离开包厢。等走出去，她才反应过来自己手里拉着的是严川途的手，她愣了一下，慌忙松开。

　　她把折扇抵在鼻子下，眼神飘忽不定："你的手背有点红，是不是被溅到了？"

　　严川途看了一眼自己的手背，正想说话，隔壁包厢的门开了，魏今从里面慢悠悠地走出来。她的视线扫过严川途，最后落在梁音的身上，神色从困惑慢慢转为了然和讽刺。她收回目光，看向严川途："你出去了好久，我还以为出什么事了？"

　　梁音没有认出魏今。严川途和异性出来吃饭，她并没有矫情到吃醋，只是莫名觉得这句话有点刺耳："你朋友？"

　　严川途含糊地"嗯"了一声，想带梁音先走，不希望她知道自己出来相亲。

　　魏今却认出梁音，心里又酸又苦，说不出是什么滋味。她现在都忍不住怀疑，严川途来南京是为了工作还是为了梁音。她忽然就想起了他拒绝她时说的那句"我对未来已经有了安排"，本以为是托词，现在看来倒也未必。

"这家茶馆的环境太差了，下次相亲可不能再来这里了。"魏今压下心头的苦意，笑盈盈地去挽严川途的胳膊，但被他避开。魏今也不介意一个人唱独角戏，仍然带着笑，"不过我想，应该没有下次了。见过三哥这样的男人，别的男人可没办法入我的眼——梁小姐，我说得对不对？"

梁音捕捉到关键字，相亲？相亲！

见鬼的路过，他居然跟别的女人相亲？

"您说得对，非常对。"梁音沉着脸，想甩手走人，但又硬生生地压下怒火。她用舌尖抵着脸颊，转头冲严川途慢慢笑起来，"所以你给我发微信，说给我买了桂花糕的时候，正在相亲啊？这就不对了，相亲的时候得专心一点，甭惦记着给另外一个人送桂花糕。"

"我不知道今天……"

严川途想解释，但梁音却不给他机会解释，她用折扇敲了他的胸口一下，不轻不重，笑得阴恻恻，扔下一句"您继续"就跑了。

严川途想也不想就追出去，魏今看到他如此失态，心口的郁气更浓了。

他这个人一向冷静，几乎没有情绪失控的时候，原来他不是没有情绪，只是他所有的感情都冲着梁音去了。

茶馆的走廊上有装饰用的小铜镜，魏今看到镜中模糊的人影，自嘲一笑，然后伸手拔掉束发用的簪子，扔进一旁的垃圾桶。

模仿得再像又有什么用，他照样认不出自己的样子。

东施效颦，不过如此。

自己今天的所作所为，可真像戏台上的丑角。

梁音开着严川途的车回去，却把他扔在路边，一踩油门，开得飞快。她已经想起严川途的相亲对象是谁，可不就是魏今吗？青梅竹马，水到渠成，天作之合，门当户对，她脑子里的词一个接一个蹦出来。

路又堵了，梁音生气地按了一下喇叭。

胃还在隐隐作痛。

今天究竟是什么倒霉日子，怎么所有的坏事都一起发生？

梁音心里烦躁，最后实在气不过，就把严川途的微信拉黑了："骗鬼的桂花糕，你和魏今吃剩的给我打包吗？"

她本来以为严川途对她这么好，或许对她有那么一点点好感，那她只要再努力努力，就能追上他。但今天这出相亲，让她清楚地意识到一件事情，严川途不喜欢她，如果他对她有意思，就不会去相亲。

梁音气得胃更疼了。

但开车路过药店的时候，她却停了下来，神使鬼差地走进去买了一支烫伤膏。买完之后又后悔了，她既舍不得扔，又不知道如何处理。

回到五音戏楼，梁音去休息室拿练功服，换好后，直接去了练功房。

何桃和扮演私塾先生的师兄正在排戏，他们俩的对手戏不少，一来一回，演活了俏皮可爱的春香和古板的老先生。现在排的是《闺塾》这一折戏，梁音和他们也有对手戏，刚才她不在，他们就把她那一部分直接跳过了。

何桃扮演的春香是个古灵精怪的丫鬟，先生检查功课，她明明一个字都没记住，却说自己会了：烂熟的了还要背？小姐提我一个字。

梁音上前一步，接住她的台词：关。

他们三人先前就一起排过戏，彼此之间很有默契。将这折戏排完，扮演老先生的大海师兄对梁音竖起大拇指："师妹进步了很多，越来越有杜丽娘的风范。"

"您可别夸了，小心我骄傲。"梁音笑着回道。

何桃走到梁音的身边："师叔，你脸好白，是不是不舒服？"

"没事，早上忘记吃饭，有点胃疼，现在已经好了。"真难受她就不会过来排戏，老毛病，疼一疼就过去了。现在已经六月，离演出的时间不到一个月，再不抓紧训练就来不及了。她不想拖大家的后腿。

何桃闻言，有点担心，给梁音倒了一杯热水。

梁音喝完滚烫的热水，和他们继续排戏，她和谢林的对手戏已经磨合得差不多，所以这几天主要是和何桃一起训练，相处的时间久了，两人的感情倒是不错。何桃是去年来的，戏台经验不太足，但十分努力。

他们排戏中途，严川途也过来了，但却没带着他的单反。

梁音看到他，却没搭理。

她不想冲严川途发脾气，因为这是一件很没道理的事情，她没有权利吃醋，也没有权利警告他不许去相亲。但她这几天的心情太糟糕，不想搭理他，不想和他说话，也不想看到他。

严川途在门口等了挺长时间，然后又默默走了。

何桃看看师叔，再看看空荡荡的门口，脑补了十万字的虐恋情深。

排完戏，大海师兄有事先回家，何桃还有几个细节没把握好，拉着梁音帮她讲戏。讲到一半，何桃的微信响了，她看完信息，忽然就出去了。

等何桃再回来的时候，手里拎着保温盒和写着"老字号"的纸袋："师叔，你不是胃疼吗？赶紧喝点姜茶。"

"哪来的姜茶？"梁音接过她倒的姜茶，喝了一口。

何桃心虚地"啊"了一声，眼睛左右乱瞟，磕磕巴巴地说："我煮的，早上煮的，放在休息室的柜子里，不小心给忘了。"

"小核桃。"

"在！"

"你这么紧张做什么？是不是干了什么亏心事？"梁音喝完姜茶，伸手道，"再给我倒一杯呗，你煮得挺好喝的，有股桂花味。"

"哦哦哦。"何桃赶紧又倒了一杯，"我没干亏心事，就是，就是天热，可能中暑了，注意力老不集中，哈哈哈。"

她说到最后，也不知道自己在说什么，已经是语无伦次。

"对了，师叔，你不是没吃早饭吗？我早上顺手买了盒桂花糕，你吃两口，垫一下肚子，我每次胃疼，吃饱了就好。"何桃狗腿地打开袋子，把色泽漂亮的桂花糕摆到梁音面前，擦了一把脑门上的冷汗。

梁音盯着桂花糕，就想起了严川途，于是火气又冒上来了，她用舌头抵着脸颊，过了许久才说："我不饿，你自己吃吧。"

"咦？师叔，你不是最喜欢桂花糕吗？"

"戒了。"

何桃偷偷呼了一口气，看来是真的吵架了，不然严先生不会借她的手送姜茶和桂花糕，而且还不敢让师叔知道是他送的。

"师叔……"何桃和谢林一样是个好八卦的，"你和严先生是不是吵架了？"

"没啊。"喝完手里的姜茶，她又给自己倒了一杯，她一向不喜欢生姜的味道，小核桃煮的姜茶怪好喝的，味道也不冲，带着淡淡的桂花香，喝完，胃就慢慢暖和了，不再隐隐作痛，整个人都舒坦了。

"哦，没吵架啊。"

何桃的胆子没有谢林肥，不敢继续追问，就在微信上找谢林八卦。谢林就在隔壁的练功房，他结束得早，这会儿已经去吃午饭了。他的微信名原来叫"小林子"，但现在改成"在线吃狗粮的小林子"，头像也换成一只狗。

听完何桃的爆料，谢林也说了一个惊天大秘密。

他神秘兮兮地发了一张烫伤膏的图，何桃没明白，他卖足了关子才解释道：十点多那会儿，师叔从外面回来，塞给我一支烫伤膏，让我给严先生，但不许说是她给的。所以他们俩肯定吵架了，送东西都不让对方知道。

吵架是肯定吵架了，不过看起来像是严先生惹到师叔了。奇了怪了，昨天看他们还黏黏糊糊的，怎么就闹矛盾了？

第七幕戏

我这个人一向没什么节操，
为了您的清白，最好离我远远的。

距离周即白在酒吧和张匪风打架已经有些日子了。

周即白脸上的伤已经全好了，没毁容，其他地方也好全了。只是受伤的事情到底影响到剧团的演出，不仅被扣了奖金，还挨了领导的批。

周即白和乔雅已经搭档三年，最出名的就是《牡丹亭》，但因为他受伤，五月和六月上旬的几场戏，乔雅被迫换了搭档。

乔雅和新搭档没有默契，只能加大训练量。

训练累，心里更累。

她和周即白从认识到现在，不管怎么吵怎么闹，但从来没冷战过。第一次，是她不搭理周即白，而不是周即白不理她。

乔雅单方面的冷战并没有影响到周即白，她不来吵他，他求之不得。

那日张匪风说，从头到尾的所有坏事都是他一个人干的，乔雅会带梁音过来抓奸，纯粹是脑子傻，被他利用了。

但周即白本就性子多疑，自然不相信这个说法。

一天，两天，三天，一个星期之后，乔雅有点撑不住了。她想，周即白可能没发现她在生气，她应该暗示得明显一点。然而她发现似乎不是她在单方面的冷战，周即白也在对她冷战，并且将她的微信拉黑了。

他的微信，是她半年前死皮赖脸才加上的。

乔雅急了，她本来就不是耐性特别好的人，有什么事情都藏不住，全挂脸上。她想去找周即白求和，但又拉不下脸，以前就算了，这次分明是他的错，为什么却还是她主动求和？

乔雅根本不知道周即白和她冷战是因为"抓奸事件"，在她看来，这事已经发生了好几个月，属于过去式，而且张匪风都帮她做证了。

这天乔雅训练结束后，决定去找周即白好好谈一谈，必须要让他知道，她最近非常、非常地生气，他的肆意妄为已经连累到她。

他跟人打架的时候，根本就没想过第二天还有演出，也没想过她是他的搭档。他不能上场演出，她这个女主角怎么办？

乔雅脱下练功服，气呼呼地自言自语："周即白你就是大猪蹄子，下次再敢这么冲动跟人打架，我就换搭档！"

她琢磨着要怎么讲，既能让周即白意识到自己错了，也能让他明白她最近过得不好，最好还能刷一下他的好感度，然而没等她想清楚，身后忽地响起周即白带着嘲讽的声音："想换搭档就赶紧去申请，正好，我也不想继续和你搭戏了。"

乔雅转身，看到门口的周即白，脸色猛地一变，干巴巴地说："不……不是，师兄，你听我解释，我是在生气，但我真的没想过换搭档。"

"我想换。"

他这三个字让乔雅瞬间红了眼睛，她慌张地走过去，白着一张脸问："为什么？我们搭档三年多了，一直非常默契。是因为我刚才的话吗？我道歉，是我说得太过了，但我真的没这么想，我们，我们……不是一直好好的吗？"

周即白沉声道："从你和张匪风算计我的那天起，我们就不是搭档了。"

"我没有！"乔雅终于明白了，为什么周即白对她是这个态度，"我……我没有和他一起算计你……张匪风那个神经病以为我是你女朋友，用你的手机打我电话，说看到你和一个长得很像梁音的女人去开房了，叫我过去抓奸。"

"所以你就带着音音来了。"周即白的脸色同样难看，眼眶里全是红血丝，没有一点神采，面色憔悴，完全没有从前的精气神。他逼近她，恶狠狠地吼道，"你知不知道你做了什么？你知不知道你做了什么？"

他问了两遍，一遍比一遍大声，声音里溢满了绝望和愤怒。

"我……"乔雅像是被吓到了，不自觉地后退一步，"我不是，我当时，我当时没想那么多……觉得可能是恶作剧，你那么喜欢梁音，怎么可能出轨，我，我也不知道我当时为什么会拉着她一起去酒店……"

她真的不知道自己当时为什么鬼使神差地带着梁音一起去酒店，所有人都知道梁音最恨出轨渣男，如果周即白真的和人去开房，他们之间绝对完蛋。她不知道那时候她是不是期盼电话里说的是真的，是不是真的盼着他们分手。

他们交往后，除了一起训练，她没再纠缠过周即白。

她没想过拆散他们。

没人比她更清楚周即白有多爱梁音。他在梁音的身边时，眉梢眼角俱是温柔的笑意，又暖又黏人。只要梁音在他身边，他待人总是格外地耐心。她喜欢跟梁音待在一起时的周即白，也喜欢梁音不在时，他对人冷漠的面孔。

是她做错了吗？

"你不知道？你说你不知道！"周即白像是听了一个天大的笑话，不可抑止地狂笑不止，笑得眼角都泛起了泪，"你真的不知道吗？乔雅，你是我见过最恶毒的人，我从未见过你这么恶心的人。"

那晚他醉得不清，是梁音用水泼醒了他，他才发现床上有个陌生的女人。当时场面太乱了，他急着向梁音解释，根本不知道是乔雅带着梁音来酒店抓奸，也不知道这里面有张匪风的算计。

他以为自己酒后失德，做了对不起梁音的事，既心虚又难受，不敢见她，又不知道如何挽回梁音。是乔雅开解他，帮他出主意，也是她叫他以退为进，拿戏楼的窘境来做不分手的筹码，他居然鬼迷心窍地同意了。

他以为在当时的情况下，只要他假装要带乔雅跳槽，梁音一定会出面阻止，他就可以以不分手为条件，再徐徐图之，想办法求得她的原谅。然而，事情却没有按照他的剧本发展，假跳槽也变成了真跳槽。

他做过最愚蠢的事情就是信了乔雅的鬼话。

他一直看不上乔雅，觉得她蠢，想利用的时候就拿来用一下，没价值了就扔在一边。在他眼里，她蠢得不需要他花心思去猜。真是可笑，可笑至极，他最后居然是栽在她身上，栽在这么一个蠢货的算计里。

如果不是他不死心去酒吧调查，发现了张匪风，又从酒保那里套出了一些话，他到死都不知道乔雅在这里面扮演了怎样恶毒的角色。他从前看不起她，亏欠过她，也利用过她，所以这是报应吗？

如果这是报应，那未免也太过残忍。

"恶毒？恶心？"乔雅的脸色苍白得和纸差不多，她往后退了两步，背抵在墙上，像虚弱得站不稳。她对上周即白厌恶又冷漠的神色，慌张地不断摇头。她想解释，可是又找不到为自己辩解的话。

周即白也不想听她的解释，他来训练室找她，只是为了告诉她换搭档的事。

"再来一杯！"

乔雅放下空杯子，冲酒保大喊一声。她是下午五六点那会儿来的，一直坐在吧台边上喝闷酒，谁来搭讪都不理。她长得好，气质又与酒吧格格不入，十分招人，都看得出她心情不好，都想等她喝醉之后把人带走。

乔雅不知道是喝晕了头，还是没发现周围虎视眈眈的目光，全无反应。

她喝了一杯又一杯，越喝越难受，一边喝还一边骂张匪风和梁音，骂完了，又语无伦次地骂起了自己。

酒保还记得乔雅，知道她和老板认识，就打了一个电话通知老板。

酒保给乔雅的酒是度数最低的果酒，就怕她喝醉了，乔雅却不领情："这是酒吗？这是水果味的饮料！"

她爸是个酒鬼，她小时候还没学会吃饭，就先尝到酒味，别的女孩子都是一杯倒，她能红白混着一起喝，从来没真的醉过。后来她学昆曲，为了保护嗓子，不再喝酒，但酒量还是在的，就这果酒骗谁啦。

酒保正为难着，张匪风到了。

他听到乔雅的话，走到她身边坐下，把一旁桃粉色的果酒推到她面前："没酒了，就剩这个，爱喝不喝。"

乔雅转头看到张匪风，指着他的鼻子："你——张匪风！"

"嗯，是我。"他说完，冲酒保道，"给我调杯……"说到这，他看了一眼乔雅，不太情愿地改口，"算了，给我一杯白水。"

"好的老板。"酒保很快就把白水端给张匪风，露出一个暧昧的笑，"很少看到老板这么贴心哦。"

"那不是……"张匪风也说不出一个所以然，悻悻地摸了一下鼻子，"滚犊子，洗你的杯子去，居然敢管老板的闲事。"

"张二狗——你个王八羔子！"乔雅摇摇晃晃地站起来，一把揪住他胸口的衣服，"你害惨了我！我和你无冤无仇的，你为什么要害我？你为什么要给我打电话？为什么要叫我去抓奸——你要是不算计周师兄，不就什么事都没了吗？"

张匪风哪里晓得她和周即白、梁音之间的恩怨情仇，他和梁音分手后就没再联系过，就连乔雅和周即白是情侣的八卦，都是他无意间在网上看到的，他记得周即白，所以就顺便记住了"乔雅"的名字。

当时他还在想：毁人姻缘的混蛋不该天打雷劈吗？他居然有这么漂亮的女朋友，太不公平了！简直天理难容。

所以那天在酒吧看到周即白，他一激动，就想报当年的仇。

　　当时周即白喝得烂醉如泥，怎么叫他都没反应，他就拿周即白的手机打给乔雅，告诉她男朋友出轨了，出轨对象还长得特别像梁音。结果，和周即白闹绯闻的乔雅压根儿不是他的女朋友，梁音才是正主，他找错人了——不过这就证实了他七年前的猜测，周即白早就对梁音心怀不轨，所以当初才栽赃陷害他。

　　张匪风有点纳闷，他怎么害了乔雅："难道你暗恋周即白？他记恨你带梁音来抓奸，所以你们俩现在……闹翻了？"

　　"对！我喜欢他！"她回答得超级大声，可下一秒脸就垮了，忽然嘤嘤嘤地哭了，"我太恶毒了，我拆散了他和梁音……"

　　"你先站好。"张匪风急忙扶住歪歪扭扭的乔雅，"你别哭啊，要不我去找周即白，帮你解释解释，就说是我逼你去找的梁音，都推到我身上，跟你没关系。"

　　乔雅哭得撕心裂肺，一点美感也没有，但张匪风却愣是看出了可爱。

　　"是我自己找的……是我找的……我和她说：师叔，周师兄跟女人去酒店开房，我带你去抓奸。"她懊悔道，"我觉得电话是假的，可能、可能就是在玩大冒险，你不懂，你不懂，梁音是我师兄的命，他死都不会背叛她，不可能的事情……不可能的事情。谁都有可能背叛梁音，只有他不会。"

　　张匪风酸溜溜地想，周即白真是好命，有人这么喜欢他。

　　"他们分手了，我好开心。"乔雅又哭又笑，"我趁他失恋的时候，骗了他，让他带我离开五音戏楼。从前他总不信我，觉得我心术不正，可偏偏那次就信了，我告诉他，五音戏楼离不开他，如果他要走，梁音一定会和他复合，就像之前答应他的追求那样——

其实我是骗他的，他才是最傻的，梁音和他交往根本不是为了五音戏楼，也不是为了防止他跳槽才答应他的追求。我知道，但我就是不说，我还骗了他，每天在他耳边挑拨离间，我怎么就这么坏呢，我真是坏透了。"

带梁音去酒店去抓奸尚且能说是无心之过，但之后种种却是有心算计。

她承认自己卑鄙、恶毒，可是当周即白直白地说出这些话，哪怕她已经有了心理准备，还是觉得很难堪。她做尽坏事，却又抱着侥幸的心理，希望他永远不会发现。她怎么会变成这种人，连自己都恶心自己。

"他们现在分手了，你也如愿带着周即白走了，那你哭什么？"一般人听了这些话都该讨厌乔雅，但可能她哭得太惨，张匪风竟觉得她可怜。

"我没哭。"乔雅嘴硬道，"我开心着呢。"

"好好好，你没哭，你开心着呢。"张匪风顺着她的话哄道，"你手机呢？我叫周即白来接你回去。"

乔雅摇头，摇得头更晕了，站都站不稳："不，他不想见到我。"

"其他朋友呢？"

"我没有朋友，一个都没有。"其实有过一个朋友，就是梁音。做她朋友比做情敌舒服多了，梁音这个人护短，每次她有什么事情，都是梁音帮着出头。是梁音帮她解决了她的酒鬼爸爸的事，也是梁音让她和已经成名成角的周即白搭戏。她错在不该因戏生情，不该贪恋周即白对梁音的温柔体贴。

乔雅又哭又笑，闹得张匪风出了一头的汗。

他哄了半天，乔雅终于安静了一点，他赶紧扶着她坐好。

张匪风看到吧台靠墙位置放着一个粉色手袋，问了酒保是不是乔雅的，得到肯定的回答后，他打开手袋去找手机，翻了半天才找着。她的手机要指纹解锁，但她醉得迷糊，像听不懂他的意思，一动不动。

张匪风小心翼翼抓着她的手解锁手机，一成功就放开，嘴里还急着解释："我可不是故意占你便宜，就碰了一下手。"

乔雅趴在吧台上，侧着脸，闭着眼睛，一点反应也没有。

看起来乖巧又漂亮。

张匪风找到周即白的电话，犹豫了一下，还是打了过去，但响了很久都没人接。他低声咒骂了一句，看了一眼乔雅，皱着眉找到另外一个人的号码，也是等了许久没人接，差点挂掉，这个时候才听到梁音睡意蒙眬的声音："乔招娣你要完了，半夜三更打扰我睡觉……"

张匪风忽然想起来，他这个前女友每晚十点就睡，作息超规律。

怕她挂电话，张匪风马上报出酒吧的位置，让她过来接人，要是不过来，他就把人带回自己家了，不保证带回去的后果。

梁音挂了电话后，立马起来换衣服。

她一手拿着手机，一手拿钥匙，急匆匆地往院子去，一直走到门口，开了门，正要出去，忽地听到身后传来脚步声，一转头，就看到了严川途。

他穿着白T和长裤，脸上带着几分睡意，看着比白天温柔："你要出去？"

"朋友喝醉了，在酒吧，我去接一下。"梁音不冷不淡道，"门别锁，我一会儿就回来。"她扔下这么一句话就跑了。

"等一下。"严川途喊道。

她停下来，疑惑地转头："干吗？"

"我开车送你，这么晚不好打车。"严川途回房间去拿车钥匙，很快就出来了，他没说的是，女孩子这么晚出去不安全，而且还是去酒吧。

上了车，梁音客气地和他道了一声谢谢，却不像平时那样跟他叽叽叽个不停，显然还在气相亲一事。

"梁音，你是不是不高兴我去相亲？"严川途忽然问。

她盯着他的后脑勺，重重道："是。"

"为什么？"

梁音舔了一下起皮的嘴唇，觉得他这个问题有点好笑："你是真的不知道还是装傻？严川途，我说过了，你要是对我没意思，别整天撩拨我。你不知道吗，我这个人一向没什么节操，为了您的清白，最好离我远远的。"

"梁音，"严川途的声音很低，带着克制，"没心的那个人是你。"

"……"她没心？她都恨不得把心捧到他面前，不屑一顾的人一直都是他。

他又问："那你爱我吗？"

梁音没有回答。

这问题超纲了，她都不知道他怎么想的，怎么能像八年前那样直接表白？万一他已经和魏今看对眼了，那她多难堪啊。

车内安静了下来。

过了许久，严川途低声道："我今天并不知道是相亲。家中长辈约我在茶楼喝茶，我去了，才知道是相亲。"

梁音已经躲了他一天，微信也拉黑了，他再不解释清楚，以她的性格可能会直接把他的行李扔出五音戏楼，老死不相往来。

听到他的解释，梁音憋了一天的火气终于散了。

"蠢死了。"梁音哼了一声，冲他撒火，"知道是相亲骗局，为什么不马上就走，还留在那和人家姑娘喝茶？"

他当时是打算马上走，但听到隔壁的动静，不放心她，才留下来听壁角。

严川途含笑问："微信能加回来了吗？"

"现在就加。"她掏出手机，把他从黑名单里放出来。

梁音的脾气来得快，去得也快，乐滋滋地想：既然不是他主动跑去相亲，还特意和她解释，那是不是代表她还有希望？

"那个，你的手没事吧？"梁音想起早上的事，不好意思地问道。

严川途却回道："你给的烫伤膏很好用。"

"你怎么知道烫伤膏是我送的？"她惊道。

"很好猜。"

梁音的脸又开始热了，她用折扇狠狠地敲了一下自己的脑门，最后把脸埋在手臂里，不说话了。小林子不靠谱啊，送东西都不会送。

半个小时后，他们到了开在酒吧街的夜色。

酒吧街十分热闹，人来人往，与其他街道的冷清完全不同。梁音看到一群染发青年走进了夜色，不由得担心起了乔雅，一个女孩子居然大半夜跑到这种鱼龙混杂的地方喝酒，还喝醉了。

她站在门口打了乔雅的电话——这个时候，她还不知道电话是张匪风打的，还以为他是酒保或者热心的路人。

不过"夜色"这个名字有点耳熟，好像在哪里听过。

她看了一下其他酒吧的名字，月色、春色，好像都差不多。

过了几分钟，有人扶着乔雅走出来，是个身高约莫有一米九的男人，就着灯光，隐约能看清他英俊的五官，宽肩，大长腿，身材跟模特差不多，气质特别硬汉，看着就特别有安全感的那一类男人。

"人就交给你了，赶紧带走吧，可累死老子了。"他走到梁音的面前，把人塞过去，也不担心她接不住。

梁音急忙扶住醉醺醺的乔雅，皱眉思索："你——"

"要这么无情吗？好歹我们谈过一段。"虽然就几天，他还被打得半身不遂。

张匪风的话刚落地，就收到一道冰冷的视线。酒吧门口的灯光有些暗，所以刚才他没注意到站在梁音旁边的男人。

他看了又看，终于从脑子里挖出一个名字——严川途。他会认识严川途还多亏了周即白的科普，按照他的说法，张匪风是替身，严川途是白月光。当初周即白生怕拆不散他们，还往张匪风的邮箱里发了一堆梁音和严川途的亲密合照。大概因为这个原因，过了这么多年，他还是一眼就认出了严川途。

张匪风无聊地想：我这位前女友的感情生活真复杂，一个白月光，一个青梅竹马的狼崽子，真刺激。

"别盯着我啊，我和梁音早就分手了。"张匪风故意冲严川途说道，"我被人当作你的替身都没气，你有什么好吃醋的。"

严川途目光一闪，问："替身？"

跟他的话同时响起的是梁音的声音,她大喝一声:"张二狗!你少胡说八道!"

"滚犊子,老子叫张匪风,出自《诗经》里的'匪风'。好好一个名字,被你们喊的。"张匪风怒道,"赶紧走走走,看着就碍眼。"

梁音揶揄道:"我记得你以前又软又可爱,是个小白脸来着,怎么几年不见,变成了这么大只的糙汉子?"

"还不是拜你所赐。"张匪风咬牙切齿道。

梁音一脸无辜道:"又关我的事?你们可真是——算了,今天多谢你了。"她指的是乔雅这桩事,"等这家伙醒了,我让她请你吃饭。"

"你们不是情敌吗?关系居然这么好。"

梁音笑道:"走了。"

她扶着乔雅上车,严川途帮她打开车门。把人弄上车了,她也坐进去,锁了车门。这时张匪风忽然跑过来,敲了敲窗户,示意她开窗。

梁音不想搭理他,不知道为什么她现在有点心虚,像做了对不起严川途的事。

严川途坐在驾驶位上,冷冷地问:"需要我回避吗?"

"不、不用了。"

张匪风锲而不舍一直敲,梁音烦得不行,只能降下车窗:"有事说事,没事赶紧滚蛋。"

"两件事。"他比了两根手指。

"第一件事,周即白没出轨,是我算计了他,他是清白的,乔雅也是无辜的,她是被我骗过来的,事先毫不知情。小姑娘挺可怜的，为这事，哭了一晚上。"张匪风说完，又赶紧说第二桩事，"还有七年前，我们谈……"

"打住！"梁音现在最怕听的就是七年前的情债，"我记性不好，七年前的事早忘得一干二净，你也赶紧忘了。"

她说完，冲严川途道："开车开车，赶紧走。"

严川途却没听她的，一动不动，手就搭在方向盘上，身上的气压特别低。

"听我说完啊，七年前周即白就对你心怀不轨，我没出轨，是他陷害我，所以我上次才算计他，一报还一报，扯平了。"张匪风帮周即白澄清是为了乔雅，但又看他不爽，所以就把七年前的破事捅出来，"我告诉你啊梁音，周即白在你面前就是演戏，他这个人狠着呢，心可脏了，你别错把狼崽子当忠犬。"

张匪风说的事情一件比一件劲爆，还是当着严川途的面说的。

梁音气得不行，恨不得再把张匪风揍一顿。

"滚滚滚，赶紧滚，就这点破事值得你惦记这么多年，你还是男人吗，心眼这么小。"梁音怒道，"揍完你第二天我就知道了，但打都打了，就只能那么着了。要是知道你心眼这么小，我肯定让你打回来。"

她关上窗户，把张匪风气得冒烟。

严川途终于开车了，但回去的路上，车里的气氛格外奇怪。梁音想解释，又不知道自己为什么要解释，从哪里开始解释。

"我……"梁音干巴巴地说，"我不喜欢他。"

严川途没说话。

"我和张匪风就交往了几天，闹着玩的。"她试图把这个事轻描淡写地画掉，"我没喜欢过别人……"我从来没有爱过别人。

车窗外，是泛着寒光的秦淮河，是他们曾经的记忆。

严川途握着方向盘，冷冷道："你喜欢谁，是你的事，不用告诉我。"他停顿了一下，语气愈发冷了，"我并不想听。"

翌日，乔雅在梁音房内的地板上醒过来，呆呆地盯着天花板，回想许久，昨天的记忆才慢慢回笼。她爬起来，没看到梁音，只在书桌上看到她留的便利贴，上面写着龙飞凤舞的几个字：吃完赶紧滚蛋。

乔雅熟门熟路，去浴室找出一次性用具，洗漱完，把头发扎起来。她吃完桌上的早点，背着包走了。

她走的后门，没有去前头和以前的同事打招呼，也没有去找梁音道谢。

高考一结束，梁女士就带着姜江离开了南京。走之前，姜江给梁音打了一个电话，小姑娘哭得稀里哗啦，觉得特别对不起她，一再保证会阻止梁女士，不让她来抢五音戏楼。

梁音也没把她的话放在心上，给她发了一个微信红包，说："高考完了，爱上哪玩就去哪玩，别操心大人的事。"

梁女士离开了南京，严川途也走了。

他们遇到张匪风的第二天早上，他就离开了五音戏楼。她不知道他是有急事回北京，还是因为生气，不想见她。

严川途回北京的第二天，梁音就忍不住焦虑，怕他再也不回南京。

她给严川途发微信，他一条也没有回。虽然他没回，但她还是忍不住给他发，说训练累，说她入戏慢，说南京最近总在下雨。她想到什么就发什么，絮絮叨叨，就像以前每天一起吃饭时那样，她说，他听。

梁音特别烦躁。

她搞不懂严川途的心思，他对她到底有心还是无意？若是无意，为什么会为张匪风的事吃醋——应该是有一点吃醋吧；但要是有心，她借《惊梦》撩拨他，他却无动于衷。所以他到底怎么想的？

从他走的那天起，梁音就掰着手指数日子，没有黑漆漆的镜头，她唱戏都没劲了。

梁音不习惯，谢林他们也不习惯，以前总能看到他们俩腻在一起，现在猛地看到落单的梁音，还瞧出了几分落寞。

严川途离开南京的第五天，周即白来戏楼找梁音。

他想好好和梁音谈一谈，把误会都解开，想重归于好，想回到五音戏楼，想跟换了行当的梁音成为搭档。但幻想总是太过美好，现实又太过残酷，他一来，听到最多的话就是她和谢林之间如何默契。

她的搭档是谢林，他们要演《牡丹亭》。

而他已经被梁音抛之脑后。

她忘了他们约好一起吃饭，也忘了要听他的解释。

周即白气得不行，又对谢林充满嫉妒，但当着梁音的面，他一向温顺听话，跟个大型犬一样。梁音忙，他就安静地坐在训练室的门口等她。

谢林看到他，跟梁音小声地说，幸好严川途这几天不在戏楼，要是初恋和前男友遇到，那可就是修罗场啊修罗场。

提到严川途，梁音就想叹气。

中途休息的时候，梁音让周即白先回去，等演出结束了再约饭。

她现在吃饭都是随便扒拉两口，哪来的时间出去。到外头吃饭，要坐车，要等菜，吃的时候还得唠几句嗑，吃完了，几个小时也没了。

周即白等到晚上才死心，用微信给梁音发了一条信息：音音，我回去了，希望有朝一日，我们还能一起登台演出。

他心心念念的事，她毫不在意。

他每天都在打腹稿，想着要怎么说才能让她心软，原谅他。他很想她，从他们认识到现在，从没分开过这么长的时间。他怕他不在的时候，有人乘虚而入，害怕没有他，她也能经营好戏楼，更怕自己对她再也没有价值。

北京，下午三点。

严川途回北京，一是为了《NEW摄影》的访谈，二是为了摄影展的场地。

他会答应这个访谈是因为蒋颂，蒋颂是《NEW摄影》的副主编，虽然常年往外跑，但却正儿八经地干了三年没换工作。为了让他答应接受采访，蒋颂上次直接追到了南京，缠到他松口才罢休。

看完摄影展场地，严川途开车去见蒋颂。

他们约在咖啡馆见面，不拍照，就简单做一个采访。

蒋颂是上个月回的北京，本来还想过两天再去南京找他，没想到他居然回来了。蒋颂知道严川途的脾气，所以也没派别人过来，亲自上阵。

蒋颂一开始问的问题比较温和，不涉及私人生活和感情，主要针对八月的摄影展，尤其是关于"蜕变"的含义。他平时做的采访都是爆点十足，能挖出许多读者喜闻乐见的东西，与今天的风格完全颠倒。

"好了，下个问题。"蒋颂笑得不怀好意，"严老师的成名作《夏天结束了》，里面的背影是你暗恋的人吗？"

严川途喝了一口咖啡，淡淡道："你猜。"

蒋颂双手合十："拜托拜托。"

"你们杂志社已经落魄到要用八卦来讨好读者了吗？"严川途放下咖啡杯，不疾不徐地说，"那你可以考虑辞职了，不如来我的工作室吧。"

"会说话吗你？"蒋颂笑骂道，"这个问题哪八卦了，探索老师您的成名作背后的故事，多专业，多有意义。"

"跳过，下个问题。"

"有你这样的吗，跳什么跳。"蒋颂无奈，其实他知道照片里的背影是谁。今天他问这个问题，代表的立场是杂志社，严川途拒绝回答，就是不想公开，"好吧，下个问题就下个问题，还是关于你的成品作《夏天结束了》，为什么起这个名字，是有什么寓意吗？"

严川途道："没有。"

蒋颂暂时关掉录音笔，一脸无语的表情："严老板，严老师，您敢再敷衍一点吗？现在采访你的人是我——和你同穿一条裤子长大的好兄弟，有没有我还不知道，看着我，摸着你的心再回答一遍。"

"没有。"他还是回答了这两个字。

蒋颂打开录音笔，说："虽然我们严老师说没有任何特殊含义，但众所周知，'夏天结束了'和'今晚月色真美'，在日语里都有着隐晦的意思。好了，感谢老师的采访，让我们期待八月的摄影展。"

说完了，他关掉录音笔，结束了这次的采访。

蒋颂已经想到他拿着这份采访回去，会遭到什么嘲笑。不过"严川途"三个字就是最大的爆点和亮点，他们要是不满意，就自己出马。

严川途往后一靠，又在看手机。

微信上全是梁音发来的消息，她这两天在读《浮生六记》，看到喜欢的片段，就会拍下来发给他，分享自己的看法。

她的微信对话框显示"对方正在输入"，但过了整整三分钟，她才慢吞吞地发过来一条消息：严川途，你还欠我一份桂花糕。她说的是相亲那天，他说给她买了桂花糕，但最后却因为冷战不欢而散。

严川途没有回复，面无表情地关掉微信。

他心中道：已经送过了，只是你气性太大，没有吃。

"夏天结束了，我失恋了，你当年咋那么文艺啊？"蒋颂喝了一口柠檬水润润嗓子，忍不住吐槽道，"还是说，你们这些搞创作的文化人，都喜欢这个调调，就爱说半截话，让人抓心挠肝地猜。"

"这名字不好吗？"严川途的唇角弯出一点笑意。

"不好。"蒋颂一脸嫌弃道，"我打赌，就算是正主看到那幅作品，也看不懂名字。叫'失恋的夏天'，多直接。"

"俗。"

"得得得，我俗。"蒋颂贱兮兮地问，"那我们不俗的严老师，现在和《夏天结束了》里的女主角进展得怎么样了？"

严川途冷冷地反问："蒋大主编，你现在是改行当狗仔了吗？"

"说真的，你对梁音是不是余情未了？"

"你觉得我喜欢她？"

"不是我觉得，而是我们都觉得。你花钱投资就算了，还费心费力帮她管理乱糟糟的戏楼，图啥啊？你自己的工作室都还是请人在打理。"他一边想一边补充证据，"哦对了，你还搬到那破戏楼去住。"

严川途淡淡道："没钱住酒店。"

"扯淡。"

"你借我点钱，我就搬出去住。"他打开手机的短信界面给蒋颂看，最上面一条是银行的余额通知，非常吉利的一个数字，666。

蒋颂看完，拍着大腿哈哈大笑："啧啧啧，你都穷得没钱住酒店了，还舍得投资那破戏楼。老三啊，做人不要这么闷骚。"

严川途拿着手机站起来，直接用行动表示懒得理他。

"走了。"

蒋颂笑眯眯地挥爪，特别想在朋友圈里分享一下今天的收获，不过还是算了，老三生气很可怕，还是不惹他了。

严川途开车回到家，刚好是晚饭的时间，除了在外地出差的二姐，其他人都来了，包括他的爷爷奶奶，这阵仗看着就是三堂会审。

严川途回北京后，除了处理工作，就是应付长辈的催婚。

他母亲想撮合他和魏今，他奶奶想介绍剧团里的小姑娘，他爸爸觉得同事的闺女可爱听话，他爷爷却看上了曲友的孙女。他哥呢，一脸看好戏的表情，因为他的婚期定在明年。

严川途淡定地听完："我有对象了，过年带回来见你们。"

第八幕戏

他们之间哪里来的余情未了，
要是真有"情"，当初就不会走到分手那一步。

严川途离开南京的第十二天，是《牡丹亭》门票预售的日子。

这个剧文辞华丽，曲调极美，从古至今不知有多少人演绎过，远的不说，周即白和乔雅为主角的旧版《牡丹亭》就曾是五音戏楼的重头戏。

有周即白的"珠玉在前"，谢林的压力可想而知。

梁音也担心，但她这个人，不要脸的时候真不要脸，可有时候又特别要面子，比如这个时候，端着师叔的架势，看着特淡定、特从容。不得不说，梁音这张仙气十足的脸，还是挺糊弄人的，让戏楼里的其他人安了心。

梁音虽少年成名，但却是武生，所以自从她改了行当之后，他们十分担心，时间紧赶，男女主角又是初次搭档这样的大戏，都怕这中间生出点什么变故，毁了百年戏楼的好名声。也幸亏梁音是戏楼的主人，又有严川途的支持，所以她才能稳稳当当地扮演杜丽娘。不然换做其他剧团，谁敢让她贸然登台。

预售当天，梁音盯着手机，看着渐渐减少的门票，一颗心终于踏实了。她之前一度担心观众不买账，毕竟她和谢林都算是"新人"。虽然比不上周即白、乔雅的影响力，但当天也卖掉了一半的门票。

梁音暗暗松一口气，又有心思骚扰严川途了。

她把预售的页面截图发给他，故意装可怜：还有这么多的票卖不掉，严川途，我好难过。你不在，我更难过。

严川途还是没回她的微信。

过了一会儿，梁音又忍不住手贱了：对不起，最后一句话我撤回，你就装做没看到可以吗？

严川途，我今天这么难过，你就理我一下呗。

就算发个句号也行，好歹让我知道你有看到发的话。

喂。

真的打算一辈子不理我啊？

梁音发了一堆哭唧唧的表情包，在线卖萌半天，却没人搭理她，分外失望。她正准备放下手机去练水袖功，此时却收到一条严川途的消息：。

居然真的只有一个句号。

然而梁音盯着那个句号，却像神经病一样笑个不停。她抱着手机，眉梢眼角都是灿烂的笑意。梁音喜欢笑，也经常笑，但却没有像现在这样笑得又甜又软，看着就像是深陷爱河而不自知的小姑娘。

严川途走了十三天，终于在一个下雨的傍晚回到五音戏楼。

这个时间只比门票预售的时间晚一天，是她在微信上跟严川途哭诉的第二天。不管是不是巧合，梁音只要想到这个微妙的时间点，心头就甜滋滋的。

她一向不喜欢雨天，但瞧今天的雨却是格外舒心，格外美好，尤其是撑着伞走在雨里的人，就连水中的影子都格外好看。

然而严川途回来后，却不像之前那样每天跟着她拍摄。

梁音又郁闷了，难道他还没消气？

这天，严川途又没跟拍她，一早提着渔具出去了。

梁音跟谢林走完一遍《惊梦》，坐在墙角休息，她握着折扇，开了又合，合了又开，一看就是神游天外了。

谢林拿毛巾擦汗，擦完就挂在脖子上。他看出梁音心情不好，结合严川途回来了却没跟着她，就猜到她为什么不高兴。他凑到梁音面前，本想开解她几句，但视线扫过她的扇面，愣了愣，慢慢笑起来："师叔，你这扇子是哪个追求者送的？"

梁音每天都揣着这把折扇，竹为骨，纸为扇面，一面绘有梅园雪夜，一面写了几个潦草的大字，既大气，又有韵味。之前谢林就注意到梅园雪景，那字，却是刚刚看清，写的正是那句著名的"今晚月色真美"。

梁音看了眼折扇，回道："从前严川途送的礼物。"

"师叔，你知道扇子上的这句话是什么意思吗？"谢林问。

"今晚梅园的夜色很好看？"

"师叔，你太不解风情了。"谢林是个文艺小青年，马上给木头一样的师叔科普，"这句话翻译过来就是'我爱你'的意思——我的天，严先生居然会说这么甜的情话，完全看不出来。"

梁音合上扇子，敲了敲手心，斩钉截铁地说："你想太多了，扇面的字只是巧合，这可能是他随手选的，他根本不知道这句话还有这个含义。"

谢林正想把姜茶和桂花糕的事搬出来做佐证，这时顾师姐过来叫他们去化妆室试妆，现在排的这版《牡丹亭》和之前不一样，不仅灯光舞美要变，妆容戏服也要改良，化妆师老邱为了这次的妆容，潜心研究了许久。

梁音的戏服有五套，念书，游园，还魂，每一折戏的服装都不一样，每一套都极为精致漂亮。

何桃围着她转，赞叹道："太漂亮了，之前的戏服颜色太暗，老气横秋的，现在这样才比较像一个千金小姐。"

谢林换好戏服，已经在上戏妆，他看着镜子说："小核桃说得对，要讨年轻观众的喜爱，就得迎合他们的审美。"

"这还多亏了严先生，不然戏服也没办法这么快做出来。"老邱一边给谢林上妆，一边和他们说话，语气里充满感激之情，"本来我们的单子要排到下半年，我去了好几次，都说来不及在6月交工。我就急啊，嘴巴起了一圈的泡，有次严先生看到了，问我怎么了，我就顺口吐槽几句，没想到第二天那边就给我打电话，给解决了！我一开始还纳闷着，后来问了人，才知道是严先生帮的忙。"

昆曲的服饰十分精致、繁琐，都是纯手工定制，需要时间。这次新版《牡丹亭》，所有角色都重新设计了戏服，希望配合灯光舞美，能带给观众视觉上的享受。这是严川途提出来的方案，梁音也赞同。

梁音以前就想对戏楼进行改革创新，但没钱啊，服装烧钱，首饰烧钱，灯光也烧钱，找平台宣传戏楼还是得要钱。都说穷则思变，可没有钱，哪有底气对服装造型进行创新？就《牡丹亭》一个剧的服装道具，已经花了六位数。

谢林"啧"了一声，拿手指戳了一下隔壁座位的梁音："师叔——"

严川途和梁音有过一段的事，在五音戏楼不是秘密，就连扫地的大妈都知道。谢林一起哄，何桃也跟着闹："我觉得吧，严先生对我们这么好，肯定是对师叔余情未了。师叔啊，为了我们戏楼的未来，你就从了吧。"

梁音一脸无语："瞎起哄什么啊你们。"幸好严川途不在，出去采风了。不过他要是在，估计他们也不敢这么起哄。

谢林道："我们有眼睛看啊。"

"师叔，加油哦。"何桃感叹道，"这种男人，可是人间理想。"

"你们够了啊。"梁音无奈道，"说了好多遍，他就是为了拍照才留在我们戏楼，等拍完照，他肯定马上就走。"

谢林和何桃露出一个"师叔你怕不是一根木头"的无奈表情。

何桃问："师叔，姜茶好喝吗？"

"还不错。"

谢林和何桃齐齐"哦"了一声，表情暧昧。何桃笑嘻嘻地调侃道："能不好喝吗？那可是严先生煮的姜茶。"

梁音很快反应过来，那天早上她因为相亲的事情和严川途冷战，所以他才借了何桃的手送来暖胃的姜茶和桂花糕。

她心头乐滋滋的，却佯装淡定道："试着妆，你们能严肃点吗？"

"小核桃，都是你的错，干吗忽然爆料。"谢林道。

何桃立马接道："那我下次爆料一定挑个黄道吉日。"

饶是梁音脸皮厚，被他们这么打趣，也有些吃不消。小核桃说错了一点，严川途哪是人间理想，分明是世间妄想，敢垂涎他，她的下场就是前车之鉴，差点尸骨无存。她现在是真的不敢多想，就怕自己再次自作多情。

试妆结束后，大家直接带妆上戏台排练，所有人一起走一遍戏，培养一下默契。之前是有对手戏的先一起训练，全部人一起排戏比较困难，时间上不好调，也比较累，现在都练得差不多了，可以一起排戏。

顾师姐是导演，坐在台下看，指出了好几个问题，主要还是时间太紧凑了，梁音、谢林都是第一次担任男女主角，和大家也是第一次配合，所以彼此之间比较生疏。《牡丹亭》整个剧比较长，所以唱完《惊梦》就先散场了，剩下的等明后天再排。

午后，杨柳依依的湖畔。

严川途握着鱼竿，如老僧入定，坐在湖边垂钓。约莫一臂之远的地方，坐着须发皆白的老者，正是梅园的主人柏老先生，他还是穿一身灰扑扑的布衣布裤，不过为了遮阳，戴了顶草帽，半阖着眼，神色悠闲。

昨天夜里刚下过雨，空气潮湿而清新。清风和煦，伴着杨柳，拂过湖面。

"昨儿个老陈约我喝茶，听了一桩趣事。"柏老先生慢慢道。

严川途的眼皮微微一动。

"听说老陈多了一个没血缘的侄子。"柏老先生不紧不慢地说，"说起来他和冯生有几分渊源，本想搭把手帮人家闺女渡过难关，谁知道不过就是车祸蹭了块皮，就'失忆'得忘了这桩事，不过好在他'侄儿'和他一样热心肠。"

冯生就是梁音那位不知道在哪里流浪的父亲，当年他最辉煌的时候，座无虚席，一票难求，每次出行都有无数戏迷跟随。现在提到他，还是有人感慨，几百年难遇一个的小生，却耽于情爱，毁了一生。

严川途尴尬地咳了一声，惊走了快要上钩的鱼儿。

"严老师，你这追人也追得太含蓄了。"柏老先生调侃道。

严川途面无表情道："我没有追她。"

"不是对人家小姑娘有好感，那你今天约我出来做什么？"柏老先生笑着说，"上回也是，特意把人带到我面前。"

上回严川途为了让柏老先生借出梅园，见一见梁音，可费了不少心思。如果梅园那么好进，这些年早被人踏破门槛。他一向喜静，不耐烦跟人打交道，梅园大门关了二十年，也就严川途有这个本事敲开。

话都说到这个份上了，严川途直接问："您老怎么想？"

柏老先生轻轻叹了一口气："我已经不唱戏了，也教不了。"从他把梁音带到他面前，他就知道严川途打的是什么主意，可惜……

想到梁音的天赋，他提点了两句："魏明华要回南京了，正想收个徒弟。她唱功是一绝，感情特别细腻。梁音呢，天赋、嗓音、身段，一样不缺，但感情上差了几分韵味，跟小魏学戏，比跟着我适合。"

"梁音像你。"严川途的语气带着几分遗憾。

为什么梨园的老规矩是要拜师？昆曲讲究天赋，但更讲究口传心授，没有师父带着，光靠个人领悟练不出来。这个眼神是什么样，这里的身段要如何练，都有规律在里面。昆曲的美是程式化的严谨，容不得一点错。

所以梁音想成为一个叫人惊艳的闺门旦，就必须要拜师。

严川途道："您可以多看看她的戏。"

"我们大概是没有师徒缘。"

"你们第一次见的时候，我却想，你们应当有一场师徒缘分。"

柏老先生摆摆手，叹道："我从前教的三个徒弟，没一个有好结果。我不会教人，梁音是个好苗子，跟着我能学到什么东西，可别糟践了她的天赋。"

他没这个心力再收徒，当年爱妻因为逆徒的背叛遗憾离世，他备受打击，便退出了昆曲界，避居梅园。之后没过两年，大徒弟和二徒弟又接连发生意外，一个英年早逝，一个嗓子毁了，再也无法登台。

他现在啊，就只想守着梅园过完下半生。

严川途见柏老先生神色哀痛，便不好再劝。他知道老先生的一些过往，也知道他收徒的可能性极小，却还是想试一试。柏老先生是最适合做梁音老师的人，如果由他教戏，梁音的成长速度一定很快。

可惜，他还是失败了。

日落之后，严川途提着一桶鱼回到戏楼。

梁音还在训练室练功，后院静悄悄的。严川途把鱼放到厨房，挽起袖子，将草鱼清理干净，片成一片片。然后打开柜子，从里面找到一包鱼锅底料，撕开，倒进沸腾的水里，过了几分钟，才将鱼片全部下锅。

没过多久，厨房里冒出一股又辣又香的味道。

梁音回到后院，顺着水煮鱼的味道走到厨房。她吸吸鼻子，佯怒道："严川途，你怎么能煮这么重口味的东西？"

严川途把焖好的米饭端上桌："水煮鱼，哪里重口味了？"

"我是说，这个味太冲了，影响我的食欲。"

"吃吗？"他问的同时，已经摆好两副碗筷，水煮鱼也端上桌了，"鱼是我钓的，草鱼，有点刺，但肉很嫩。"

梁音想到自己容易上火的体质，狠心道："……不了，我讨厌鱼。"

她一吃辣就上火，一上火嗓子就干，进而影响训练。如果第二天有演出，头一天晚上她连水都不会多喝一口，因为怕脸浮肿。她自己也挺纳闷的，怎么谢林他们什么忌讳也没有，就她的毛病忒多。

"八年不见，你的口味变得挺快的。"严川途坐下吃饭，没有戳破她的谎言。

"你的口味倒是一点也没变，还是这么喜欢吃鱼。"梁音靠在门上，说道，"我记得你以前吃鱼，能吃剩下一条完整的鱼骨头，特别厉害。严川途，你要是失业了，可以考虑去开个吃鱼的直播，搞不好能C位出道……"

她巴拉巴拉了一堆话，结果严川途就冷冰冰地回了两个字："无聊。"

"好吧。"

梁音有点馋，那香气一直往她的鼻子里窜，不断地勾引她。她的肚子也饿得慌，怕再闻下去就忍不住，于是干脆利索地跑了。

然而万万没想到，这顿饭只是一个开头。

梁音不知道严川途什么时候学会了做饭，自这天之后，严川途天天在戏楼里开火，花样百出，尤其擅长川菜，每天一到晚饭时间，后院就飘荡着叫人食指大动的香气。昨天是香辣蟹，前天是辣子鸡，大前天是水煮牛肉，梁音忍得万分辛苦，又想吃又不敢碰，以至于梦里都是在大快朵颐。

今天一到晚饭时间，梁音就躲出去了。

结果她晚上回来的时候，却正好赶上严川途坐在葡萄架下吃夜宵。

麻辣小龙虾和啤酒，梁音的最爱。

梁音忍无可忍，怒道："严川途，你是故意的吧？"

严川途看了她一眼，不紧不慢地问："麻辣小龙虾，吃吗？"

"吃！"

梁音没骨气地坐到严川途的对面，两人围着石桌吃完一盆麻辣小龙虾，喝完一打啤酒。

此时夜色正浓，星光点点，微风和煦，空气里满满都是啤酒和小龙虾的味道。梁音吃得痛快，人也有了几分醉意。她躺在藤椅上，懒洋洋地问："严川途，你故意的吧？整天做些我不能吃的东西。"

"又不是做给你吃。"严川途把桌子收拾好，扔掉垃圾。麻辣小龙虾的味道重，就算戴了一次性手套，手上也有味道。他洗完手回来，见梁音还摊在那儿一动不动，就扔了一包湿纸巾给梁音，"手擦一下。"

"不了，我要留着味道睡觉。"

严川途一脸无语："……那你今晚也别刷牙了。"

梁音哈哈笑了两声："骗你的。"她撕开湿纸巾，一点点把手擦干净，"你什么时候学会了做饭？手艺还挺好的。"

“在你不知道的时候。”

梁音望着从藤蔓上垂下来的青葡萄，一边想着再过一个月就能吃上葡萄了，一边跟严川途说话：“有意思吗，又是这句话。”

“那换个说法，是在你甩了我之后。”

梁音讪讪道：“往事如烟，过去的就让它过去吧。”

“过不去。”

“嗯？”

“我说，过不去。”

梁音微微一愣，这个有点凶狠的语气很不像严川途，也不像他会说的话。在梁音的记忆里，严川途是一个极其内敛又害羞的男人，就连亲她，都要捂着她的眼睛，不敢让她瞧见他动情的样子。

梁音有点心虚，当时她虽然也伤心了一场，但在严川途看来，就是她单方面甩了他。她坐起来，盘着腿坐在椅子里，借着三分醉意问道：“那你有没有想过报复我啊？严川途，你到底为什么投资五音戏楼？真的是为了拍照吗？”

“你觉得呢？”严川途反问。

“我觉得——”梁音仰着脸看他，语气特别真诚，“我觉得你是一个特别大度、特别温柔的人，不至于揪着过去那点事斤斤计较。报复这种事情多幼稚，现在的狗血八点档都不播这种烂剧，甜宠才是主流市场。”

严川途站在昏黄的夜灯里，不疾不徐道：“你刚才问，我是不是故意做饭？”

“嗯。”

“是故意的。”盯着梁音惊讶的脸，他淡淡一笑，“我就是这么幼稚。”

梁音这几天被他馋得吃不香，睡不好，也怀疑过他是不是故意的。但想到他的脾气，又觉得他不会干这么无聊的事情，可能他是在练习厨艺。谁知道，八年不见，严川途居然变得这么幼稚又无聊。

不过，这如果就是报复，那未免也太小儿科了。

梁音思考了许久。

被酒精腐蚀的脑袋有点晕乎乎的。

夜风吹拂而过，吹得她的脑子更不灵光了。她仰着脸，看着严川途，夜色昏暗，以至于她无法看清他此刻的神色。

他立在葡萄架子下，清隽无比，仿佛与夜色融为一幅画。可能因为此刻的气氛太过暧昧，勾起了她的回忆，也可能是因为夜色太过美好，鬼使神差，梁音忽然色迷心窍道："那——要么我以身相许？"

第二天梁音酒醒，想起自己说的话，恨不得拿头撞墙。

她急忙爬下床，趿着拖鞋冲到隔壁，房门开着，人不在，她心一凉，心想：严川途该不会一气之下搬走了吧？

这时院子里传来轻缓的脚步声，她转头看去，就看到严川途在浇花。

梁音仔细打量他的神色，看不出任何异样，所以到底生没生气？他应该没那么小气吧，跟一个醉鬼斤斤计较。

"早啊。"梁音心虚地冲他挥挥手。

"早。"

"啊，那个……"梁音笑得一脸僵硬，"我昨晚喝多了，要是说了什么不该说的，做了什么不该做的，你千万别和我计较啊。"

假装喝断片，不记得昨晚的事，这是梁音想到的最好的解决办法。

严川途瞥了她一眼，放下喷壶，神色不冷不淡，语气也是不冷不淡："我录音了。"

"啊？"梁音傻眼了，"真录了？"

"假的。"

梁音无语地"喂"了一声："无不无聊啊你。"

严川途看着她，没说话。

梁音心虚地回到房里反省。她怎么就这么不长记性呢，每次看到严川途，不嘴贱撩拨几句就好像全身不舒坦。都怪谢林和小核桃整天在她耳边说些有的没的，她昨晚才会色迷心窍一般说了限制级的话。

信我，信我，严先生绝对喜欢你，当初分手就分错了。

梁音忍不住磨牙，信个鬼，她居然差点被谢林那个小崽子洗脑了。他们之间哪里来的余情未了，要是真有"情"，当初就不会走到分手那一步。

退一万步说，严川途对她真的有想法，那也不会等到八年后的今天。

好烦。

她怎么就鬼迷心窍了呢？怎么就喝酒了呢？怎么就被谢林洗脑了呢？为什么要这么嘴贱啊？那是能随便调戏的对象吗？

不过他的反应到底是恼羞成怒了，还是就只有怒？

时间转瞬即逝，眨眼就到了七月。

盛夏将至，天气日渐炎热，在恼人的蝉鸣声中，关门许久的五音戏楼终于重新开张，许多老顾客都来捧场。《牡丹亭》是下午两点的场次，分三天唱完。

后台。

梁音已经化好装，穿着绣着兰草的对襟褙子，活生生就是戏本里的杜丽娘，只是眼中略带几分焦虑。她正在给谢林打电话，一直是忙音，再过半个小时就轮到他们登台，化装还得时间，谢林却不见踪影。

她知道谢林的习惯，只要登台，必定提早三个小时到后台做准备。

大衣箱师傅已经将柳梦梅的戏服准备好，他看看时间，有点担忧地问："小林子不会出什么事了吧？都这个点了，人怎么还没到？"

"师兄别瞎说，今儿个可是黄道吉日，小林子能……啊，电话通了！"梁音说到一半的时候，电话终于有人接，她忙道，"小林子你到哪里了？"

电话那端的人不知道说了什么，梁音的脸色渐渐变得难看。

过了一会儿，她挂断电话。

此时大家都换好了戏服，围到梁音的身边问："师叔，谢师兄什么时候来？"

何桃道："小林子太不靠谱了，也不早点过来。"

"就是，等下散戏了，让他请客。"

梁音盯着一张张充满期待的脸，沉重道："小林子被一辆电动车撞了，伤到胳膊，这会儿在医院。万幸的是，伤得不重，养一段时间就好。"人虽然没大碍，但是短期内却不能登台唱戏，哪怕今天延期，这场戏也唱不了。

何桃闻言就白了脸，声音都带了哭意："怎么会这样？那我们的戏怎么办？"

"师叔，我们怎么办啊？"

"那么多人在等我们的演出……"他们有的是第一次参与这样的大戏，每天都在很认真的训练，一直期待着能登台。

怎么办？

饶是梁音也束手无策。

少了男主角柳梦梅，《牡丹亭》还能叫《牡丹亭》吗？她想过许多可能：观众不认可她演的杜丽娘，她和谢林在台上出错，没有观众给他们喝彩……她想了许多可能出现的意外情况，也想了应对方法。但梁音从未想过，戏未开场，男主角就进了医院。离登台不到半个小时，现在去哪里找一个柳梦梅！

她换行当之后的第一场戏，夭折了。

梁音对今天的演出比任何人都期待，此刻她的脑子也懵了，想不出解决办法。

没有柳梦梅，何来杜丽娘！

严川途到后台的时候就是见到这么一副乱糟糟的情形，他问了一句，立刻就有人把前因后果交代清楚。

何桃和谢林的关系最好，怕他生气，面带紧张地解释谢林不是故意受伤。

严川途皱着眉头听完，吩咐道："去通知观众，今天的《牡丹亭》换成《义侠记》，然后把今天的票钱全部退回去。"

梁音一愣："改唱《义侠记》？"

《义侠记》是五音戏楼的招牌折子戏，大家都熟，梁音以前也演过武松，确实是救场的最好选择。她刚才想不到，是因为舍不得换掉《牡丹亭》。这会儿，她已经恢复理智，知道这是最好的安排。

大家也纷纷道："这确实是个好办法。"

严川途有条不紊地安排善后事宜。他们有了主心骨，也不慌张了。

梁音准备换掉戏服，卸掉脸上的妆，离登台的时间就半个小时，时间紧迫，要换武松的行头，可有得忙活。昆曲的装很费时间，就拿杜丽娘这个角色来说，从贴片子、梳水头、头面到脸上的妆，梁音今天就用了足足两个小时。

就在这个时候，周即白来了。

"师叔，我回来了。"

周即白回来了，他穿着柳梦梅的戏服，甚至已经化好了装。

他的出现叫众人想起他曾是五音戏楼最好的小生，新版《牡丹亭》，他与乔雅也排练了两个月。他打扮成这样，显然是为救场而来。他说接到谢林的电话，受他的托付，来帮他们唱这一出《牡丹亭》。

梁音没有拒绝的理由，她想唱《牡丹亭》。

但她却道："这个得问我老板。"

周即白的目光终于转向严川途，他记得他，也认得他。这个男人，是他心口的一根刺，让他十分难受。梁音所有的前男友里，叫他耿耿于怀的只有严川途。不是因为他是梁音的初恋，而是因为他知道，梁音只对严川途认真过。

八年了，他以为严川途已经消失在梁音的生活里，为什么又出现了呢？

严川途的忽然出现，扰乱了他的计划。

他怕梁音与严川途复合，他怕梁音再也不会原谅他，他怕彻底失去梁音。

他看严川途的目光，充满了警惕和敌意，语气却十分温和："严先生，我来之前已经和剧团的领导打过招呼，不会给五音戏楼带来任何的麻烦。从前我受梁老照顾颇多，与音音也算青梅竹马，这种时候自然义不容辞。"

梁音微微皱眉，周即白的这番话是什么意思？她现在听不得青梅竹马这个词。再者，她和周即白是青梅竹马，但跟谢林同样也是青梅竹马，戏剧学院里有一半的人都能算是她的青梅竹马。

严川途直接无视了他，而是看着梁音，问道："你想跟他一起登台吗？"

这话问得着实微妙，叫梁音不得不多想。

如果不是场合不对，时间不对，她真想问上一句"你是不是吃醋了？"

梁音坦然道："我为今天的演出做了许多准备，我想演《牡丹亭》。但如果你不想，那我现在就去换衣服，我们改唱《义侠记》。"

如果你不高兴，我可以放弃这场戏。

严川途淡淡道："既然你想唱，那就去吧。"

梁音盯着他的脸看了许久，也没瞧出他说的是真心话，还是在套路她。她犹豫许久，拿不定主意，想着干脆不要与周即白同台，可又舍不得放弃。她犹豫的工夫里，前面快唱到尾声，马上要轮到《牡丹亭》。

扮演春香的何桃急道："师叔，到我们啦。"

周即白也催促道："音音——"

梁音看着严川途，他也看着她，四目相对，落在旁人眼中，无端多了几分暧昧。梁音没有说话，却像在问：你不介意我和他同台吗？

严川途走到她面前，抬了抬手，但快要碰到她的脸的时候，又忽然放下了："去吧，我在台下等你。"

"严川途，"她顿了一下，重申道，"我可以不去的。"

"当年你要是也这样听话，那就好了。"

梁音心头一跳，怔怔地看着他。

"今天是五音戏楼重新开张的日子，也是你换行当之后的首次登台。"严川途不疾不徐道，"如果你不想戏楼再次倒闭，就好好唱。"

梁音正要开口，周即白却忍不下去："音音，该我们登台了。"

"……哦。"

梁音被何桃拉走，周即白紧跟在她身后。片刻的工夫，后台的人全走了。严川途没有跟过去，他站在走廊上，看着他们的身影消失在拐角，脸上没有一点表情。

他摸出打火机，站在窗口抽了一支烟。

此时前台正咿咿呀呀唱着戏——

白日消磨肠断句，世间只有情难诉。玉茗堂前朝复暮，红烛迎人，俊得江山助。但是相思莫相负，牡丹亭上三生路。

那年一场《思凡》，动了凡心的不仅仅只有敲着木鱼的小尼姑。

　　周即白跳槽之后，梁音才改的行当，所以他们两人从未一起排练过《牡丹亭》。顾师姐几个人提着一颗心，担心他们默契不够，在台上出岔子。比起谢林，周即白演的柳梦梅自然更加贴合，风度翩翩，他们两人的外形十分登对养眼，加上灯光舞美都在严川途的赞助下焕然一新，视觉效果自然是好的。

　　但不能细看他们的表演，认真看就会发现梁音跟不上周即白的节奏，接不住他的戏，所以周即白一直在迁就她，配合她。梁音和周即白以前有过合作，却是在别的戏里，一个是武生，一个是小官生，哪曾演过《牡丹亭》这样缠绵悱恻的爱情戏。

　　如果不去深究，这出《牡丹亭》也颇有意境，至少视觉享受已经有了。

　　对周即白来说，这是一个难得的机会。

　　此刻，她是杜丽娘，他是她的情郎柳梦梅。

　　戏里戏外，他们才是天生的一对。严川途投资了戏楼又怎么样？他理解梁音吗？能陪她站在这个舞台上的人只有他。这是他第一次和梁音扮演情人，十分激动，看着自己心爱的姑娘，他不用演，便已入戏。

梁音道：那生素昧平生，何因到此？

这句是苏白，梁音的念白十分出彩，吴侬软语带着一点千金小姐特有的娇气。念白没有伴奏，也没有谱子，怎么说，说得好不好，看演员的发挥。如果把念、引、唱按照难易排序，就是一白、二引、三曲子。

可见念白比唱腔更能体现一个昆曲演员的功夫。

凡是名角，他们的念白都各有特色，有他们的个人痕迹在里面。但要把念白说得好，太难了。梁音的念白师承已逝的梁老爷子，他老人家的念白专场，从来都是座无虚席，而梁音更是青出于蓝而胜于蓝。

她的念白，只要听过一遍，便能叫人念念不忘。

周即白冲她微微一笑，漂亮的桃花眼中满满都是情意，他借着念白道出自己的心声：姐姐，咱一片闲情，爱煞你哩！

戏里的柳梦梅爱着她，戏外，他同样爱着她。

——音音，我爱你。

——师叔，我爱你。

从许多年前，从他们初次见面，他就一直仰望着她，追逐着她。他用尽手段，费尽心思才走到她的身边，到头来却是一场空，竟应了戏里那句"三生石上缘，非因梦幻。一枕华胥，两下遽然"。

台上的周即白与梁音因动情而相拥，坐在台下听戏的严川途则紧紧拧着眉。他身边坐着一个年长的女人，看不出具体年龄，她保养得极好，头发乌黑，皮肤光洁紧绷，只有眼角有一点细纹，气质温和而优雅。

此人是谁呢？正是已经退隐的老前辈魏明华。

"这个杜丽娘的念白和嗓子不错，但身段有形无神，和柳梦梅的配合毫无默契可言。"魏明华听出一个错误的地方，对梁音的评价又低了三分。她客观地点评完，抿了一口茶，问，"今儿你请我看戏，到底看的是戏，还是人？"

严川途费尽心思才将魏明华请过来，自然不是为了看一场戏。

他斟酌着用词："我想请您指点她一下。"

"你是想让我收下她？"魏明华与严川途的长辈关系甚好，但这些年，想给她送弟子的人多如过江之鲫，她从来都是一视同仁地拒之门外。她快六十的人，无儿无女，一辈子都奉献给昆曲舞台，眼中容不得半点沙子，"她不行。我要收的徒弟，可以天赋不好，但得勤恳。学个花架子就敢上台的这种，我不会要。"

外行看热闹，内行看门道，梁音有多少分功夫，她看得清清楚楚。

梁音的嗓子确实好，是唱闺门旦的好苗子，但魏明华最厌恶这种糟蹋天赋的人。嗓子不好可以练，身段不好也可以练，勤能补拙，但靠着花架子忽悠观众，她看不上这种。

梁音在前面三折戏中的表现，尚算可圈可点，她与丫鬟春香的对手戏尤其出彩，但到了最经典的《惊梦》这一折，梁音却是错漏百出。她和"柳梦梅"配合生涩，眼中毫无缠绵爱意。她自己都没入戏，怎么让观众跟着入戏呢？昆曲舞台最容不得懈怠，想要台上风光，台下就得狠狠地练。

严川途知道魏明华误会了，解释了谢林一事，又说："梁音原来是武生，为了演好杜丽娘，这两个月，她每天只睡不到四个小时。如果不是她的搭档出事，现在的《惊梦》定能叫您惊艳，不虚此行。"

梁音天赋好，典型的老天爷赏饭吃，未来可期，只是少了一个领路的师傅。

魏明华听出他的维护之意，觉得意外，但对梁音的态度还是冷冷淡淡："换行当两个月就敢登台，也算勇气可嘉。"

严川途道："让她今日登台，是我的决定。"

"收徒的事，让我想想。"看在严川途的面上，魏明华没有一口拒绝，但心里却已经有所决断。她这个年纪，精力有限，只想收一个和自己贴心的徒弟，把闺门旦的戏都传下去。梁音年纪太大，且功利心重。换行当可以，但戏没学好之前就登台，是在侮辱这个舞台，是对观众的不负责。

严川途没再提这个话茬，说多了，魏明华更反感。

他低垂着眼，把杯子里凉透的茶水喝完。

戏台上的《惊梦》已到尾声，杜丽娘从睡梦里醒来，不见情郎的身影，黯然神伤。她蹙着眉，眼中好似含着一汪泉水，泪水摇摇欲坠：困春心游赏倦，也不索香薰绣被眠。春呵，有心情那梦儿还去不远。

到这里，《牡丹亭》上本已经结束，观众喝彩不断。

这出戏是有瑕疵，但瑕不掩瑜，所以观众愿意给出他们的掌声。然而在魏明华看来，梁音是靠着漂亮的扮相和花架子糊弄了观众，无论是周即白扮演的柳梦梅，还是最早出场的老旦，都比她更专业。所以看完这场戏，梁音已经进了她的黑名单。

下台后，梁音跟周即白道谢。

戏楼里的人都知道周即白回来救场是因为梁音，这会儿自然识趣地回避，让他有机会和梁音说话。除了谢林和乔雅，其他人并不知他们为什么分手，却还记得周即白是如何追求梁音的，心中颇为感慨。

梁音不是拖泥带水的性格，道了谢，扭头就走。

"音音。"周即白一把抓住她的手，"你要我回来吗？"

梁音下意识地四下环顾，莫名心虚，她急忙甩开周即白的手："好好说话，别拉拉扯扯的，被人看到多不好。"

周即白脸色一沉，恶狠狠道："是怕严川途看到吧。"

梁音不想和他拉扯，故意承认道："是啊。"

周即白的神色愈发难看，他盯着梁音，又恼又恨："你从来就没忘记过他，你和我在一起，只是因为那时候有人挖角，你担心我跳槽，所以才答应和我试试。梁音，你这个人到底有没有心？我这么爱你！"

他越说越大声，神色越来越悲愤。

如果不知道内情，这情形看起来倒像是梁音辜负了他。

梁音有点手痒，可能把他揍一顿，他的脑子就清醒了。但想到他特意赶来救场，这份情得领着，于是忍了："我们已经分手了。"

"我是被张匪风算计的，我没有做对不起你的事。"

那天他在梁音的书架里发现一本破旧的杂志，打开就是严川途的专访。如果她已经不在乎他，为什么还会收藏和他有关的杂志？严川途是梁音的初恋，也是她当年用尽手段去讨好的人，哪怕他们分手了那么多年，他也无法释怀。他心里不痛快，又不想因为这件事情和梁音吵架，才去夜色喝酒。

周即白是一个占有欲特别强的人，但他知道梁音喜欢什么性格的男人，要成熟稳重，要知情识趣，不会胡乱吃醋，还得洁身自好。周即白在梁音面前戴着一层又一层的面具，唯恐被她发现真实的自己。

他介意严川途的存在，却没有底气质问梁音。

"我知道，张匪风和我解释过了。"

"那你是不是知道……"周即白没有说完，眼中浮起几分慌乱。

"对。"梁音看着他，有点无奈，"不过不是前段时间知道的，七年前，揍完张匪风的第二天，我就知道是你给他设的仙人跳。"

她和张匪风只在一起了几天，就被周即白折腾得分手。她打了张匪风后才知道周即白干了什么缺德事，但却只能假装不知情，他们一起学戏，一起长大，跟家人没两样，她以为装做不知道，周即白就不会表白。

这么糊里糊涂地当一辈子的朋友，也挺好的。

但她想装糊涂，周即白却不想。

她毕业后去相过亲，也打算找个人好好谈恋爱，但每次都被周即白破坏。他以为做得不着痕迹，可她总能发现。他打着"青梅竹马"的名头吓走追求她的人，用各种小手段阻止她出去约会……

后来爷爷去世，那段时间她太累了，就对他妥协了。

她错得离谱，从一开始就该打消他的念头。

"但不管是因为什么，我们已经分手了。"梁音不喜欢和前任有感情上的纠缠。

周即白脸色骤白，明白了她的意思。

"如果你想回来，五音戏楼随时欢迎你。"梁音没有再说别的，也没有安慰他，说完这句话，她往后台走去。

周即白愣愣地站在原地，她还未卸装，穿着华丽的戏服，背影迤逦而美好。

他心生惶恐，好似她正在走出他的世界。

周即白踉跄着脚步追上去，从身后一把抱住梁音。

她不知道他发什么疯，感觉自己的腰都要断了，心头的怒火噌噌地往上冒："松手！"

"音音，我后悔了。"他低低地哀求道，"我不要分手。"

一步错，步步错，当日他就不该离开五音戏楼，他走了，才给了严川途可乘之机。他和梁音青梅竹马，情分总和旁人不同，她前几任男友出轨是什么下场众所皆知，只有他是不同的，他就不该走……

"音音，我们重新开始好不好？"

梁音正要发火，可脖子上忽然沾到滚烫的液体，是周即白在哭。

"音音，我错了。"

"你原谅我好不好？"

"你别不要我，音音，我爱你。"

周即白抱着她，脸埋在她的脖子里，双手紧紧箍着她的腰，生怕一松手，她就走了。周即白比梁音小，又在戏楼最危难时陪她一起度过，所以她对周即白比别人多了一分忍耐，哪怕他出轨也没揍他。

她有点头疼，又有一点舍不得。

五音戏楼里的同事基本都是科班毕业后才进来的，只有周即白不一样，他七八岁大的时候就来了五音戏楼，跟着领他进门的养父夏练三伏冬练三九，吃过许多苦头，但哪怕因为练功而摔出一身青紫，他也没喊过痛，脾气倔得和石头差不多。

周即白小时候的脾气可没现在这般好，长得瘦瘦小小，又不爱搭理人，阴沉沉的，像个小老头，所以在学校里总被其他小孩欺负。每次他挨了欺负，都是梁音帮他揍回来，可以说周即白是被她从小护到大。

如果他从小就是泪包，这会儿她也不会有任何触动。

"音音……"他哀求着，"师叔，求你了，别不要我。"

梁音想叹气，一失足成千古恨，早知道就不招惹小狼崽子了："你先松开，多大的人还撒娇，也不怕被人看……"

话音未落，梁音忽地听到一阵熟悉的手机铃声。她循声望去，走廊尽头空空荡荡，并未看见人影。她心头一跳，莫名多了几分心虚，下意识地掰开周即白的手，用手肘一捅，趁他吃痛之际，与他拉开一段距离。

周即白红着眼睛看她："你就那么怕严川途看到吗？"

他的心眼就跟莲藕一样多，又怎么会猜不出铃声的来由？他满腹怨气，又不敢冲梁音发泄，红着一双眼睛，神情又凶又委屈。

梁音坦坦荡荡道："对啊，我喜欢他。"

散戏后，严川途开车送魏明华回去。

她在南京有房子，也在猫儿胡同里，周围住着的都是她相熟的同行。魏明华这次回南京，算是落叶归根，不打算再走了。她学了一辈子的戏，唱了一辈子的戏，唯一的遗憾就是没有带出一个可以传承衣钵的徒弟。

她想收一个徒弟，趁着现在还有精力带几年。

魏明华的实力和地位摆在那里，这个消息一放出去，凡是唱闺门旦的都心动了。最近她家十分热闹，来了许多人，但无论是男旦还是女旦，她一个也没瞧上。

谁也不知道她想收什么样的徒弟，考核也不难，学过戏的就唱一段自己擅长的曲子。如果是刚入门的小朋友，会什么就表演什么，不拘泥形式。

车子开到猫儿胡同的路口就停下了，里面路窄，车子开不进去。

魏明华下了车，感慨道："还是南京好，看什么都觉得亲切。"

严川途锁好车门，陪她一道走进胡同："之前还以为您会留在北京教戏。"

"都待了三十多年，想南京啊。"魏明华笑着说，"我现在也没精力去学校上课，偶尔开开讲座，再带个徒弟，就够我忙的。"

走了几分钟，他们就到了魏明华住的地方。

门口有棵梧桐树，树下站着两个人，一个年长的男性，一个二十五六岁的女人，相貌极为出挑，当得起"明艳"二字，踩着七厘米的高跟鞋，穿着小香风的短裙和衬衫，唇色饱满，十分性感。

他们看到魏明华，立马迎上去。

"姑姑。"

"魏老师。"

严川途的脸盲症比较严重，无论男女老少的脸，在他看来都是一个模子印出来的，所以他一开始并未认出这两人，直到他们开口，才从他们对魏明华的称呼上判断出他们的身份和来意。对魏今的出现，他并不意外，虽然外界谣传她是魏明华的徒弟，但魏明华从未公开承认过，现在她放出风声要收徒，魏今怎么可能放弃。

魏明华看到他们，眉心微微一皱，但却还是客气地将他们请进来。严川途见她有客人要招待，就在门口与她道别。

严川途快走出胡同的时候，听到后面有人喊他。他转身看去，从发型和衣服判断，追过来的人应该是魏今。

确实是魏今，她穿着高跟鞋，跑得不快，但脚步很急："三……严先生，等一下。"

"魏小姐？"

魏今跑到他面前停住，高兴道："你认得出我？"

"合理推断。"

魏今也没生气，笑盈盈道："你的脾气还真是一点也没变。"

"嗯。"

魏今似乎一点也没察觉到严川途的冷淡，晃了晃手里的手机，笑容满满道："上次忘记加你的微信，今天加一下呗。"

"我不用微信。"

魏今没想过会听到这么敷衍的回答，愣了一下，等她再想说点什么时，严川途已经以"再见"两个字强行结束了这场对话，走出胡同了。她站在原地，盯着严川途挺拔的背影，脸上的笑意慢慢淡下去。

此时正值夕阳西下，烟霞漫天，老旧的胡同也染上一点鲜艳的色彩。

"会再见的。"

她对着空无一人的胡同说道。

梁音卸完装，换好衣服，骑着小电驴去探望骨折的谢林。

谢林因为跟着吴老学戏的缘故，最近几个月都是在吴老家里。他家也在猫儿胡同，梁音对路熟，骑车过去也就十几分钟。

谢林伤的是右手，打着厚厚的石膏，看到她，急忙问："今天的表演没开天窗吧？"

梁音坐到电风扇前，一边吹风，一边跟他细说后台发生的种种。

谢林听完，感慨道："幸好有周师兄救场。"

梁音心不在焉地点头。

虽然这关有惊无险渡过了，但她心头沉甸甸的，她今天在台上犯了好几个错，尤其是和周即白的对手戏，她连最基本的入戏都没做到。

她太急了，应该先拜师，好好学上一段时间再登台。

"他没提什么过分的要求吧？"谢林小心翼翼地问。

梁音哭笑不得，拍了一下他的脑门："跟你说了多少遍，少看点狗血偶像剧。"

"算他有良心。其实我给他打电话的时候，也没抱什么希望。毕竟不是一个剧团，有很多不方便的地方。"谢林露出笑脸，"虽然不想承认，但周师兄的小生，在年轻一代里面，能排得上前三，我不如他。"

"你跟着吴老好好学戏，以后你就是我们戏楼的当家小生。"

谢林笑眯眯地应"好"，他是真心喜欢昆曲，特别珍惜跟吴老学戏的机会。他虽没有周即白的天赋，但他可以付出十倍、百倍的努力。

"要是这次能和师叔一起登台就好了。"谢林遗憾道，"我们练了好久。"

"下次小心点。"

"我总觉得那个人是故意往我身上撞……"谢林有点不确定道，"我可能是想多了，人家好端端的撞我干什么，无冤无仇的。"

梁音知道谢林的脑洞大，所以并没有把他的话放在心上。

她记挂着严川途，跟谢林聊完正事就走了。

梁音回到戏楼，后院一片漆黑，严川途还没有回来，他的房门紧紧锁着。她打开院子里的灯，切了一盘西瓜，边吃边等人。

她坐在院子里啃完西瓜，不想动，懒洋洋地躺到藤椅里。等得昏昏欲睡，也不知道过了多久，才听到开门的动静，猛地清醒。

梁音寻声望去，看到踏月而归的严川途。

月色之中，他端的是风采卓然。

今天在后台的时候，她就在想，原来他穿西装这么帅！黑灰色的西装，没有领带，里面白衬衫最上面的两个扣子没扣，隐隐约约露出了脖子上的项链，那底下似乎挂了东西，但藏在衣服下看不见。

梁音其实不确定傍晚时在走廊的人是他，又怕是他，打了一晚上的腹稿，但现在看到人，却不知道怎么解释，难道张口就问"你是不是看到我和前男友抱在一起"？那万一他不知道，岂不是不打自招吗？

严川途看起来不太高兴，虽然平时也是冷着一张脸，但看到她一般会打个招呼。可这会儿他完全把她当空气，视若无睹，直接越过她，回了房间。

梁音急忙追过去，按住门，不让他关紧："严川途……"

"我要换衣服了。"

这是逐客令，但梁音佯装听不懂，反而走进来："你换呗，我有事要和你商量。"

严川途脱衣服的手一顿，只解了一颗扣子，他微微皱着眉，神色里带着一丝不易察觉的烦躁："是要我搬走吗？"

梁音有点跟不上他的脑回路："为什么要你搬走？"

"我住在这里，对你来说可能不太方便。"

他说得这样委婉含蓄，但梁音居然听懂了："不不不，你住在这里，对我一点影响也没有，反而能帮我挡掉很多麻烦。"

"你男朋友不介意吗？"

"我没有男朋友。"梁音已经确定他看到周即白抱她了。她对严川途有想法，自然不希望他们之间存在这种子虚乌有的误会，"严川途，我刚才做错了一件事情，可能会对你的名誉造成一点点的影响，希望你能原谅我。"

严川途找到这句话的重点——没有男朋友。

"你做了什么？"

"前男友来找我复合，我拿你当挡箭牌，我和他说，我在追求你。"梁音觉得此刻的自己就是一个完美的老司机，既解释清楚她对前男友无意，又委婉地暗示严川途：你介意我对你有非分之想吗？

是的，非分之想，不是忽然之间就冒出来的东西。

而是重逢那日起就藏在心底的。

只是它现在苏醒了。

所以她可以因为他的一句话放弃演出，会因为他的避而不见焦虑，会傻兮兮地守在院子里等着和他解释。

然而严川途只是淡淡地"嗯"了一声："下不为例。"

梁音不死心，继续撩拨他："严川途，你可别拆我的台，我和小周说，我们两情相悦，马上就要复合了。"

"嗯。"

又是"嗯"，几个意思啊？

在严川途的房间磨蹭了半个小时，梁音讪讪地走了。如果有一门叫"严川途语言"的专业要考级，一定没有人及格！

梁音走后，严川途盯着窗户上的影子，压下唇角上扬的弧度。

他确实看到周即白抱她的那一幕。

如果不是他故意用闹铃打断他们，梁音会心软吗？

梁音会担心他误会，特意跟他解释，这叫他十分意外。她暗示得那样明显，是想要与他复合吗？

这个猜测让严川途坐立难安，彻夜难眠。

两天后，《牡丹亭》这出大戏终于落幕。

周即白虽然没有如愿和梁音复合，但中途也没有掉链子，他每天一大早就过来和梁音搭戏，毫无怨言地陪大家反复练习。只要有眼睛的人都看得出他的企图。何况周即白并不掩饰自己的目的，异常高调。

奈何梁音铁石心肠，完全不为所动。

有记者道听途说，以现实版神雕侠侣为噱头，报道了他们的恋爱故事，却省略了分手的结局。写报道的记者并不是多有名，工作的杂志社也是小地方，所以作为当事人的梁音，还不知道有这么一篇子虚乌有的报道。

但偏偏巧了去，远在省城培训的乔雅，在朋友圈刷到这篇花团锦簇的报道，顿时怒火中烧。自那日之后，她和周即白几乎决裂，不再是搭档，工作上的交集慢慢变少。她也努力地想放下这段没有未来的感情，但太难了。

乔雅并不是一个沉得住气的人，看到这些报道后，竟直接翘课从省城跑回来，堵在周即白的家门口："周即白，你是不是和梁音复合了？"

周即白唱完《牡丹亭》之后就和剧团请假，在家过着日夜颠倒的颓废生活。此时他穿着一件松松垮垮的衬衫、光着脚来开门，神色懒洋洋，带一点丧气，靠在鞋柜上打呵欠，完全不在乎胸前乍现的春光。

此时正值暮色四合，一点霞光从走廊的窗户照进来，落到周即白的脚边，但他的脸和上半身却隐藏在一片浓郁的黑暗里。他身后的房间里没有一点光亮，窗帘拉得严严实实，有一种说不出的沉重和压抑。

乔雅的目光撞上他赤裸裸的胸膛，脸微微一红。

他冷冷道："关你屁事。"

乔雅心里着急，脸上也带出了一点慌张，口不择言道："周即白，你别想利用完我就甩开我！"

周即白心情不好，看到乔雅，就想到她干的事情，火气也是噌噌地往上蹿："要不是你多管闲事，带着音音来抓奸，我们怎么可能分手？还有我什么时候利用你了？是你说，音音在气头上不好哄，如果我们俩一起跳槽，音音就会意识到我的重要性。结果呢，音音根本没有挽留我，她现在都快被严川途抢走了！"

乔雅脑子一懵，不知道怎么反驳。

是她提议跳槽的没错，但想以此威胁梁音的人是他，只是梁音太信任从小一起长大的周即白，根本没有领会到深意，导致他的计划破产。乔雅有时候觉得他们俩特别可笑，一个虚伪，一个自作多情。

"梁音从来就没有喜欢过你，她只是在利用你。"乔雅并不是多聪明的人，只是她日日夜夜地盯着周即白，比任何人都了解他的心思，"现在有了严川途，你一点用都没有。周师兄，你清醒点吧。"

周即白的脑门鼓起青筋："闭嘴！"

"我不！"乔雅故意戳他的痛处，"你怎么对我，梁音就是怎么对你的。我在你眼里是自作多情的可怜虫，在梁音眼底，你也是一样。你以前拿我刺激梁音，可哪回成功了？——你看看啊，我们就是彼此的镜子。"

乔雅看着他难看的脸色，心里头格外痛快。

她忍了这么多年，忍到梁音抛弃周即白，忍到他们离开五音戏楼，本以为从此之后，梁音就会从他们的世界里消失。

她知道自己今天太冲动了，可看到他们的报道，怎么可能忍得住？

她怕他们复合，怕梁音原谅他。

南京很小，他们又是一个圈子的，朋友圈总有重叠的部分，所以一些流言蜚语总会传到她的耳朵里。都说是她拆散了周即白和梁音，她凭什么白白担一个小三的虚名？如果真能如了她的愿，舍了名声又何妨？

"我和她的事情，还轮不到你插嘴。"周即白目露凶光，冷道，"滚。"

"你先回答我，你们到底复合了没有？"

周即白不想搭理她，退后一步，正要关门，乔雅想也没想就把手按在门框上，要不是周即白反应快，她的一双手就断了。

他被这个变故吓了一跳，恶声恶气道："你脑子是不是有病啊！"

"对，相思病。"乔雅故意恶心他，"今天你不把话说清楚，我就不走了。"

"我和音音迟早会复合。"周即白冷冷道，"我一早就告诉过你，我不喜欢你，以前不喜欢，现在不喜欢，以后也不喜欢。我爱音音，从始至终，我只爱她一个人。你如果真的那么爱我，那就帮我得到她。"

乔雅追了他许多年，被他拒绝过无数次，比这更难听的话都听过，一开始还会伤心，现在却能笑着听完。她提炼出重点，知道他和梁音没有复合，心情一下子畅快了。她露出盈盈笑意，无视了他阴沉沉的黑脸："你不喜欢我，梁音也不喜欢你，我真惨，你也真惨。——哎，我们真是天生一对的可怜人啊。"

她说完，趁他发火之前，收回自己的手，蹦蹦跶跶地跑了。

那篇引得乔雅方寸大乱的报道，梁音是在一个星期之后看到的。这个时候，还多了一个后续——有"热心记者"还原真相，道破结局，含沙射影暗示梁音脚踩两只船，一边利用周即白的名气，一边和投资人玩暧昧。

梁音在昆曲界并不是什么名人，谁会关心她的私生活，她一看报道就明白这是有人在暗地里给她使绊子。她猜了一通，细数这些年自己得罪过的人，发现范围实在太大，着实猜不出这篇报道是谁的手笔。

一开始梁音并没有把这个事情放在心上，谁知过了两日，昆曲杂志和昆曲论坛都出现了抨击她换行当失败的报道。

紧接着微博上出现了一个视频，是她在《牡丹亭》中出错的剪辑。

上传视频的博主担心普通网友看不懂，在视频里做了字幕讲解，比如这个动作应该是什么样的，这个节拍应该如何。有几个大V转发了这条微博，带了一波节奏，事情就越演越烈，还上了热搜。

昆曲是小众文化，大部分的人都不认识梁音，他们甚至没看过她的戏，但在舆论的引导下，网友对她的印象却是"一个换行当失败的武生"，跟风抨击她的职业素养。偶尔有几个帮梁音说话的人，也被键盘侠讨伐。

如果梁音在遭到网络暴力的第一时间就拜托关系好的前辈出面帮忙说话，舆论也不会呈一边倒的趋势。但她一路走得太顺，几乎没有受过挫折。她既不屑同键盘侠解释，也为自己在《牡丹亭》中的糟糕表现而羞于启齿。

错误视频的剪辑，简直就是将梁音的脸面踩在地上，变成她挥之不去的污点。

梁音看完视频，心道：我为什么会犯这么低级的错误？我的表演原来这么糟糕吗？我怎么有勇气在奔三的时候换行当？

她知道评论里一定有水军，可还是忍不住逐条去看。

梁音平时有多傲气，现在就被打击得有多惨，她开始怀疑自己的决定是不是错的，她究竟有没有成为一个闺门旦的天赋？

梁音虽然堵心，但却佯装不在意，死撑着面子，一副"流言止于智者"的模样，甚至进行了自我反省："我换行当太仓促，训练也不够，当日小林子出事，我因为自己的私心没有取消演出，更是错上加错。我的教训，你们要引以为鉴。"

"师叔，你唱得很好了。"

"对啊，你才练了两个月。"

"我帮师叔说话，键盘侠还来骂我，他们又没有看师叔的戏。"

几个年纪小的越说越气，眼眶都红了，他们都知道梁音为了《牡丹亭》付出了多少努力，从早练到晚，几乎没有休息的时候。他们不想看到梁音被人泼脏水，想了很多办法，还把完整的视频发到微博上，但根本没人关注。他们都知道这是有人在带节奏，操控舆论，但想来想去也想不出来是哪个缺德鬼干的。

平心而论，梁音的表现不差，她出错的地方主要在和周即白的对手戏里，他们的磨合不够，缺少默契，有时候她接不住他的拍子。最主要的一个问题就是，她没办法对着周即白入戏，少了几分杜丽娘的情意绵绵。

但是键盘侠不会听这些解释，先骂痛快了再说。

梁音被他们安慰得心窝都暖了，这群小朋友平时总气她，这时候又这么贴心可爱。

"好啦，都训练去吧。"梁音难受过，郁闷过，也反省过，"网上都是键盘侠，和他们较什么真。等我拿下白梅奖，这才能打他们的脸。"

"师叔，这可是国内最牛的昆曲奖项……"

"不愧是师叔，目标远大。"

"我觉得我们可以先暂定一个小目标。"

不是他们看不起梁音，而是这个奖超级难拿，前面几届得主都是德艺双馨的老前辈，虽然他们家的师叔很厉害，可是才换行当两个月。

　　严川途在《牡丹亭》演出结束后就离开了五音戏楼，回北京筹备摄影展，但谢林想得比较多，觉得他是看周即白碍眼，干脆来个眼不见为净。梁音出事后，谢林就和她提过找严川途帮忙，只是她不同意。

　　谢林想不明白，当初她可以为了五音戏楼对严川途百般迁就，认错道歉，而现在不过和他卖卖惨，寻个解决的方案，怎么就不行了？谢林劝不动梁音，又见事情越闹越大，忍不住悄悄地给严川途打了一个电话。

　　理由十分光明正大，严川途作为五音戏楼的老板，出了这么大的事得通知他。

　　谢林觉得严川途对梁音余情未了，所以一定会帮她恢复名声，然而严川途的反应却与他猜测的截然相反。

　　他语气冷淡地问道："梁音为什么不给我打电话？"

　　"师叔不让我们打扰您。"

　　"她不让，想必是已经有了解决的办法，不用我这个外人插手。"

　　这语气不对啊，果然是吃醋了。谢林暗叫糟糕。

　　谢林的脑子转得快，佯装神秘道："严先生，有个事情我一直想告诉您，但我怕被师叔揍，所以不敢说。"

　　生怕严川途说他不想知道，他不敢故弄玄虚，一口气说完："我师叔当年和你分手是因为魏今！她来南京公演的时候，和我师叔见面了，还奚落了她，可是您后来宁可去看她的演出，也不肯陪我师叔去拉萨。"

电话那端的呼吸骤变，严川途厉声道："你还知道些什么？"

"您也知道我师叔的臭脾气，就算她误会了你和魏今的关系，也不可能去质问你。"虽然师叔不承认是因为小青梅才和严川途分手的，但在他看来，魏今就是那根导火索，"她觉得你不爱她，所以才和你分手。"

"跟你分手后，她醉了整整三天。为了保护嗓子，她从不酗酒的。"

"她还哭了。"

"严先生，我师叔其实是很没安全感的人。"

必须得让严川途知道，当年是师叔受了很多的委屈："我不知道具体原因，师叔只和我说，当初是她自作多情，你从未爱过她。"

北京，下午两点半。

在谢林打这通电话之前，严川途刚拍完一组杂志的封面照，正在接受蒋颂的采访。《NEW摄影》七月刊本来在10号就要下厂付印。但严川途忽然要更改上一次的采访主题，蒋颂跟主编用了封面照做交换，才说服他延期定稿。

蒋颂知道他是为了帮梁音平息流言，才变更采访主题。

严川途在摄影方面的成就有多高调，他为人就有多低调，极少参与商业活动，从未曝过照，目前除了蒋颂能约到他的专访，别家媒体一点消息都拿不到。其实蒋颂很意外，好友能为梁音做到这一步。

这两年外界对严川途的质疑一直没有停止过，但他毫不在意，也从未辩解。

但同样的事情落到梁音身上，他却迫不及待地站出来。

蒋颂按照台本把话题引到几天前的热搜上："听说严老师和这位昆曲演员也有合作，您是怎么看待她换行当失败的？"

这次的采访不像上次那么简陋，有摄影师全程跟拍。

严川途拿着麦克风，不疾不徐道："梁音是一个特别有天赋、有灵气的闺门旦，我用了两个月的时间去跟拍她，我们一起完成了一场蜕变。"

"所以您并不认为她换行当失败了？"

严川途直言道："看过那场《牡丹亭》的人，不会有这样的质疑。"

"看来严老师对梁老师的评价很高。"

"她是我的缪斯。"他看着镜头，眼中带着一点笑意，语气认真又温柔。

蒋颂一脸无语，反正视频后期加工的时候会把他的镜头剪掉，所以他嫌弃的表情是毫不掩饰，这还是他认识的严川途吗？

"《牡丹亭》在演出中发生了一些事故，致使表演留下缺憾，责任在我……"

谢林的电话就是这个时候打过来的，中断了这场采访。严川途拿着手机走到阳台，才接通了他的电话。

"多谢你告诉我这些事。"严川途听完谢林的讲述，语气还是一样的平静，"网上的事不用担心，我已经叫人处理了。"

其实在谢林打这个电话之前，他就已经找人去处理了，只是还没揪出幕后推手。他一直在等梁音的电话，但等了这么多天，却只等到谢林的求助。

他不知道自己在等什么，就算等到她向他低头，服软了，那又能怎样？

八年的时光足够漫长，让许多记忆褪去色彩，变得模糊。

在回南京之前，他很少想起她。

直至重返故地，才发现那些旧事依旧鲜活。

他记得她的每一个喜好，记得他们的初吻，记得秦淮河，记得栖霞山，记得他们去过的每一个地方，记得她说过的每一句话。

那年一场《思凡》，动了凡心的不仅仅只有敲着木鱼的小尼姑。

第十幕戏

他们的曾经，除却分手，余下皆是无法宣之于口的甜。

这天晚上，暴雨如注，偶有雷鸣。

梁音刚躺下，有了几分蒙眬的睡意，就被院子外的动静惊醒。她耳朵灵，虽然外头下着雨，但她还能分辨出那个脚步声属于严川途。她立刻爬起来，打着手电筒出去。因为暴雨的缘故，旧街全部停电，外面漆黑一片。

梁音站在屋檐下，喊了一声"严川途"。

就着手电筒微弱的光，她看到不远处的严川途，他撑着一把黑色的雨伞，但身上却都湿透了，发梢还滴着水，看着有些狼狈，也特别性感。平时他穿得严严实实，看不出身材，现在衬衫贴在身上，隐约能看出凸起的腹肌。

因为网上的事，最近梁音的心情一直很差，训练也受了影响，而此刻看到严川途，烦躁的心一下子就安静了，似有清风吹过她的心间。

梁音不知道自己是不是颜控，因为她只迷恋过严川途的脸，哪怕他只是在睡觉，她也可以不厌其烦地看一整天。如果他冲她笑一下，她的心头则会甜得要爆炸，神魂颠倒而难以自控。

"你不是去北京筹备摄影展吗？怎么三更半夜回来了？"梁音本来有些困，但被凉凉的夜风一吹，就慢慢清醒了。

严川途的父母和家都在北京，她用了"去"北京。五音戏楼只是严川途暂住的地方，她却用了"回来"。梁音自己都没意识到话里的语病。

"我回来问问你，当年为什么和我分手？"严川途走到梁音的面前，却没走进去。他站在屋檐外，撑着伞站在雨里，寒着脸说，"谢林给我打电话，说了一些事。但我想听你说，听你亲口告诉我为什么。"

梁音微微一愣，有些意外严川途居然会打破砂锅问到底。换做以前，她肯定会因为分手的原因太丢人而羞于启齿。但现在想想，不过都是一些小姑娘的别扭心思。那时她觉得自己被严川途辜负了，可他并未做错什么。

说到底，她还欠了他一声"对不起"。

"就……知道了你脸盲，而且是特别严重的那一种，谁的脸都认不出来。"梁音故作轻松地扯了下嘴角，却没笑出来。

严川途的脸色微微一变："我脸盲和你甩了我有什么关系？"

"你还记得我们是怎么在一起的吗？你总来看我的戏，哪怕我去其他地方演出，你也跟着。我以为你喜欢我，在追求我，所以我才对你表白。"梁音皱了一下眉，很快又松开，她似乎在组织措辞，过了好一会儿才道，"可是你接近我，只是因为我的脸。你认不出别人的脸，唯独我是特殊的。"

严川途想过千千万万种的可能，唯独没猜到这个答案。

他握着伞柄的手浮起青筋，声音里带着沉沉的怒气："你觉得我爱的是你这张脸？"

"难道不是吗？"

梁音本以为自己已经放下这桩旧事，可以用轻松、不经意的语气和他谈及过去，了结这笔情账，未曾料到内心深处竟还存着几分意难平："如果你看不到我的脸，如果你当初能记住的脸是别的小姑娘，那你还会跟着我到处跑吗？还会接受我的表白吗？——严川途，我们在一起那么久，你从来没有说过一句喜欢我。"

严川途愣住，不是心虚，也不是迟疑，而是他从未想过这个问题。

他遇到梁音时，第一次看清一个人的脸。他本不知道何为美丑，因为在他眼中，所有人都长得一样，包括他自己。

唯独她不同，鲜活又夺目。

她之于他，既珍贵又特殊。

在他的记忆里，他们的曾经，除却分手，余下皆是无法宣之于口的甜。然而在梁音的口中，却有着诸多的意难平。

"严川途，你为什么不告诉我你患有严重的脸盲症？我们分手之前，我试探了你那么多次，明示过，暗示过，但你每次都选择掩饰。"梁音看着伞下的严川途，问，"你很怕我知道这件事，为什么？"

不等他开口，梁音先给出了答案："除了心虚，我想不出别的原因。"

当年她用了很多办法去试探他、拆穿他，但他每次都能不动声色地化解。他掩饰得太好了，看起来完全就像一个正常人，没露出一点异常。

他怕她发现，不敢让她发现，甚至在她试探的时候，费尽心思地掩饰。如果他能坦白一点，她就不会在意魏今的话，更不会因为他去看魏今的演出而气到失控。

雨越下越大，没有停下的趋势。

气氛开始变得压抑。

严川途嘲讽地"呵"了一声，没有说话。他的脸色很难看，似乎气到全身发抖，用尽力气才不至于让自己失去理智。

梁音看不清严川途的脸色，但却知道他在生气。

她轻轻道："过去的就让它过去吧，我有错，你也有错，这些陈年旧事就是一笔糊涂账，不如就此扯平吧。"

"梁音，所有的事情都是你的以为，从开始到结束，你问过我吗？"严川途的声音里带着无法掩藏的愤怒和失望，他走到屋檐下，扔掉了手里的雨伞，大步逼近她，"既然你觉得我不爱你，那你为什么不问我？"

"一开始是不知道怎么问，后来是因为……"梁音迟疑了，她可以有很多种回答，可怜的，受尽委屈的，把自己立于最无辜的位置，让严川途对这段过去释怀，原谅她当年的意气用事。如果她想追回严川途，这是最好机会，但话到嘴边，她却如实道，"是因为……不是非你不可。"

严川途咬牙切齿道："好一句'不是非你不可'。"

在这一刻，严川途发现八年前的自己既可怜又可悲，八年后的自己同样可笑又可叹。她用六个字就结束了他们的感情。

无论过去多少年，她总能将他的世界搅得天翻地覆。

第二天，微博上的风向终于变了，不再一面倒地攻击梁音，网站和论坛里一些夸大其词的新闻也被删除了，事情渐渐平息。

梁音对幕后黑手的身份很好奇，到底是谁跟她有这么大的仇怨?

她知道此事得以解决全靠严川途，所以他应该知道些什么，但他们在冷战。——她也不知道严川途为什么和她冷战。

难道是被那句"不是非你不可"气到了？

唉，她昨晚的脑子一定进了大量的雨水，怎么就没说点好听的哄哄他呢？怎么就实话实说了呢？她应该说"因为你太好了，我觉得自己配不上你，所以才想不开跟你分手"诸如此类的软话才对啊！

梁音现在倒是想哄了，奈何总是找不到机会。

严川途完全无视了她的存在。

虽然他们住在一个屋檐下，但碰面的次数屈指可数。她睡的时候，他还没回来；她起来的时候，他已经出门采风。要不是院子里晒的衣服，她都不敢确定严川途晚上回来过。梁音心道：这么不待见我，干吗不直接搬出去住？

眨眼到了周一例会，众人齐聚一堂商讨五音戏楼的未来发展。

参加会议的人有严川途、梁音、顾师姐、音乐总监、舞美统筹等，以及打着石膏来做检讨的谢林。

等谢林做完检讨，才进入会议的主题。

之前当家小生和花旦的跳槽带走了一部分人流量，现在加上梁音换行当失败——大部分人都这么认为，等于说五音戏楼曾经的三大台柱子都没了，现在每个场次的上座率不足一半，收益十分惨淡。照这个情况发展下去，不用半年，五音戏楼就得关门大吉。

严川途看完报表，问："梁老师对此有什么想法吗？"

梁音：阴阳怪气，不过谁叫他是大老板呢。

严川途问的这个问题，其实梁音也一直在思考，她正色道：

"想办法挖角？或者我们排出新戏？又或者搞几个活动炒人气？以前周年纪念日搞的互动活动反响不错，要不要再举办试试？"

"活动只能聚集一时的人气。"严川途站起来，双手撑在桌上，身体微微向前倾，言辞犀利道，"戏肯定是要重新排。但五音戏楼最大的短板是闺门旦和小生。现在喜欢昆曲的年轻人越来越多，他们更喜欢听一些才子佳人戏，像《长生殿》《桃花扇》《牡丹亭》，而这些大戏的主角恰恰就是闺门旦、小生。"

五音戏楼需要变革，需要新的血液。

严川途列举的几出经典老戏，五音戏楼都有，但用的剧本还是二十年的版本。梁老爷子思想保守，当初有前辈改良昆曲剧本，起用大批年轻的演员——新版《牡丹亭》等剧就是诞生在那个时期。梁老爷子却觉得年轻一代太浮躁，唱功不到家，所以五音戏楼里，除了梁音、周即白、乔雅、谢林四个人，剩下的人不是像顾师姐这样年过五十的演员，就是十几二十岁的小朋友，刚毕业几年，舞台经验不足。

所以周即白和乔雅一走，戏楼也塌了一半。

"俞师兄已经开始改编剧本。"梁音并没有完全认可严川途的意见，"还是有观众喜欢我们的传统折子戏，像《白兔记》《武松打店》，这些可以继续保留。至于闺门旦，我已经拟好了挖角的人选，但待遇方面需要你的批复。"

梁音把之前想好的名单报出来，都是非常有实力，但近几年发展不如意的闺门旦："小生的话，我觉得没必要再去挖人，小林子可以顶替小周的位置，他现在跟着吴老学习，进步很大。等新的旦角到位，让他们磨合磨合。"

严川途皱着眉思索几秒钟，说了一个价格："不超出这个数，就签下来。"

"这个待遇在南京算高的了。"梁音一边记录一边道，"不过就怕他们看不上我们的小戏楼。"

严川途道："拿出你忽悠我投资戏楼的三成功力，总有人愿意来。"

"那叫适当的商业吹捧……"梁音还想辩解几句，但一对上严川途那双清冷幽深的眼眸，不由得有些心虚。她尴尬地"咳"了一声，用笔头敲了敲桌面，"说正事说正事——哎，小林子说你啦，有信心成为南京第一小生吗？"

本来谢林正在看她的好戏，猛地被点名，只能露出一个同样尴尬的笑："师叔啊，我现在还没出师。就算我出师了，也很难超越周师兄。"

以前的五音戏楼之所以还有立足之地，周即白居功至伟，他的第一小生是大家公认的称号，近几年不曾被动摇过。

梁音用笔杆子敲了下他的脑门："这种时候少谦虚。"

师叔什么都好，就是过于自信。

"音音你呢？不继续学闺门旦的戏吗？"顾师姐愁眉不展道，她既担心戏楼的发展，也担心梁音的未来。梁音的杜丽娘是她手把手教出来的，出了问题，她有大半的责任。在她看来，梁音的演出瑕不掩瑜，当日满堂喝彩足以看出她的天赋。梁音是练闺门旦的好苗子，可惜有人心脏，破坏了她的新开端。

梁音道："闺门旦的戏，我还是会继续学。但以我现在的情况，不足以支撑起一场大戏——《牡丹亭》就是前车之鉴。如果我学到家了，别人也找不到攻击的黑点。"

"师叔，你已经很厉害了。"谢林不是在安慰她，而是真的这么想。

梁音笑了笑，往后背一靠，自嘲道："姑且不论我的实力，就冲外头的流言蜚语，我的戏还有人看吗？我得暂避风头啊。"

"这件事情我会解决。"严川途冷冷道，"不要遇到什么事都只想着逃避。"

梁音暗道：又是这种阴阳怪气的腔调！

"我逃避什么了？"梁音靠着椅背，抱着手臂，坦荡荡地问，"严川途，你对我是不是有意见啊？我到底怎么着你了？"

严川途盯着她的脸想：她怎么能这么没心没肺呢？

"梁老师，"严川途的脸上浮起一丝冷笑，"我希望你能做到公私分明，不要在开会的时候说些无意义的废话，浪费彼此的时间。"

梁音也有点恼火了，站起来道："现在找茬儿的人是你。"

谢林、顾师姐等人十分有眼色，见会议室的气氛变得微妙后，立马站起来，各自找了理由走掉。一个是他们的金主爸爸，一个是戏楼的老板，等下这两位要是吵起来，他们夹在中间帮谁啊？还是走为上策。

于是这场会议就这么没头没尾地散场了。

会议室里只剩下梁音和严川途，两人对视许久，最后是梁音扛不住先出声打破僵局："说好扯平的，怎么还跟我冷战，幼不幼稚啊。"

她的脾气来得快，去得也快，还没开始吵，就已经消气了。

严川途面无表情道："说扯平的人是你。"

"我以为你同意了。"

"我没同意。"严川途冷冷地提醒道："要扯平，先把八百万的投资还我。"

"别啊金主爸爸！"梁音立刻变脸，大叫道，"等年底、等年底我们的戏楼一定会有盈利的，你现在撤资可不就赔本了吗？再说了，您可是一言九鼎的严总啊，出尔反尔多不好，简直有损您洁白无瑕的名声。"

"叫我祖宗也没用。"严川途完全不吃她这一套，冷笑道，"某人不是说过吗？我是一个阴沉、无趣、无聊的哑巴，既没风度也没情商，活该单身一万年的渣男。就算我有名声，八年前也被某人败光了。"

这话听着耳熟，不就是她分手时说的气话吗？

梁音讪讪道："你怎么还翻旧账啊？"

严川途没再搭理她，说了一句"让让"就走了。梁音心道：他要不是大老板，我有一万句可以怼回去。算了，忍他，谁叫他是金主呢？钱都花了一半，还是还不了了，不如想想怎么营利比较实在。

中午梁音在休息室吃饭，对面坐着大快朵颐的谢林。

谢林的饭盒里是辣子鸡、烤鳗鱼、油炸小丸子和几根少得可怜的青菜，而梁音的饭盒里是苦瓜炒肉片、清蒸鱼、糖醋小排，她的午饭也不难吃，只是跟谢林的比起来就有点索然无味。但谁叫她体质奇葩，一上火，嗓子就干、紧，影响发音。

谢林很佩服梁音，为了保护嗓子，什么都能忍，对所有的美食都能视而不见。整天捧着胖大海、菊花茶，作息习惯也和老人家差不多。他们也爱护嗓子，但饮食上的忌讳很少，鲜少有人像梁音这样谨慎。

梁音无精打采道："想吃麻辣小龙虾和啤酒。"

"师叔，忍住啊，你可是只喝露水的仙女。"谢林毫无同情心地笑道。

"喂，有点人性好吗？"梁音曲着手指敲了下桌子，慢吞吞地说，"没看出来吗，你师叔我心情不好。"

谢林憋笑道："看出来了，你和严先生吵架了。他不在，都没人帮你吃苦瓜。"

"是他和我吵，不是我和他吵。"

"你怎么惹到他了？严先生脾气很好，你能惹毛他，也是挺厉害的。"

梁音瞪着谢林这个罪魁祸首："还不是你，上周三你给严川途打电话说了什么？他半夜从北京回来，问我当年为什么和他分手。"

谢林心虚了，"啊"了一声："我那不是替你们急吗？有什么话不能说开。"

"所以，满意你现在看到的结果吗？"

梁音放在桌上的手机响了，她看了来显一眼，秒接："喂？"

电话那头的声音跟冰碴子一样冷："出来，我在停车场这边等你。"

"干吗？我……"

梁音的话还没说完，电话就被挂断了，她也没生气，对着"嘟嘟嘟"的手机喃喃道："看来还在生气啊。"

"严先生的电话？"谢林八卦兮兮地问。

"嗯。"梁音抓着手机站起来，走了两步又回头问："假如你惹你的男性朋友生气了，你会怎么求和？怎么讨他的欢心？"

谢林差点喷饭："我干吗要讨男性朋友的欢心？"

"我就随便打个比喻。"

"师叔，你的比喻不合适。"谢林笑着揶揄道，"你直接说你想和严先生复合不就行了吗？好啦，不用解释，我懂我懂，我来帮你想办法。"

梁音觉得解释起来太麻烦，反正结论是对的，就随口"嗯"了一声，然后赶紧跑了，生怕让严川途等太久。

谢林也说得没错，她是想和严川途复合，前段时间忙着装修戏楼，忙着处理家事，忙着换行当，忙着学戏，总找不到适合的机会，但现在所有的事情都尘埃落定了，她也该找个黄道吉日去表白了。

至于严川途会不会接受，她暂时没想过，先表白了再说，不喜欢，那就缠到他喜欢上她为止，再说了，她还有一张脸啊。

五音戏楼的停车场很小，梁音一进去就看到了那辆黑色SUV。车窗开着，严川途靠在窗边抽烟，看到她就灭了烟，没说话。

梁音跑过去，问："找我干吗？"

七月正是南京最热的时候，尤其是正午，梁音一路小跑，虽然就几分钟的工夫，但一头一脸都是汗。

太阳有点刺眼，她忍不住眯起了眼睛，看着像在笑。

严川途道："上车再说。"

梁音没有坐后排的位置，而是从车头绕过去，拉开副驾位这边的车门，故意坐到严川途的旁边。从梁音意识到自己对严川途的心思后，就经常管不住眼睛和嘴，就像现在，一上车就直勾勾盯着他，忍不住想嘴角上扬，特别莫名其妙。

"我还以为你不打算理我了。"梁音咬了一下上嘴唇，压抑住了上扬的唇角，但眼底却满满都是笑意，又亮又撩人。

严川途不看她，也不说话，关好车窗就开车了。

"严川途……"她喊了他一声，见他没理自己，不死心，继续找话题，"严川途，你吃饭了吗？你叫我的时候，我饭才吃了一半，要不我们一起去吃点东西？我记得附近有家鱼锅店，我请你吃水煮鱼吧。"

严川途还是没搭理她。

"喂，你就理我一下呗。"梁音随手抹了一把汗津津的脸，抹完又觉得不好意思，垂着眼睛，盯着自己的手看了一会儿，问，"你什么时候学会抽烟了？我记得你以前不抽的。"虽然他抽烟的样子贼帅，但抽烟不好。

车内的空气里还残留着淡淡的烟草味，不浓，但能闻得出来。

"在你不知道的时候。"

"又是这句——"梁音无奈，她靠着背，歪着脑袋看他。中午的阳光耀眼无比，照了一点进来，落在他们中间，她看着看着，忽然发现他搭在方向盘上的手很漂亮，又长又白，像玉石雕琢而成的。

以前她怎么就没发现他的手长这么好看？

梁音盯着他的手，鬼使神差地来了一句："经常抽烟的人，手指会变黄，你的手长这么好看，可别糟蹋了……"她说了一半，脑子忽然清醒了，马上找补道，"不是，我……我的意思是，吸烟有害身体健康，能戒还是戒了，你看过老烟枪的肺部CT吗？等等啊，我上网找给你看……"

"你饿吗？"严川途无奈地开口。

梁音拿着手机，还在找图片："还好吧，四分饱。"

"你脚边有个袋子，里面是吃的。"

梁音低头一看，果然在角落里看到了一个纸袋子。她把手机放到膝盖上，弯下身提起了袋子，打开一看，惊喜道："是桂花糕。咦，还有奶茶啊？我这几天刚好想喝奶茶，这难道就是心有灵犀？"说着说着，忽然发现不对劲的地方，"严川途，你干吗忽然给我吃的，是不是嫌我吵，所以想堵住我的嘴？"

严川途居然真的"嗯"了一声。

"喂。"梁音笑了起来，"讲点道理好吗？我这么多话是为什么啊？还不是因为你不搭理我。车里就我们两个人，要是我也哑巴了，气氛得多尴尬。都多大岁数的人了，还搞冷战，幼不幼稚啊。"

严川途无奈地瞥了她一眼："吃吧。"

梁音笑着给奶茶插上吸管，吸了一口，安安静静地坐在旁边吃桂花糕，她只咬了一口就吃出来是夫子庙那家百年老店做的。这家店生意好，又是开在景区，所以不送外卖。她想吃的话，还得坐很久的车过去，并不能经常吃到。

他是特意开车过去买的桂花糕？

现在恰好是中午的高峰期，路上车来车往，喇叭声此起彼伏，他们的车子开了一半就被堵在路中间了。严川途看了一眼手表，微微皱了下眉。梁音正盯着他看，马上就注意到他的表情："你赶时间？"

"嗯。"

"对了，我们这是要去哪？"梁音问。

严川途把车往前开了几米后，回道："拜访魏老师，约了一点见。"

"魏明华老师？"

"嗯。"

"魏老师来南京了？什么时候？你和她认识？"饶是梁音这样淡定的人，听到这个爆炸性的消息，也控制不住情绪。她的奶茶也不喝了，抓在手里，克制不住地低喃了好几声"天啦"。

梁音最崇拜的两个前辈，一个是男旦柏松老师，一个就是魏明华，他们代表了闺门旦的最高水准，也是梁音努力的目标。

想到等下可以见到魏明华，梁音忍不住紧张："这也太突然了，你怎么不提前和我说啊，我今天没洗头发，衣服也穿得很随便。严川途，你该不会是故意的吧，现在才说。"

严川途面无表情道："我有这么无聊吗？"

"还真有。"

他冷冷地"呵"了一声，说起正事："魏老师要收徒。她今天安排了一场考核，除你之外还有十个人参加。"

梁音闻言一愣，她本来以为自己跟过去只是蹭杯茶，没她什么事。

"收徒的考核怎么会有我？"

就像当初吴老收谢林，她当了一回中间人，如果不是有人推荐，魏老师不可能注意到她一个武生。如果魏老师知道她，那就更没戏，她以闺门旦登台的那一场戏，失误的地方不少："该不会是你向魏老师推荐的？"

"别多想。"过了好一会儿，他又补充了三个字，"好好考。"

梁音往后一仰，用手捂住微微发烫的脸，发出一声意义不明的哀号声。

她完了。

为什么严川途总对她这么好？

如果他对她坏一点，恶劣一点，她就不会像现在这样喜欢他了。可他这么好，除了不确定他是否喜欢自己这一点，就再也找不出别的缺点。

严川途瞥了她一眼，以为她在担心考核："尽力就好。"

梁音捂着脸，闷闷道："这种事情尽力了也没用……"

"你什么时候变得这么不自信？"

"你不懂。"

"……"

"你什么都不懂。"

"……"

梁音郁闷了一会儿，放下手，揉揉脸，咬着上嘴唇，眼神飘忽不定，也不知道在想些什么，过了许久，忽然蹦出一句："幸好我还有这张脸。"表白啊，怎么表白，希望谢林能给她想出一个靠谱的点子。

过了一个红灯后，路况渐渐转好，车速终于恢复正常。

距离一点还有十五分钟的时候，这辆黑色的SUV在猫儿胡同的路口停下了。

猫儿胡同很窄，一侧种满桂花树，一侧是老旧的四合院，有些门外还能瞧见灰扑扑的上马石。这里很安静，与外面的繁华都市彻底隔离，人少，屋旧，交通也不方便，只有一些念旧的人还不愿搬走。

梁音的家也在这里，只是不在这一条路上。

不过她也就小时候在这里住得久些，考上戏曲学院后就基本住校，回来的话，也是住在五音戏楼，跟着师兄们学戏，听戏，一天热热闹闹地过去。

他们抵达魏明华家中的时候，其他人都已经到了，客厅很大，但椅子就几把，所以有人站着，有人坐着。来参加考核的除了一个相貌清秀的男生，余下都是年轻的小姑娘，看着十分养眼，但最抢眼的还是坐在魏明华旁边的乔雅。

乔雅一看到梁音，马上喊了一声"师叔"，生怕她又暴自己的真名。

梁音见到她并不意外，前段时间她去参加培训，教课的老师就是魏明华。乔雅有天赋，也努力，在年轻一辈里，算是出彩的闺门旦。其他小姑娘，有几个，梁音看着眼熟，也叫得上名字，都是专攻闺门旦的。

梁音进来后，先和魏明华问好，言辞温和有礼。

严川途和魏明华打过招呼后，就避出去了，没有留下来看考核过程。他走的时候，梁音忍不住转头，直到完全看不到他的身影，才收回了视线。

乔雅就坐在梁音的正对面，将她无意识流露出来的依赖和亲近都看在眼底，心里既高兴又难受。就梁音的臭脾气，何曾见她对人露出过这样黏糊糊的神情，周即白没戏了，梁音喜欢谁肯定会主动去争去抢，不会畏畏缩缩地搞暗恋那一套。但又忍不住替周即白叫屈，他从小就喜欢梁音，但她待他哪里有半分情意。

梁音哪里知道乔雅的内心戏这么多，这会儿正苦恼着。

她没带练功服，只随身带了一把折扇。

梁音扫了一眼客厅里的小姑娘们，眼睛一弯就笑了，这么多人，还怕借不到吗？

一点一到，考核就开始了。

梁音抽签拿到十一号，乔雅是一号，每个人的表演时间为六分钟。

除了梁音，其他人都带了练功服或者戏服。乔雅的水袖是出名的美，所以表演的时候，她特意选了一段能体现水袖功的折子戏。

乔雅一亮嗓，全场的人都惊艳了。

昆曲的精髓在字清、腔纯、板正，而乔雅只用一个字就抓住了大家的耳朵。

《牡丹亭》是每个闺门旦演员都必学的戏，乔雅一开嗓，他们就都听出她选的是《游园》里的名段《皂罗袍》。乔雅平时看着像个娇娇怯怯的小姑娘，此时虽然没有上戏装，但她的眼神、表情、气质，瞬间就都变了。

此刻的乔雅，就是正在游园的大家闺秀杜丽娘。

她的眼神含蓄而忧郁，满园的春色没有抚平她的心情，反而勾得她愈发愁苦：……良辰美景奈何天，赏心乐事谁家院？朝飞暮卷，云霞翠轩，雨丝风片，烟波画船——锦屏人忒看的这韶光贱！

乔雅的最后一个字落下，还有人没反应过来，听得人都入神了。

太好听了。

梁音忍不住在心中连连惊叹，乔雅现在的唱功和身段，完全有了质的飞跃。以前她的眼神总差了几分味道，但现在不用上戏装，她就已经是话本里的大家闺秀，通身婉约，眼神含蓄，眉眼之间皆是景。

梁音看向魏明华，从她的表情来看，显然也是很满意乔雅的表演。

有乔雅的珠玉在前，后面上场的人多少有点紧张。

魏明华看他们紧张，就笑着安慰道："都别紧张啊，就当是互相交流。不管今天结果如何，以后你们有空了，随时可以过来。放松点，你们都很棒。"

魏明华的嗓音又轻又柔，被她这么一安慰，小姑娘们果然放松多了。

乔雅下场后，脱下罩在外面的练功服，把衣服塞给梁音。二号小姑娘已经咿咿呀呀地开始唱了，为了不打扰她的表演，乔雅没说话，直接冲梁音翻了一个白眼，脸上的嫌弃是一点掩饰也没有。

梁音笑了笑，冲乔雅比了一个"谢谢"的手势。

乔雅扭头看场上的小姑娘，没搭理梁音。她也不知道自己怎么脑子一抽，就把练功服借了出去，算了，公平竞争。

一个小时后，轮到了十号。

十号一直坐在角落里，她和梁音站的位置中间立着一个屏风，所以直到她上场，梁音才看清她的长相。

竟然是魏今。

和上一次在茶馆相比，她今天的妆容更明艳夺目，穿着时尚，为了方便表演，她今天没有穿高跟鞋，而是穿了一双平底单鞋。一双大长腿又白又直，十分吸睛。她一出场，在气势上就已经压倒了一群小姑娘。

乔雅皱着眉，凑到梁音身边，压着声音悄悄道："她是魏今。我们的最强对手，她和魏老师原本就有师徒之谊。"

梁音下意识地把视线转向窗外，严川途还在外面。他刚才有认出魏今吗？

意识到自己的动作后，她立马懊恼地转回视线。

陈年老醋，不能吃。

魏今看向梁音，冲她笑了一笑，眼中带着无言的挑衅。

她在向她挑战。

魏今表现得很明显，别说梁音看懂了，就连乔雅都察觉到了魏今对梁音的敌意。等魏今开始表演《思凡》，乔雅就更加确定她们有过节。

梁音唱得最好的折子戏，就是这出《思凡》。

他记得每一句唱词，记得她每一个表情，还有桂花味的吻。

　　昆曲界有句俗话叫男怕《夜奔》，女怕《思凡》，因为这两出折子戏是武生和旦角最难演的独角戏，身段繁复，对唱腔和基本功的要求非常高。《思凡》中赵色空这个角色不能完全算闺门旦，应该是介于闺门旦和贴旦之间，她有贴旦的活泼俏皮，但也有闺门旦的含蓄。虽然没有一个统一的说法，但不管是闺门旦还是贴旦，他们基本都会学这个戏。

　　不过会都会，但唱得好不好，区别就大了。

　　魏今从小就跟着魏明华学戏，优势在唱腔和细腻的情感，所以她特意选了《山坡羊》的唱段，把小尼姑的活泼可爱和被师傅削了头发的郁闷都表现得淋漓尽致，哪怕没有上戏装，也像是一个俏生生的小尼姑。

　　短短几分钟的唱词，叫人意犹未尽。

　　乔雅不喜欢眼高于顶的魏今，但也得承认她的唱功颇有几分魏明华的真传。她忍不住看向即将登场的梁音，小声道："你刚演了《牡丹亭》，要不来唱一段《惊梦》，《皂罗袍》或者《步步娇》，别和魏今正面刚。"

"你没看最近网上都把我骂成什么样了？"梁音换上练功服，同样小声地自嘲道，"我哪来的底气在魏老师面前唱《惊梦》？"

乔雅觉得梁音可真够倒霉的，其实她演得不错，主要是因为和周即白的配合出现了问题，缺乏默契。周即白也公开表示这场戏他是临时顶替，锅不能由梁音一个人背，但奇怪的是，还是有一堆人在骂她。

想想梁音招人恨的脾气，仇家太多了，也不知道是谁在黑她。

其实她也怪倒霉的，梁音被黑关她什么事，周即白居然怀疑是她干的，过分！她不去踩梁音一脚，已经很大度了。

梁音并没有因为魏今唱了《思凡》，从而更改自己选好的唱段。

魏今的挑衅，她并不畏惧。

《思凡》难，前半本难在整个情感的转折，后半本难在多变的身段，梁音的基本功非常扎实，《思凡》又是她和严川途的定情戏，她以前闲着没事就唱上一段调戏他，这几年存着换行当的念头，也一直没把旦角的基本功放下。

她选了突显身段的最后一段唱词。

奴把袈裟扯破，埋了藏经，弃了木鱼，丢了铙钹。

学不得罗刹女去降魔。

学不得南海水月观音座。

哪里有天下园林树木佛？

哪里有八千四万弥陀佛？

一心不愿成佛，不念弥陀般若波罗！

严川途站在窗外，望着咿咿呀呀正在唱戏的梁音，心头微微一动。时隔八年，他再次听到她唱《思凡》，犹如梦里南柯。

此刻，他心之所思，是目之所及。

在无数个难以释怀的梦里，她便是这样，或站在戏台上，或是桂树下，又或是狭窄的廊道里，唱着这出叫他心心念念的《思凡》。

他记得每一句唱词，记得她每一个表情，还有桂花味的吻。

考核结束后，梁音把练功服还给乔雅，跟她道了一声谢。

她不知道自己的表演能打几分，但已经尽了全力。先有乔雅的珠玉在前，后有魏今的惊艳唱功，她没有自信能被魏明华看上。

魏明华没有当场宣布结果，而是让他们回去等通知。

梁音和其他人一同与魏明华道别，她一出去，就看到站在桂树下的严川途。她喊了严川途一声，举着折扇冲他挥挥手，笑得一脸灿烂。

梁音正想跑过去找严川途，一人却挡在她面前。

"梁老师，好久不见。"

是魏今。相亲那日，她端的是一副不食人间烟火的高雅，今天妆容一换，明艳照人，气势十足。

梁音回道："上个月才见过，不算久。"

"有时间说两句吗？单独的。"

"等我一下。"梁音跑到严川途身边，让他去车上等她。和严川途说完，她又跑回来，对魏今道："说吧。"

严川途没有走，还是站在桂树下等梁音。

魏今看了他一眼，眼中闪过一抹羡慕，她撩了下脸颊边的长发。

"其实今天的考核只是一个过场，我姑姑心里已经有了心仪的徒弟。只是这段时间找她的人太多，所以才有了今天的考核。她其实是一个特别固执的人，如果她对某个人的第一印象很糟糕，无论那个人之后多么努力，都没办法扭转在她心里的印象。"魏今用惋惜的语气说，"你今天不该来的，何必自找难堪。"

梁音像是没听出她话里的讽刺："八年不见，你张口就鬼扯的毛病还没改啊？"

魏今也不生气，慢慢道："不信你就等着瞧好了，看看人选的人是不是乔雅。你抢了她的师兄，她抢了你的师傅，正好扯平。"

"看你这么高兴，我还以为内定的是你。"梁音不软不硬地回了一句，"毕竟你跟着魏老师学戏那么多年，只差一个师徒之名。"

"你！"魏今语塞。

"你喊我就是要说这个？没别的事，我走啦。"

魏今见她要走，终于说正题了："前几天三哥给我打电话，问了我八年前的一桩事，似乎对我有些误会。"

梁音闻弦歌而知雅意，慢慢笑了起来："你敢挑拨离间，还不许我告状了？"

她没有解释不是她告状，而是谢林说的，直接说和间接说没差别，如果她有心帮魏今保密，说的时候就会叮嘱谢林不要外泄。当年魏今来找碴儿一事，她一直没提，是觉得丢人，现在说，是觉得无所谓。

魏今问："你觉得我是挑拨离间，那你为什么还信了？"

"挑拨离间是真，严川途脸盲是真，我不信任他也是真。八年前的事，现在再说就没意思了。"梁音拿折扇拍拍掌心，笑着建议道，"你唱戏可惜了，应该去学心理学。"

当年的魏今可不就是拿捏准了她的心思，给他们制造信任危机的吗？

偏偏她说的话，没有一句是假。

少年人的感情可以炙热无比，也可以冲动地说出分手，爱的时候义无反顾，分手的时候也是真的痛不欲生。终归是意难平，她觉得自己爱严川途一百分，但他没有爱她这么多，甚至可能一点都不爱她。

"八年前的事，我并不后悔，也不觉得我做错了。"魏今看着梁音，时间在她身上几乎没有留下痕迹，还是和从前一样漂亮张扬。她想，如果没有严川途，她和梁音或许会成为很好的朋友，"说到底，你不够爱三哥。梁音，你知道吗？我嫉妒你都要嫉妒得发疯了，为什么你长了这么一张脸？"

"从前我觉得他只爱我的脸，但现在却不这么想。"梁音笑起来的时候，眼睛弯弯，眼底仿佛洒满星光，特漂亮，"严川途是因为爱上了我，才会记住我的脸，哪怕我现在换一张脸，他还是能在第一时间认出我。"

魏今想了想，居然没办法反驳，只能硬憋出几个字："胡说八道。"

"我扮武生时，自己都不太认得出来，但严川途每次都能第一眼找到我。"梁音忽悠魏今，可越说越觉得有道理。她卸装后，铁杆粉丝都不一定能认出来，但无论她作何打扮，严川途都没认错过。

魏今憋气憋得内伤，她是找梁音宣战的，而不是看她秀恩爱的。

"三哥这么好的男人，谁不喜欢？"魏今望着不远处的严川途，眼中是毫不掩饰的企图，"既然你们没有在一起，那我们就公平竞争。"

"那你没机会了。"梁音打开折扇，冲她露出扇面上的字，"这是严川途送我的扇子，你知道'今晚月色真美'是什么意思吗？不懂就去百度。"

魏今想也不想就说："不可能，你骗我。"

这个时候梁音干了一件让魏今震惊的事，她举着扇子冲严川途挥手："三哥哥，这是你送给我的扇子吗？"

梁音的这一声"三哥哥"是用苏州话喊的，吴侬软语，又甜又腻。

如果用魏今的话来说，就是不要脸。

特不要脸。

魏今不知道的是，其实梁音本来想说的是：三哥哥，这是你送给我的定情信物吗？但她想着严川途这人一本正经的，如果否认了，她多丢脸啊。她丢脸已经习惯了，不怕，但是在情敌面前丢脸不行。

严川途似乎也被这一声吴侬软语的"三哥哥"惊到，看了她许久。

梁音以为他不想搭理自己，尴尬地放下手。魏今顿时放心了，正得意着，却看到严川途走了过来，走到梁音的身边，说了一句："是我送的。"

魏今震惊到说不出话，一是震惊梁音的不要脸，二是震惊严川途居然这么配合梁音，真的送了这么一把扇子，等于把"我爱你"三个字昭告世界，高调得完全不像他的作风。等她震惊完，反应过来，他们已经走了。

魏今气得脸都变形了，站在原地，久久说不出话来。

严川途的车子停在胡同外，梁音跟在他身后，踩着他的影子走。她低着脑袋，无意识地转着手里的折扇，开了又合，合了又开，折扇"唰唰唰"地响。

"那个……"梁音盯着他的背影说道，"严川途，我刚帮你解决了一朵烂桃花，你要怎么谢我？"

严川途停下来，转过身看着她："用得到的时候就是三哥哥，用不到就是严川途。"

以梁音的厚脸皮，就这么一句话还不至于让她脸红，她理直气壮地说："平时不也是这么叫你的吗？那我换个称呼，严老师？严老板？还是学别人那样叫你'三哥'？你说，你喜欢哪种叫法？"

"三哥哥吧。"

梁音震惊地"喂"了一声，笑问道："你还是以前那个严川途吗？居然学会怼我了。"

严川途笑了一下，没有说话，转身继续走。

梁音低头看着折扇，想到上面的那句话，想到今天的考核，想到她被梁女士刁难时，他护着她的样子。

他的手很漂亮，但手背上被茶水烫伤的地方，落了疤，一直没消。

"严川途，你干吗对我这么好？"梁音放下手，咬了一下嘴唇。她一紧张就这样，下意识地用一些小动作来掩饰自己的情绪。她不是一个藏得住话的人，脑子一热，忍不住就问了出来，"你是不是喜欢我啊？"

严川途的脚步微微一顿，却没停下，也没回答。

梁音疾步走到严川途的面前，挡住他："那我换个问题，你当年有没爱过我？"

"你不知道吗？"

下午两三点，正是一天里温度最高的时候，梁音不知道是紧张还是热的，额头出了一层的汗："我知道的话，跟你分什么手啊。"

她等不及谢林的点子了，现在就要把话说清楚。

严川途望着她，语气淡淡的："以前没有问，现在又何必问。"

"你这人……"梁音无奈道，"要这样吗？是是是，八年前我就该问了，但我那时候不是还小嘛，人不轻狂枉少年。"

"梁音，你从来都是这样。"严川途神色莫名。

她看不懂严川途的脸色，也没明白他话里的意思，她觉得严川途真的太难懂了："我怎样？我觉得我挺好的。"

"你后悔吗？"他顿了一下，"和我分手这件事。"

"后悔了。"梁音实话实说，"我现在有多喜欢你，就有多后悔。如果我当初不计较谁爱谁多一点少一点，我们现在一定很好。"

她想过的表白方式有无数种，没有一种是在这样的情况下。

既不浪漫，也不感人。

"严川途，我们复合吧。"梁音仰着脸冲他笑，她笑起来的时候，眼睛会发光，漂亮又撩人，"我还是好喜欢你。"

她等了很久，严川途也没有回答，于是她脸上的笑意一点点褪去。

梁音"喂"了一声："你在想什么，干吗不说话？"

"在想怎么拒绝你。"

梁音脸上的笑完全消失了，她认真地看着他，想看出他的真心话。

不是喜欢她，为什么对她这样好？不是喜欢她，为什么费尽心思为她的前途铺路？不是喜欢她，为什么为她事事周全？

"所以，你不喜欢我？"梁音想笑一下活跃气氛，但嘴角动了动，还是失败，她看着严川途，佯装轻松道，"没关系啊，我喜欢你，我会努力追求你。你脸盲那么严重，如果娶了我以外的小姑娘，你不怕认错老婆吗？我就不一样了，我们在一起，无论在哪里，你都可以第一眼认出我。"

严川途大概没想到她会这么说，紧绷的神色变得无奈："好，我等你来追。"

梁音终于又笑起来了。

乔雅赶回剧团的时候，事情已经尘埃落定，周即白走了。

她在休息室听到几个小姑娘的议论，才知道原来周即白和剧团从一开始就没签约，只是过来唱半年戏，帮着带新人。本来他要到八月才走，但不知道为什么提早了，大家都觉得可惜，他一走，周乔组合就彻底解散了。

"太可惜了，我还磕过周乔的CP。"

"可惜什么啊，你刚毕业不知道。周师兄追了他师叔好几年，好不容易在一起了，却被小乔拆散，他们不是更可惜。"

"我看过梁师叔和周师兄合作的《牡丹亭》，演得很好啊，怎么被黑得那么惨？你们说不会是小乔师姐干的吧？"

“这谁知道啊。”

乔雅站在门外，靠在墙上，面色变得极难看，周即白从一开始就没想过留在这里，对她却只字未提，这是防着她啊。

她没进去和这些小姑娘辩解一番，听了一会儿，直接走了。

都知道周即白痴恋梁音，也都知道她乔雅是破坏他们感情的第三者。她做了什么？凭什么白白担着一个虚名？

她没有去找周即白，也不问他接下来要干什么。他的心思一直明明白白，连一个月都不愿意多等，他是多迫不及待地要回五音戏楼。可梁音的身边已经有了严川途，他回五音戏楼做什么？

乔雅打车去了夜色，酒吧刚开门，只有寥寥几个客人。

酒吧里放着舒缓的音乐。

乔雅要了最烈的酒，喝完一杯又一杯，却一点醉意也没有。她心情不好，可是却找不到一个可以说话，可以安慰她的人。

她做人可真失败啊。

不像梁音，谁都喜欢她，谁都愿意和她好。梁音说话有趣，戏又唱得好，哪怕换了行当，也还是和从前一样厉害。人和人最怕比较，梁音长得比她好，天赋比她好，哪哪都好，她哪都比不过梁音。

“怎么又来喝酒了？”

乔雅转过头，看到张匪风，冲他翻了一个白眼，要不是这个罪魁祸首，她和周即白之间也不会闹成现在这样。

“你咋不理人啊？”张匪风也不介意，在她身边坐下。他是听酒保说，乔雅来酒吧了，他才这个点过来。

“张匪风，你怎么还有脸问？”乔雅就是一个炮仗脾气，跟她那张娇娇怯怯的脸完全不是一个画风，“不是你，我能这么惨？”

"我不是和梁音解释了吗，怎么她还没原谅周即白？"

乔雅懒得和他讲话，这是原不原谅的问题吗？他们分手了，严川途回来了，周即白没机会了。那时梁老过世，戏楼的重担压在梁音的身上，周即白不离不弃地陪着她，这才焐热了梁音那颗石头心。如果他们没有分手，哪怕梁音对严川途余情未了，也不会离开周即白，甚至可能按部就班地结婚。

周即白和梁音因为张匪风的一次恶作剧，彻底完蛋了。

她和周即白也完蛋了。

"算了，和你说不明白。"乔雅意兴阑珊地挥挥手，"都是我自找的，自作自受。你赶紧走吧，看到你就烦。"

"不就一个男人。"张匪风喝了一口酒，笑嘻嘻地凑过来，"我赔你一个男朋友。你看我怎么样？够高够帅吧，主要吧，我性格特别好，特别听女朋友的话。"

乔雅推开他的脑袋，生气道："全天下的男人是都死绝了吗？我为什么非要和梁音的前男友过不去？"

"我们就交往了几天，我连她的手都没牵过。"张匪风觉得自己忒冤，"这算哪门子的谈恋爱？不算不算，我初吻都还在。"

乔雅搞不懂他为什么这么自豪："三十岁的男人还有初吻，很值得骄傲吗？"

"我得为我媳妇儿守身如玉啊。"

"神经。"乔雅喝完一瓶酒，又叫了一瓶，直接对着瓶口灌。

"你少喝点。"

乔雅又翻了一个白眼："关你屁事。"

张匪风见劝不动，就陪她一起喝，一边喝，一边推销自己，把乔雅烦得不行。这人怎么和狗皮膏药一样，甩都甩不开。

但她一个人喝酒有点可怜，还是忍他一忍。

乔雅没想到，这一忍，就忍出了大事。

第二天早上，乔雅浑身赤裸地在一张陌生的大床上醒过来，身上像被马踩过一样，哪哪都痛。她呆了足足好几分钟，扭头盯着睡在她旁边的张匪风，昨晚的记忆慢慢涌上来，抓着被单的手一点点收紧。

乔雅喝醉后特别闹腾，但不断片，所以昨晚发生了什么，她都记得。

那些疯狂的，缠绵的，叫人崩溃的，一点也没忘。

乔雅心道：为什么不干脆忘得一干二净呢？

她不知道怎么面对张匪风，昨晚是她主动的，他一开始也推开了她。后来……后来两个人都失去了理智，加上都喝醉了，就出事了。

乔雅轻轻地爬下床，穿上衣服，提着鞋子，光着脚，悄悄地跑了。

她当时想，既然不知道怎么面对，那就不面对了，反正后会无期，她以后也不会再来夜色，就连酒吧街都会绕道而行。

然而，这世上存在一条神奇的定律——墨菲定律。

收徒考核已经过了一周，梁音迟迟没有收到消息，但乔雅被魏明华收下的传闻，已经在圈中慢慢流传开。梁音本以为没希望了，结果这天早上，她在去练功房的路上接到了魏明华的电话，叫她明天过去上课。

梁音愣了许久，直到挂了电话才反应过来。

魏老师收她当了徒弟！

她的第一反应就是给严川途打电话报喜，但还没拨通就按掉了，喃喃道："还是等中午的时候说，还能找他一起吃饭。"

梁音开心地哼着工尺谱歌去上工，想跟谢林他们分享这个消息。

谢林的石膏还没拆，但还是每天来戏楼，不能排身段，就练声腔，顺带给梁音搭一下戏。她最近在学《玉簪记》，谢林刚好也在练习里头的《琴挑》，偶尔何桃也来他们的练功房，给他们俩搭戏。

梁音来得比较晚，到练功房的时候，谢林和何桃已经来了，两人挨着脑袋，不知道在看什么，聊得特别起劲。

"看什么呢？"梁音走进来问。

两人一起抬头，用一样八卦的表情喊道："师叔！"

"怎么这么激动？难道你们也有好消息要宣布？"

梁音正想告诉他们，她可以跟着魏明华学戏，但何桃直接把手机怼到她脸上："师叔你看看这个采访！"

"什么采访？"

"《NEW摄影》七月电子刊，有严先生的独家专访。"《NEW摄影》分电子刊和实体，内容基本差不多，但电子刊有视频和彩蛋，而实体是送海报。何桃在杂志的微博上看到预告说这一期有严川途的专访，特意把电子刊和实体都买了，没想到，这一期的内容这么劲爆，"师叔，专访里提到了你。"

梁音好奇地接过她的手机，屏幕上正在播放的是视频。

大多数人上镜后会变丑，但视频里的严川途，还是一样英俊逼人。他拿着麦克风坐在高高的椅子里，穿着一身深灰色的连体工装服，造型和服装都是那种随意中带着文艺的感觉，和他的气质很搭，帅得不行。

梁音把视频退回去，从头开始看。

画面里就他一个人，主持人只有声音，最开始的话题很温和，问摄影展是几号，在哪里举办，为什么缺席今年的荷赛奖。

严川途的回答很简洁，也很冷静，但特别有风度、涵养，甚至毫不避讳谈及瓶颈期。

"这是每个创作者都会遇到的难题。"

"但是我很幸运，我找到了缪斯。"

何桃在一旁紧紧捏住谢林没有打石膏的那只胳膊，克制住尖叫的冲动："来了来了，就是这里。"

谢林道："闭嘴，不许吵。"

梁音盯着手机，似有所察，眉眼一点点舒展开。

严川途不疾不徐道："梁音是一个特别有天赋、有灵气的闺门旦，我用了两个月的时间去拍摄她，我们一起完成了一场蜕变。"

"她是我的缪斯。"

"《牡丹亭》在演出中发生了一些事故，致使表演留下缺憾，责任在我。她是今年五月换的行当，从训练到演出，只用了两个月的时间，很多人骂她，为什么这么心急，为什么不再多练练？"

"不是她心急，而是因为摄影展在八月，我留给她的时间太短。"

"摄影展和梁音的演出时间有什么关系？"

"摄影展的主题叫蜕变，记录的是梁音从武生到闺门旦的整个过程。如果还不明白，可以来看我的摄影展。"

"她很好，特别好。"

梁音嘴边的笑意慢慢扩散，到眉眼，到眼中，整张脸都亮起来了。她没有掩饰心里的欢喜和难以置信，把最后一句话反复听了几遍。

杂志都有制作周期，这个专访大概是她被黑那会儿录的。

他说，她是他的缪斯；他说，她特别好；他把演出失利的责任都揽到自己身上，把她从头夸到尾。这两年他遭受了外界许多质疑，但他从来没有澄清过，但这次为了帮她洗白，他连瓶颈期都自爆了。

"严先生这样的男人，我好想嫁。"何桃一脸花痴，刚说完，就被谢林敲了脑门，"想什么想，那是师叔的男人。"

何桃冲他翻白眼，还不许人做做梦了？

"师叔，严先生肯定喜欢你。"谢林说，"我看也别想什么花招了，只要你和严先生说你爱他，忘不了他，他立马就会同意复合。"

梁音没好意思告诉他，她表白过了，但被拒绝了。

她觉得严川途太难猜了，每当她觉得他对自己没意思的时候，他又总做出一些让她心生遐想的举动。

梁音把手机还给何桃，用自己的手机去买了这期电子刊，打算放着慢慢看。

"你们俩慢慢练，我先走了。"梁音说完就跑。

谢林和何桃面面相觑，难道真的去表白？

梁音一路跑着回去，到了后院，她先扒拉几下头发，整了整跑歪的领子，然后紧张地舒了一口气。她现在的脑子乱哄哄的，像是烟花炸开了，又像被灌了许多的泥浆，以至于她没办法冷静下来思考。

她必须见到他，问清楚，他是不是喜欢她。

严川途的房间开着，他正在收拾东西，看到她进来，也没问她来做什么。

"严川途——"

"嗯？"

"我看到杂志了，《NEW摄影》。"

"所以？"

梁音克制不住地笑起来："我特别好？"

"那是客套话。"严川途略略抬眼看她，面无表情道，"真话是特别气人。"

"我有气过你吗？"梁音不满道，夸人就夸人，干吗不承认？她天天夸他，他不应该礼尚往来一下吗？

"经常。"

"什么时候？"

严川途打开衣柜，把里面的衣服都放进行李箱，放好后，才回答道："就像现在。"

"你干吗收衣服，要出差？"梁音又问，"我现在哪里气你了？我是来和你道谢的。谢谢你在杂志上帮我说话。"

"不用。"

梁音慢吞吞地"哦"了一声，她低头玩了一会儿手机，把他的采访又看了一遍，忽然抬头问："严川途，你真的不喜欢我吗？"

"你猜。"

"我偏不猜。"梁音露齿一笑，直接朝严川途扑过去，把人压在床上，"严川途，你耳朵红了哦……"

"梁音！"

"有本事就推开我啊。"

因为梁音忽然的动作，床上的衣服掉了一地。她低着头，和他靠得很近，彼此的呼吸都能感觉到。她冲他笑得特别嚣张，就是那种又得意又欠揍的小表情，她直勾勾地盯着他，在他的眼睛里看到了自己的脸。

梁音是野兽派，可能脑子还没想到的事情，身体就已经做了。比如现在，等她反应过来的时候，已经亲下去了。

梁音的脑子就有点懵，身体软绵绵的，也不知道什么时候就换了位置。她伸手圈着严川途的脖子，亮晶晶的眼睛望着他，他脸很红，但却很配合。她很少像这样乖巧又安静，不吵不闹。

严川途的嘴唇很冰，但落在她脸上、脖子上的吻却是无比炙热，被他亲过的皮肤，像是要马上烧起来了。

梁音的脚趾不自觉地蜷缩起来，露出来的皮肤一片潮红。

严川途的吻技还是一样烂，毫无章法，完全靠着本能的欲望，既凶狠又蛮横。

他伸手盖住了梁音的眼睛，不想让她看到他此刻动情的模样，也不想叫她发现他眼中的占有欲。

"严川途，我们复合好不好？"梁音在一片黑暗里问。

等了很久，她才听到严川途说："梁音，我要走了。"

"走？去哪里？"

"北京。"

梁音想拉开严川途覆在她眼睛上的手，但他却不肯松开。他应该坐起来了，她听到他起来时衣服摩擦发出的声音。

梁音傻乎乎地问："去多久？什么时候回来？"

"可能不回来了。"严川途低头看着她，脸上有着无奈和不容错看的温柔，"戏楼已经稳定了，你以后好好跟着魏老师学戏，别总乱撩拨人。戏楼不能没人管理，你要是找不到适合的人，我可以安排……"

"不……不回来了？"梁音急了，挣扎着爬起来，扒下严川途的手，脸色特别难看，"你回北京了，那我还怎么追你？"

严川途道："我在北京等你，等你想清楚，想明白了。"

"我已经想很清楚了，我要和你在一起，我喜欢你，不想你离开南京。"梁音顶着乱糟糟的头发，一脸着急。

严川途帮她理了理头发，一点点，慢慢地，特别耐心。

"可是谈恋爱不是你这样谈的，一辈子那么长，我们不可能一直不吵架，或许还会发生误会。如果你想不明白，我们还是会和八年前一样。"

"我不是道过歉了吗？"梁音的眼睛已经红了，她哀求道，"可不可以别走？"

"音音。"

严川途喊她名字的时候，声音比平时低，带着几分温柔："能不能为我勇敢一点？"

梁音听不懂，她觉得自己已经比屠龙英雄还勇敢，从不畏惧严川途的冷脸，被他拒绝也从不泄气，这还不够勇敢吗？

自认为足够勇敢、足够明白的梁音，还是没能留下严川途。

她的心上人，在那天中午就走了，离开了南京，离开了五音戏楼。他把一切都安排得妥妥当当，戏楼，还有她，然后毫不犹豫地回北京。

在他送她去参加魏明华的考核之前，他是不是就想好要走？

既然要走，为什么还要为她想得这样周全？

严川途走了之后，梁音每天都去魏明华家中学戏，闲的时候就和谢林、何桃一起吃饭，聊八卦，看起来十分正常。

只是晚上回到后院时，看着空荡荡的隔壁，梁音总是不自觉地出神。

梁音把荒废许久的书法捡起来，每天晚上写一段草书，写完就拍到朋友圈。但除了严川途，谁也看不到她写的东西。

她把严川途单独放一个组，所有的朋友圈都只他一个人可见。

第一天她写：

晓看天色暮看云，行也思君，坐也思君。

第二天是：

浮世三千，吾爱有三。

日、月与卿。

日为朝，月为暮。

卿为朝朝暮暮。

第三天写了一段《思凡》里的唱词：

佛前灯，做不得洞房花烛。

香积厨，做不得玳筵东阁。

钟鼓楼，做不得望夫台。

草蒲团，做不得芙蓉，芙蓉软褥。

梁音坚持写了一周的情诗给严川途看，但他连一个赞都没有点，也不知道他到底看没看到，或者看到了却没看懂？

梁音的耐性不是很好，想给严川途打一个电话问问，但想到他走得那么彻底，一个微信都不给她发，又不乐意主动了。

她烦得不行的时候，张匪风到五音戏楼找她……讨债。

当年她觉得张匪风的眼睛像严川途，就鬼迷心窍答应了他的表白。风水轮流转，欠下的桃花债，总有还的一天。

张匪风气势汹汹道："你当年骗了我感情，却反将我揍成猪头，我不和你计较，但你必须得赔我一个媳妇儿。"

梁音疑惑地"哈"了一声："我这里又不是婚介所，上哪给你找个老婆？"

她就看着张匪风那张脸慢慢变红，一个大男人的脸，居然可以红成这样，也是叫人叹为观止："就……小乔不错。"

第十二幕戏

我想你，我喜欢你，我要嫁给你。

　　梁音没搭理张匪风，也没问他怎么看上了乔雅，按他现在的行为叫碰瓷，完全可以再揍他一顿。但张匪风的胆子比以前肥，不怕她揍，他蹲在戏楼的大门口，跟只狗熊似的，只要梁音一出来，就堵她。

　　"那你告诉我，小乔的电话多少？"

　　"我找到她，就不来骚扰你了。"

　　"我找小乔真的有很重要的事，你帮帮我呗。"

　　梁音不知道乔雅和张匪风是怎么回事，但猜得出乔雅在躲这个傻大个。不是存心躲他，就冲张匪风堵她的毅力，去剧团那边就能蹲到人，再不济，给门卫留个口信和电话，乔雅知道后也会主动联系他。

　　梁音现在每天都要去魏明华那边学戏，乔雅也在，为了不让张匪风跟到猫儿胡同，梁音这几天干脆连戏楼都不回了，直接在老屋那边住下。

　　梁音六点起来，围着自家院子跑了几圈热身，又练了一小时的基本功，之后才慢悠悠地去吃早饭。换了衣服，快八点的时候出门。

魏明华通常在八点半给她们上课，她从家里步行过去，五分钟就到了。

乔雅还没到，魏明华在院子里练嗓子，梁音站在旁边听着，不禁入迷。魏明华的唱腔是有名的好，发音精准，满宫满调，一字就能抓耳，而且她对每个戏都有独特的理解，能在程式化的表演里注入自己的灵魂，这一点尤为难得。

魏明华主攻闺门旦，但老旦、正旦、小花旦也都能唱。她第一次给她们上课的时候就说过，现在的行当分得太细。她教戏，不只教闺门旦的戏，也教别的，梁音因为有武生戏的基础，还学了一点刺杀旦的戏。刺杀旦就是指会武功的年轻女性。

梁音觉得，能拜魏明华为师，真是太幸运了。

魏明华收了声，把练功用的折扇握在手里："你这几天来得很早啊。"

"最近我住猫儿胡同这边，所以来得早。"

没有乔雅在中间调节气氛，梁音和魏明华的相处有点不自然，她看得出，魏老师并不是很满意她，她更偏爱乔雅。梁音不是想和乔雅较劲，而是觉得奇怪，一开始她就说只收一个徒弟，但现在却收了两个。

不是她妄自菲薄，而是以她留给魏明华的印象，她不该选中她。

平时乔雅在，梁音不方便问，现在却没这个顾虑："老师，您为什么会收下我？"

"是不是觉得我对你太严格了，不喜欢你？"魏明华的声音与她耿直的脾气完全不一样，又轻又柔，格外好听。

梁音讪讪道："您好像更满意小乔。"

"你这脾气啊……"魏明华笑了笑，"你也猜得没错，一开始我是只打算收小乔，先前在省城上课那阵子，我就相中了这个小姑娘，她天赋不算最好的，但却十分努力，上进，肯吃苦。就她那个长相，去拍电视，拍广告，不是过得更轻松？但她一点都不心动，想也不想就回绝了来挖人的导演。"

梁音点点头："小乔一直都很努力。"

"你呢，我最开始确实没看中。"魏明华直言不讳，看了眼梁音的脸色，见她没有不高兴，继续道，"我看过你的演出，嗓子好，念白尤其出彩，外形也是百里挑一，是唱闺门旦的好苗子，但你的《惊梦》让我非常失望。"

梁音的脸微微发烫，她也知道那天的《惊梦》错漏百出。当时她还庆幸柏老先生因为身体的缘故没有来看她的演出，谁知……演出当天她并不知道魏明华来了，她知道这个事情，是参加完考核那天晚上严川途说的，叫她有个心理准备，因为她的《惊梦》给老师留下了很糟糕的印象。

"考核那天你表演的《思凡》，我真的特别惊艳，也特别喜欢，但我的想法还是没有改变，比起天赋，我更看中的是学生的品行和努力。"

魏明华的话说得很透，她是觉得她的功利心太重，不够纯粹。梁音听懂了，脸色微微一白，张嘴想解释，但出于礼貌，没有出声打断老师的训话。她捏紧折扇，克制住情绪，静静地继续听下去。

"考核完的第二天，有人来找我，给我看了一个视频，那里头记录了你这两个月来的辛苦和付出，还有最后的带装排练，让我重看了一遍你和谢林的《惊梦》。他还说，错过你这个学生，是我的损失。"

魏明华看着梁音发白的脸色，郑重道："梁音，老师也欠你一声对不起。我为我的偏见跟你道歉，你很好，未来也会是一个让人惊艳的闺门旦。"

梁音问道："老师，最后说服您改变主意的人是严川途？"

"除了他，还能有谁？"

魏明华忽然想起一桩旧事，遗憾道："八年前我来南京演出，他就说要带你来见我，让我指导指导。当年要不是你临时有事没来，说不定我们已经结下师徒缘。唉，缘分这个东西真是难讲哟。"

梁音愣住，八年前？

原来八年前他不是去看魏今的演出，而是要带自己去见魏明华？

她和严川途分手，虽然不是因为魏今，但确实为这桩事醋得失去理智，冲动之下跟他说了许多难听的话。

她想换行当不是这几年生的念头，当初和严川途在一起的时候，就说过有机会想唱闺门旦。严川途记得她的话，所以才想安排她和魏明华见面，只是她以为他是去看魏今，生气地一个人跑去了拉萨。

八年前……她不知道的事情究竟还有多少？

乔雅发现梁音和魏明华的关系融洽了很多，不像之前那么客气。中午休息的时候，就好奇地问她早上是不是发生了什么事。她们中午在一个房间里午休，这阵子一起学戏，一起挨骂，一起吃饭，关系倒好了很多。

梁音没回答，拿着手机，对着严川途的微信头像发呆，写了删，删了写。

乔雅探过脑袋，看到微信名，嗤笑一声："哎哟，想不到你也有这么一天，怎么不敢给严川途发消息？你们吵架了？"

"少幸灾乐祸啊。"梁音无奈道。

"就不。"乔雅得意道，"你天天看我笑话，我就看你一回怎么了？"

不知道她的笑点是怎么长的，居然笑得停不下来。梁音警告地"喂"了一声，见她毫不收敛，慢悠悠地吐出三个字："张、匪、风。"

乔雅的笑容瞬间凝住了。

梁音见状就乐了，奇怪道："你俩是怎么回事？他找我要你的联系方式，我没给，我都要被他烦死了。"

"我和他能有什么事？"乔雅不自然地呵呵笑两声，"你又不是不知道，我喜欢的人是周师兄，少把我和别人扯一块。"

梁音一脸无语："那他下次问我，我就把你的号码告诉他，免得他天天来烦我。"

"别给！"

看她的反应就知道肯定有事，但梁音也不是八卦的人，没有追问。她一边打字一边提醒道："剧团就在那，你也不可能一辈子不登台，他要找你，总能找到。"

乔雅烦躁地抓抓头发，往床头一倒，用被子蒙住脸。

这几天没在剧团的门口见到蹲点的张匪风，她还以为他终于放弃了，谁知道他跑去骚扰梁音，他到底想干吗？

乔雅烦，梁音也烦，两人中午都没睡好，下午训练的时候，注意力没集中，挨了魏明华的一顿训。两人讪讪的，互相看一眼，心知肚明。不过她们都是专业的演员，一进入学戏的状态，就把私事放下了。

下午的训练结束后，她们一起离开。

梁音要回戏楼一趟，乔雅也要搭公交，刚好顺路。她们一边走，一边交流今天学的几个手势，与别的行当相比，旦的手势最多。这些手势梁音都会，但魏明华教的却是她独特的手法，哪怕一个"拱手"的动作，演出来都特别漂亮，行云流水一般，极为赏心悦目，光凭手势就能让人想到这是一位千金小姐。

所谓的大家就是这样，他们的厉害之处，就是仅凭一个动作就能让人看出其身份，是千金小姐，还是媒婆，或是风度翩翩的小生。

梁音向乔雅请教"云手"，有人说过昆曲的魂在一双手，因为无论是眼神还是水袖，都要和手配合，去传递要表达的东西。乔雅的手势非常美，已得几分魏明华的真传，她的云手如抱月，找不到半点不好的地方。

梁音的手势标准是标准，但却少了几分闺门旦的韵味。她以前是武生，身上开门行当的痕迹比较明显，以前柏老先生提点过这个问题，今天魏明华也讲了，但这是需要时间才能解决的，急也急不来，只能多练多唱。

两人一边讲手势一边走，刚走出胡同，就见一人扑过来堵住了去路。

梁音吓了一大跳，定神一看，竟然是胡子拉碴的张匪风，看着有点憔悴沧桑，眼珠子里都是血丝。他可怜巴巴地看着乔雅，喊了她一声"小乔"，但乔雅看到他，就和见到鬼差不多，拉着梁音就跑。

张匪风追上来，一把拽住乔雅的手，而乔雅又拉着梁音不放，结果就是三人都走不了，杵在胡同口。

乔雅喝道："张匪风你干吗，赶紧松开！"

"我一松手，你就跑了。"张匪风可怜巴巴道，"我找了你好多天，你一直躲我。我去剧团找你，你不在。问梁音，她也不告诉我你的号码。"

其实他今天是来堵梁音的，他这几天在戏楼没看到她，猜到她在躲他。他知道梁音在猫儿胡同有房子，虽然不知道她搬家了没有，但还是过来赌一赌运气。看来他运气还不错，第一天就逮到了乔雅，这就是缘分！

"你找我做什么？我们俩又不熟。"乔雅挣扎了半天，没能抽回手，气得脸都红了，"我告诉你，赶紧松开，少耍流氓。"

张匪风想说，我们都睡过了，哪不熟。

他看了一眼梁音，把这句话咽回去，他是男人没关系，但小乔是个小姑娘，这种事情传出去对她不好。

"你让她走，我们俩单独聊。"张匪风说。

乔雅警惕地看着张匪风，把梁音的手抓得更牢："我和你没什么可聊的。你赶紧走，别再来找我了。"

张匪风顾忌梁音，那天晚上的事就不能提，只能含糊道："反正你得对我负责。要我走可以，先把你的手机号码给我。"

乔雅没有张匪风的顾虑，直接道："要脸吗？张匪风你要不要脸啊？那天占便宜的人是你，还要倒打一把让我负责。"

张匪风竖着手指"嘘"了一声，赶紧提醒道："还有人在。"

乔雅冲他翻了一个白眼，梁音倒是高看了一眼张匪风，虽然不知道他们具体发生了什么事，但他显然是顾虑到有第三人在场，怕说出来影响乔雅的声誉。没想到他还有这么贴心的时候，看来是真看上乔雅了。

　　"要不我回避一下，到那边等你。"梁音指着不远处的凉亭说。

　　"不用。"乔雅扭头看向梁音，说，"帮我揍他一顿，算我欠你一个人情。"

　　梁音看着眼前的大块头，无奈道："打不过。"

　　张匪风得意地笑起来，露出一口整齐的大白牙，他已经不是七年前的小白脸，可不会再被一个小姑娘压着打。

　　乔雅气得内伤，张匪风不要脸，她还要脸，猫儿胡同里住了许多圈中前辈，万一有人出来看到，她怎么解释得清楚。

　　"行，手机号码是吧，给你给你。"乔雅气呼呼地报出一串号码，心想，大不了就拉黑他的号码。

　　张匪风记好后，特意打了一下验证是不是她的电话。

　　听到乔雅的手机响起来，他才放心地松开手，但想了想，又补充了一句："你要是把我拉黑，我明天还来这里等你。"

　　乔雅的脸都气黑了，但脸皮和嘴上功夫都比不过张匪风，顶多骂一句"流氓"，对他来说不痛不痒，说不定他还当是情趣。

　　张匪风依依不舍地走了，乔雅终于也松开了梁音的手，凶巴巴地警告道："不许告诉周师兄，你敢说，我就和你同归于尽。"

　　梁音摊手道："小乔姑娘，我是真的什么都不知道。"

　　"算你识相。"乔雅郁闷道，"要不是你，我也不会认识张匪风，更不会被他纠缠，说到底还是你的错。"

梁音无奈道："又是我的锅？你们一个个可真是……"

"谁叫你做人这么差劲。"

"行吧，你们高兴就好。"她拿折扇拍着掌心，想了想，还是帮张匪风说了一句话，"其实我和张匪风没什么，从交往到分手，统共就见过一次面。他人还不错，当初被小周坑成那样，也没真的和他计较。"

乔雅不满道："你不会记性差到忘了他陷害周师兄的事吧？"要不是他的那通电话，把她卷进去了，她和周即白也不会闹成这样。

"张匪风家境还不错，真要报复，七年前能做的事情太多。"她客观道。

乔雅正恼火着，哪里听得进去，气呼呼地一个人走了，不想和梁音一起坐车。梁音笑了笑，几步追上去。

乔雅的车先到，梁音的18路比较慢，等了好一会儿才到。

等梁音回到五音戏楼，已经快七点了，月亮都已经悄悄升起来。她和周即白约了六点半在戏楼谈事情，谁知遇到张匪风，耽误了点时间。

周即白想回五音戏楼，梁音同意了。

如果换做别人，梁音可能会因为避嫌而拒绝，但哪怕不谈从小一起长大的情分，就冲爷爷去世后，周即白帮她一起把戏楼撑起来，现在他想回来，她也不能拒绝。只是在签合约之前，她把话说得很明白。

复合是不可能的事情，当朋友还成。

"师叔你说得对，过去的已经过去。"周即白神色如常，笑着说，"人总要往前看。"

他这样说，梁音就真的以为他放下了。

谈完正事，周即白请梁音吃饭，去的是他们以前常去的一家面馆。他今天很克制，没有死缠烂打，也没有说不该说的话，像是真的已经释怀，在往前看。行事作风都掌握着一个度，一个恰如其分的分寸。

梁音终于放心了，心道：小狼崽子终于长大了，稳重了。

周即白的回归，在五音戏楼引起了很大的震荡，有人欢喜有人愁。周即白在戏楼的人缘不错，所以大部分人都很欢迎他回来，希望他和梁音可以强强联手。至于愁的人，就是已经变成严川途的粉丝的何桃。

她不喜欢周即白，以前是因为乔雅的关系不喜欢，现在是因为严川途。

严川途前脚刚走，他后脚就来，想挖墙脚？

而且何桃和谢林关系好，知道当初周即白和梁音分手，是因为周即白出轨。她最讨厌的就是劈腿男，这种男人，杀无赦！

何桃去找谢林打听情报。

自从梁音去魏明华那边学戏后，学习小组就只剩下何桃和谢林。

谢林的老师最近身体不舒服，没精力教戏，就给他放了假。谢林怕吵到老师，白天就来戏楼练唱腔，晚上去老师那照顾他。他最近学了小生的经典折子戏《琴挑》，但还没学到老师的精髓。像"落叶惊残梦"，就这几个简单的词，但因为"残"字要用到哼腔的唱法，他就一直唱不准。

他一停下来休息，何桃就逮着他问："周即白为什么回来？他和乔雅分了吗？师叔会不会心软跟他复合？"

谢林回道："不知道。没在一起过。不会。"

"他都和乔雅一起走了，怎么会没在一起过？你逗我玩啊。"

何桃来戏楼才两年，所以对很多事情不了解，她来的时候，乔雅已经在了，三人的关系看起来就是扑朔迷离的三角恋。

谢林叹了一口气："其实周师兄很可怜的，他和师叔认识了十八年，从小就喜欢跟在师叔的屁股后面，师叔去哪，他就跟到哪。周师兄小时候可不像现在这样温文尔雅，孤僻得很，谁都不爱搭理。"

他和梁音是同学，因此才认识了不是同一届的周即白。当时的周即白又凶又乖僻，阴沉沉的，但在梁音面前，又听话得不行。甚至可以说，是为了迎合梁音的审美，周即白才变成今天的模样。

他待人礼貌周全，笑容明朗，生活积极。

周即白变成梁音会喜欢的性格，但梁音却没有因此爱上他。

谢林说了一些以前的事情，周即白养父去世那年，他才十四岁，还没成年，是梁音把他带回家，跟他说："你以后给我当弟弟，我养你。"

当时梁音已经是小有名气的武生，经常有演出。她把演出费都给了周即白，不让他去外面打工，也不许别人骂他是孤儿，每周五下午都在校门口等他一起回家。

周即白从不接受别人的好意，最恨别人的怜悯和同情，他长得好看，身世又惨，喜欢他的女生一抓一大把，但谁敢在他面前说些"你没有家，我给你一个家"之类的话，他能用一张毒舌喷到你自惭形秽。

如果说周即白是一只流浪狗，那他只会对梁音露出软弱的肚皮。

"他不喜欢任何靠近师叔的人，包括我，所以我们俩一直不对付。"谢林跟周即白的关系在上学那会儿就不好，只是因为梁音，默契地维持着面子情，"他喜欢师叔喜欢了十几年，都疯魔了，怎么可能出轨？他和小乔更不可能，他就是想利用小乔来试探我师叔的反应。小乔呢，喜欢他，也配合着演。"

何桃听完他们的旧事，对周即白有些改观，但更担心严川途："你觉得师叔喜欢谁？她和严先生好像吵架了。"

"严先生吧。"谢林想了想，确定道，"是严先生。"

"不知道严先生什么时候回来。"

"你不是有严先生的微信吗？直接问啊。"五音戏楼有个群，严川途也在里面，那次他找何桃送姜茶，加过她的号码。

何桃急忙摇头："我可不敢。"

谢林也不敢，上次他把梁音和严川途分手的原因捅出去，本以为能让他们把话说开，结果最后严川途却离开了南京。

周即白回五音戏楼后，跟着顾师姐排《玉簪记》，他的新搭档是和何桃同一时期进来的新人，叫简简。她的基本功非常扎实，但缺少舞台经验，一到大戏就紧张。梁音想把小姑娘培养出来，就让周即白去带她。

顾师姐本来以为周即白会要求和梁音组搭档，但没想到他会这么好说话，让他带新人就真的乖乖带新人，半点幺蛾子都没出。

饶是谢林都看不懂周即白的路数，难道这是以退为进，欲擒故纵？

梁音最近被官司缠身，心情很不好。梁女士以"恶意侵占他人财产"为由把她告上法庭。幸好她保留的证据比较多，才没输掉这场官司。只是和生母对簿公堂，毕竟不是什么愉快的事。

梁音和梁女士打官司这件事，甚至连谢林都不知道。

开庭那天，她一个人去的。

官司赢了，她也没告诉任何人。

梁音平时没心没肺，脸皮又厚，什么话都敢说，什么事都敢做，但有些事，她却羞于启齿。她没说，所以五音戏楼里也没人知道梁女士把自己的女儿告了，为的就是把祖宗传下来的家业抢回去卖掉。

这桩事情就这么悄无声息地过去了。

梁音难得有脆弱的时候，她很想严川途，但不知道用什么借口给他打电话。她天天在朋友圈晒书法，给他写情书，他一点反应都没有。

她翻来覆去想了许久，终于找到一个理由。

以前她只要专心学戏，别的事情都是严川途管理。现在他走了，大小事情就落到她头上。今天是灯光舞美，明天是道具，大事小事，都要她过问，才十来天的工夫，她就体验到严川途之前的工作量。

梁音想到严川途之前提过，会安排人过来管理。

她特意选了晚上给他打电话，这个时间，肯定没在忙。

既然不忙，那就可以多讲一会儿电话。

梁音坐在严川途原来住过的房间里，小心翼翼地拨出电话，等了许久，他才接。他的嗓子听起来有点沙哑，低低地问："有什么事吗？"

严川途那边的背景音有点吵，不知道在哪里，但绝对不是在家里。

"没事就不能给你打电话了？"梁音听到他的声音，心里就高兴，她关心道，"这么晚了，你还在外面？"

严川途"嗯"了一声："在布置摄影展的场地。"

"摄影展是八月的什么时候？"

"19号。"

梁音想也不想就说："那不就是你生日的前一天。"

她之所以记得这么清楚，是因为大部分学校都是九月开学，但他们学校的开学时间恰好只比严川途的生日早一天。她学校有门禁，当年为了倒计时和他说一声"生日快乐"，她半夜翻墙出去，差点被保安逮到。

严川途不喜欢拍照，她给他拍的唯一一张照片，就是那晚在花灯下。

严川途，生日快乐。

以后每年生日，我都陪你一起倒计时。

青春到暮年，我们就好好一起过吧。

年少时的承诺真诚又热烈，但她在那之后却缺席了整整七年，今年，是第八年。梁音想到这些旧事，心口微微发酸。她总觉得自己记性不好，这些事早就忘得一干二净，但直到此刻才发现，她一直都记得。

栖霞山的红枫叶，夫子庙的花灯，"1912"（南京的酒吧一条街）的一场大醉，南京的每个地方都藏着她和他的记忆。陌生的，热烈的，怀念的，每一个记忆的符号，都在她脑子里跳动，牵动她全身的血液和思想。

"严川途，我下个月去北京陪你过生日。"梁音脱口而出。

他过了许久才说："好。"

"严川途……"

"嗯？"

她含蓄地问："你平时是不是很忙，都没空看手机？"

"还好。"

梁音又问："那你看朋友圈吗？"

"偶尔吧。"

不知道是不是她的错觉，她觉得严川途的语气变得愉快："什么叫偶尔吧？北京的水土行不行啊，你怎么才回去，话就变得这么少。"

"梁音，这种绕弯子的方式不适合你。"严川途终于说出了她想听的答案，"你的草书一点进步也没有，坚持练习吧。"

"所以你看到了？"梁音没有听出潜台词，第一反应就是，"那你为什么不点赞，也不评论？我那是专门写给……"你的情诗。最后四个字被梁音咽回去，她生气地问，"你到底看懂了没有？"

严川途含笑道："没懂。"

梁音觉得他就是在逗她，怎么可能没懂，以他的智商，怎么可能看不懂？她写那么明明白白，我想你，我喜欢你，我要嫁给你。

"不懂就算了，我找个懂的人来鉴赏。"梁音故意道。

严川途没有说话，梁音等了不到三秒就先举白旗："骗你的，除了你，谁都不给看。严川途，有人也像我这样给你写情诗吗？"

"你是唯一一个。"

梁音很好哄，这么一句话就让她眉开眼笑。想也知道，严川途这样高冷，就算有人喜欢他，也是正正经经地追求，谁敢像她这样骚话连篇。

"严川途……"

"嗯。"

"严老师……"

"嗯。"

"三哥哥……"

"嗯。"

"我很想你，你有想我吗？"

等了许久，梁音也没有等到想听的答案，严川途低低道："我在北京等你。"

"还有24天。"她掰着手指头数，嘴上又开始胡说八道了，"我如果死了，肯定是相思而亡。严川途你就是我的药。"

严川途轻轻咳了一声，问："我叫你想的事，你想清楚了吗？"

"不知道。"梁音转着手里的折扇，打开后盯着扇面，"你都不和我谈恋爱，我怎么知道我哪里错了？没有实践，哪来的结论？等等，你别和我提八年前，上辈子的事，我怎么记得，没有参考价值。"

"歪理。"

"要不我们先把恋爱谈上？"梁音十分无赖地建议道。

"在你没想明白之前，不谈。"

梁音拖着长长的音调"喂"了一声，无奈道："好歹给点提示啊，我都不知道你让我反省什么！你是不喜欢我乱撩别人？我早改了，现在我就撩你。——不是啊，那是觉得我把话憋在心里不好？我现在不这样了。——还不是啊？严川途，我觉得你才是要反省的那个人，臭毛病一堆！"

梁音气呼呼地挂了电话,等挂断电话,她才想起来正事忘了谈。

不过没关系,可以明天再用这个借口找他。

唔,可以视频电话。

梁音躺到床上,头枕着胳膊,认真地反省:"不过他到底要我想明白什么?"

啊好烦,他讲话只讲半截,也应该反省才对。可是谈恋爱这种事,就是这样,谁先说出口,谁就处在下风,任他予取予求。

何况他们还没谈,她还在追求阶段。

"不行,去北京之前一定得想清楚,严川途那么好,可不能让别人拐跑了。"梁音想了想,打了一个电话给谢林,叫他出来吃夜宵,他肯定没这么早睡,不如出来帮她出出主意,想想办法。

谢林确实没睡,他和何桃在"1912"附近撸串,接到梁音的电话很惊讶,众所周知,她每天十点就睡,从来没有夜生活。

谢林把地址告诉梁音,过了大半个小时,她就骑着小电驴到了。

烤串店的生意非常好,店内坐满了人,门口树下还支着几张桌子,烤肉的香味和啤酒混在一起,在空气里飘荡,引来一波又一波顾客。不知道哪里来的野猫,在桌边绕着圈卖萌,哄得几个姑娘给它喂食。

谢林和何桃就坐在门口,一人占着半张桌子,吃得热火朝天。

梁音看到一桌子的串串啤酒,馋得眼睛直冒绿光,但还是忍了。她坐下来,拿出自己带的保温杯,一口一口地喝着枸杞菊花茶。

"师叔,你这样,我吃得好有压力。"谢林被她盯得下不了嘴。

何桃同情道："仙女真不好当。"

"真羡慕你们，百无禁忌。"

"师叔，是你太奇葩了。"谢林揶揄道。

要不是有求于人，梁音现在就想揍谢林，让他学会说话的艺术。她一脸和气地看着谢林，把人看得心里直发毛。

"师叔，你到底找我干吗？这大半夜的。"他吓得连肉串都不吃了，正襟危坐。

梁音把前因后果交代得清清楚楚，又把严川途离开前说的话，一字不差地说了一遍。说完，面带期待地问："你们觉得，严川途是什么意思？他到底是叫我想明白什么？小林子你的鬼主意最多，帮我想想呗。"

谢林一边咬着鱿鱼串，一边含糊道："我觉得，他就是生气。"

"生什么气？"梁音请教道。

"他生气是因为，你觉得他不爱你。"谢林把鱿鱼咽下去，喝了一口啤酒，才慢吞吞地继续说，"换而言之，八年前，严先生其实是爱你的，但你觉得他不爱你，还为此跟他分手。所以他生气啊。"

何桃一边吃一边点头："我老早就发现严先生喜欢师叔。"

梁音毫不犹豫道："不可能。"

分手之前，她试探过好几次，他却把脸盲症的事情瞒得严严实实，那种反应与心虚无异。他怕她知道，她的脸对他而言是特殊的。

谢林道："师叔你自己没发现吗？你和严先生平时比谈恋爱还

黏糊。"

梁音和严川途之间，有眼睛的人都看得出来，比谈恋爱都甜。哪有朋友之间会是这样黏糊糊的气氛，前段为了演好《牡丹亭》，大家都很累，但梁音还总能见缝插针，在几分钟的休息时间里找严川途讲话。

有一次，他悄悄凑近去听，全是没有营养的废话。他才发现，他家师叔是个话痨，就连晚上做了什么梦都要说，严先生呢，那么高冷的一个人，居然也不嫌师叔吵，偶尔还会应一声。

爱情不就是这样，找一个愿意听你说废话的人。

何桃紧跟着说："对对对，我老早就想吐槽了，之前你们成天腻在一起，我和你对戏都感觉自己是多余的电灯泡。"

"你还好啦，惨还是我惨，你们懂的，杜丽娘和柳梦梅的对手戏比较……嗯，就比较暧昧吧。我每次和师叔调情的时候，我就感觉严先生的脸色特别难看。"谢林一边喝啤酒一边吐槽道，"我太难了，真的。"

梁音一脸无语："喂，你们别再脑补了。"

"师叔，你咋这么没自信啊，真不是我们瞎脑补。"何桃想了想，终于想到了一桩最有利的证据，"最近严先生在国内的人气很高，所以就有死忠粉把他在国外的采访也全部翻译出来，包括严先生第一次拿下荷赛奖的幕后访谈……"

"说重点。"谢林急不可耐地问。

何桃笑嘻嘻地说："严先生那次获奖的作品似乎和爱情有关，所以记者就问他，他和初恋女友是谁先动心的？谁追的谁？严先生说'是我对她一见钟情，主动追求'——我就说我磕的CP一定是真的！"

谢林惊得合不拢嘴："小核桃你这个爆料太劲爆了！"

梁音也愣住了。

他说，他对她一见钟情？

如果当年他是爱她的，那她曾经的怨言和分手又算什么？如果他一直都爱着她，那她分手时对他说的话，何等诛心。

严川途你今天30岁了，还没有找到对象，我勉为其难牺牲一下，把我自己送给你吧。

　　夏日的北京，骄阳似火，肆无忌惮地炙烤着大地，就连街道旁的月季和蔷薇也被晒得有点蔫，不如清晨来得娇艳。

　　正午时分，除了热，还是热。

　　严川途的工作室位于某设计奇特的大厦内，里面冷气十足，隔断了外面的暑气。蒋颂从电梯里出来，直奔严川途的办公室。他刚和顶头上司吵了一架，辞职了，闲着无聊，就过来看看摄影展的进度。

　　他来的时候，严川途刚开完小会。

　　蒋颂敲了几下门，站在门外看着他："大忙人，有空陪我喝一杯吗？"

　　"冰箱里有啤酒，自己拿。"

　　严川途正在看照片，这些照片确定会在摄影展中展出，其中一组是明年冲击荷赛奖的作品。一般摄影师不会像他这样，把参赛作品提前曝光。他在摄影上的态度，被许多人冠以傲慢的标签，事实也是如此。

严川途的傲慢，源于他对作品的信心。

他甚至不介意别人的评价是好是坏，外界的评论，不能动摇他分毫。

"哟，这次居然是肖像组图，难得啊。"蒋颂和严川途是从小一起长大的兄弟，自然知道他脸盲的毛病，再细细一看，了然道，"原来拍的你家小龙女，难怪。还真别说，她这长相挺上镜的，不过你怎么把素颜照都放一边去了？"

他指的是梁音没有上戏装的几张照片，昆曲演员上装和没上装差别很大，哪怕铁杆粉丝也不一定能认识他们卸装后的样子。

"这些不会展出。"严川途把左手边的一摞照片收起来。

蒋颂吹了一声口哨："狮子座的可怕占有欲。"

严川途冷冷瞥了他一眼，蒋颂自动闭嘴。他围着办公桌转了一圈，看完以"蜕变"为主题的组照后，赞叹道："不知道是该夸你情人眼里出西施，还是夸你技术又进步了，这张是八年前的背影，这张是八年后的转身，你是想暗示你的夏天未完待续？"

蒋颂夸人从来不好好夸，每次都能踩中严川途的雷区。

"你很闲？"他把这组照片全部收起来。

蒋颂"嗯"一声，点点头："我现在是无业游民。"

严川途问他怎么忽然辞职了，蒋颂忍不住开始吐槽他奇葩的上司，从她不吃中餐说到她不允许员工穿奇装异服，从自己凌晨三点被叫到公司加班说到上司有过敏性鼻炎，所以她不允许员工用香水。

"跟这种女魔头一起工作，太崩溃。"蒋颂去冰箱里拿了一瓶矿泉水，拧开喝了一口，"所以我辞职了。"

严川途不予评价，他和蒋颂的上司有过一面之缘，很欣赏她的工作态度。但她的行事作风和蒋颂南辕北辙，有矛盾是意料之中的。

"既然闲着，就来工作室帮我几天。"他这边刚好缺人手。

"行啊，只要包吃包住。"

严川途的工作室有一间很大的暗室，里面的装潢和工具都是最好的，他把场地和名单交给蒋颂去处理，就一头钻进了暗室。

暗室的墙壁上挂满照片，都是他在南京拍的"蜕变"。

场景在变，衣服在变，季节在变，唯一不变的就是照片里的女主角。

过去到现在，一直都只有梁音。

严川途从不把手机带进工作间，他处理照片的时候，就是全身心地投入，哪怕外面闹得天翻地覆，他也不会听到。

等他从暗室出来，天色已经开始暗了。他拿起手机，滑开屏幕，立马跳出来一堆未接电话和短信。

严川途立刻给母亲回了一个电话："我马上就到。"

今天是严川途爷爷的八十大寿，亲戚和他的学生加起来不少人，所以就干脆在饭店办了几桌酒席，一起热闹热闹。

六点钟的北京，是堵车的高峰期，严川途开了一个小时的车才到饭店。

他到的时候，其他人基本已经到齐，包括他常年出差的二姐和工作狂大哥。

严大哥带了他的女朋友，严二姐也带了一个男伴——不知道是不是男朋友，从表面上看只有严川途独身前来。他们两人看到他一个人过来，露出一个敬佩的目光：这种七大姑八大姨齐聚的修罗场，你怎么有勇气一个人？

果然，独身的严川途成了全家人关注的重点。

爷爷担忧地问："老三，你不是说你有对象了吗？那你对象呢？怎么不来看爷爷？你们是不是闹矛盾了？"

奶奶犀利道："该不会是骗我们的吧，你根本没有对象？"

严妈妈坐在奶奶的身边，闻言赞同地点头："我看啊，老三就是瞎编一个姑娘出来应付我们，谁都没见过。"

严妈妈和魏今的母亲是同学，今天魏今也来了。本来严妈妈已经放弃撮合他们，但左等右等，就是看不到儿子带对象回来，照片也没一张，就和奶奶一样怀疑是他瞎编的，顿时心思又活络了。

"有对象，过年带回来。"严川途还是这个说法。

"那你给她打电话，爷爷要和她说话。"严爷爷可不好忽悠，"要是今天听不到我孙媳妇的声音，你明天就去相亲。"

严川途看着爷爷，微微皱起眉："还没追到。"

"还没追到？"严大哥忍不住出声吐槽，"还没追到人，算哪门子的对象？你当女朋友是信用卡，还可以提前消费？"

"以后会追到。"严川途似乎没觉得自己的说法不对。他不过是把未来的事情提早告诉家里，这样他们就不用担心他会孤独终老。

所有人都被他这个说法惊住了。

关于严川途到底有没有喜欢的女孩子，过年时能不能带人回家，成了今天晚上的热议话题。他本人倒是毫不介意被这样八卦，气定神闲地坐在严大哥身边，看着大哥一脸温柔地给未来大嫂夹菜，照顾得妥妥当当。

今天来祝寿的人很多，场面格外热闹。严爷爷上了年纪后，就喜欢这样热闹的场面，一整晚都笑呵呵的。严川途与家人的关系融洽，所以对几家亲戚的态度十分谦和，席间还帮着照顾年岁较小的表弟。

寿宴快结束的时候，一个妆容精致的女人走到严川途的身边坐下，原来坐在他旁边的表弟，被严妈妈找借口叫到了他们那一桌去。严川途脸盲，所以一开始没认出魏今。直到她开口说话。

魏今好不容易才找到和严川途搭话的机会："好久不见。"

严川途没说话，也不看她。

这一桌子的人，哪个不是人精，一看就知道严川途和魏今有过节。他性格虽然冷，但风度涵养却极好，从未这样落过人的面子。

魏今低声道："我想我们之间可能有一些误会，可以单独谈谈吗？"

"没有误会，不用谈。"

魏今压着声音试图解释，但严川途却没耐心听。他寒着脸，直接离席。走之前，他和爷爷打了一个招呼，爷爷也不介意，笑呵呵地让他赶紧追媳妇去。

魏今尴尬地站起来，进退不得，最后一咬牙追了出去。

严妈妈离他们那张桌子远，不知道发生了什么，就看到他们俩一前一后地走了，还以为是单独出去玩，高兴得不行。她压根儿没相信严川途的那一套说辞，就他那个性子，怎么可能主动追姑娘？

魏今就很好，知根知底，性格好，长得还漂亮。

魏今在电梯口追到严川途，她穿着高跟鞋，跑得不太稳当，差点摔了。但严川途不仅没有伸手扶她，反而避开了。

魏今扶着墙，脸色有点不好看："等等，我有话要说。"

严川途按了下行键，没说话。

"就算是判我死刑，也该给我一个申诉的机会。"魏今深深呼吸一下，"八年前的事，我很抱歉，但我不知道梁音会那么介意你的脸盲。我以为，这并非什么大不了的事，严三……严老师，对不起。"

电梯的门开了，严川途走进去。

魏今也跟进去，她是真的豁出脸皮不要了，自从一个月前的那通电话后，她就没办法联系上严川途。这次严爷爷大寿，她是特意从苏州飞过来的，就为了见他一面。

她对严川途一直存着心思，只是这些年，他一直在国外，就连他家里人都联系不上他，她就算有七窍玲珑心也没辙。

"我不知道梁音和你怎么说的，你或许以为是我挑拨了你们的关系，你们才会分手。"魏今看了眼慢慢往下跳的数字，恨不得电梯出个故障，把他们关在一起，等数字跳到负一的停车场，她的时间就完了。

严川途紧紧拧着眉，视线一直停在电梯的数字键上，没有说过任何一句话。

魏今努力地解释："严川途，我承认我喜欢你，但我魏今就算再差劲，也不屑用这种下作的手段。"

"你们会分手，是因为她不相信你。"

"我没说过一句谎言，也没有挑拨离间过你们的关系。"

魏今的语气又急又快，她怕错过这次的机会，不能再和他解释，上回在姑姑的院子，因为有梁音在，她不想让情敌看笑话，所以没有找他说话，结果这一错过，就等了足足一个月才等到见面的机会。

电梯停了，严川途走了出去。

魏今对着他的背影喊了一声："严川途——"她的声音里带着哽咽和恳求。

严川途终于转身看她，他的脸色很冷，眼底也没有丝毫的温度，语气严厉："你真的觉得抱歉，今天就不会说这些似是而非的话。"

魏今愣在原地，直到电梯的门再次合上，她也没有反应过来。

她慢慢蹲在地上，捂着脸，眼泪涌了出来。

在严川途朝她看过来的时候，她清晰地在他眼底看到厌恶和寒意。他今天的态度，不仅仅是因为八年前的事，还因为他知道了，当初抨击梁音换行当失败的报道和一系列流言，是她在幕后一手操控。

他都知道，他全都知道了。魏今绝望地想。

她最丑陋的一面，被他看到了。

梁音在猜到严川途可能叫她反省的原因后，不由得心虚，不敢再打电话撩拨他，不过朋友圈的情诗还是坚持一天一条。

严川途偶尔会给她点赞，留下看过的痕迹。

工作上的事情，梁音改成给他发邮件。

五音戏楼说白了就是私人小作坊，人员结构简单，但管理上却是乱七八糟，全靠演出门票来维持运作。一些大的项目和资源扶持，也轮不到五音戏楼。这样的小戏楼没有倒闭，可以说是一个奇迹。

自从2001年昆曲被列为非遗后，受到的关注越来越高，可以说现在是昆曲发展最好的一个时期，但昆曲的唱词都是古诗词，辞藻华丽，很多人听不懂，依旧是曲高和寡，想要生存，就要下决心去创新。

在这一点上，梁音和严川途的看法一致。

他们决定从灯光舞美、服装、剧本的体量上下手。

最难的肯定是剧本，例如《牡丹亭》缩减了非主角的剧情，把故事集中在杜丽娘和柳梦梅的身上，重点放在他们的爱情上，故事变得更美更传奇。虽然这样改之后，故事里更深层次的东西就无法在舞台上传递出来，但却能给五音戏楼吸引来一些年轻的观众。

严川途回北京之前，写过一份计划书，针对戏楼需要整改的各个环节。本来按照他写的计划书执行就可以，但梁音在管理上没有半点天赋，不到半个月，原本井井有条的戏楼就乱了套，每天总有问题发生。

梁音撑不住，发邮件问严川途，是他那边派人过来，还是她出去招一个。总得有人管理戏楼。

八月初，骄阳似火的炎炎夏日，五音戏楼迎来了新的管理者。走马上任的蒋颂和梁音匆匆见了一面，就接手了一堆工作。

本来来南京的人是许助理，但蒋颂听说他要去打理五音戏楼，就主动请缨。

蒋颂和严川途一样是正儿八经的商学院毕业的，只是毕业后，也没选择专业对口的工作。他看了严川途做的计划书，觉得五音戏楼的这份工作就是为他量身定制的，既有挑战性，也能为传统文化的推广做一点贡献。

而且，还能见见好友念念不忘的心上人。

蒋颂花了几天工夫，把戏楼的杂事梳理了一遍。

有严川途的计划书在，蒋颂要花心思的地方还是对外的宣传。现在已经过了酒香不怕巷子深的年代，五音戏楼没有任何资源和项目，不具备和大剧团竞争的实力，这也导致上座率不足，影响戏楼的收益。

涉及平台推广和媒体这块，那就是蒋颂的长项了。

虽然南京不是他的大本营，但七弯八绕后，他还是联系到一档叫《戏说》的节目，让梁音过去当嘉宾。

梁音还没反对，严川途就先不同意了："她现在的主要精力应该放在学戏上，专业不过关，就算你捧红了她，那也只是一个网红，而不是昆曲演员。以后不要给她安排这些哗众取宠的节目，她只需要好好唱戏。"

蒋颂看着视频里的严川途："这不是什么哗众取宠的节目，嘉宾都是很专业的老师。"

"她不需要。"

"对，我差点忘记了，你已经为她推荐了最好的老师。"蒋颂笑了笑，"好吧，既然你反对，这档节目我换人。"

蒋颂还是希望五音戏楼能有代表性的演员，像周即白，还有已经跳槽的乔雅，让观众能够记住的面孔。昆曲是小众化的艺术，不仅需要不断创新，还要各个方面的推广，《戏说》就是一个很好的机会。

蒋颂和严川途结束视频通话后，就告诉梁音，她不用去了。

梁音对上节目没什么兴趣，能不去自然是好。

最后是谢林陪何桃一起去，何桃对自己的定位很清晰，天赋不算好，长相也普通，戏路也窄，她是六年制的昆曲班出来的，去年才毕业。《戏说》对她来说是个好机会，可以接触到更多的老师。

蒋颂有意培养谢林成为五音戏楼的当家小生，之前就打算叫他和梁音一起搭档，现在换成何桃，计划还是不变。

蒋颂来了之后，梁音学戏就更心无旁骛。

魏明华是个好老师，半点也不藏私，手把手，一点点地教。她在梁音身上花的时间比在乔雅身上花的多，经常晚上也留她学戏。

这天乔雅训练后就先走了，梁音又留下来加课。

有个广为流传的说法，就是旦角必学《游园》，小生必学《琴挑》。魏明华今天和她讲基本功，举例就是选了《游园》。

"闺门旦就两个字，要美。"魏明华站在厅堂里，嗓子不缓不慢，许多唱闺门旦的人都是这样的气质，特别温婉，讲话柔柔的，行走坐卧都能感受到一种不一样的气韵，"但美的同时，还要注意表现出人物的特点和个性，要让观众在第一眼看到你的时候，就明白你是一个什么性格的角色。"

"比如说《游园》这一场，杜丽娘的亮相。她此时刚从梦里醒来，所以她的眼神和动作都应该有懒洋洋的感觉。"她一边唱梦回，一边表演相应的身法，"你要把'春困'的感觉表达出来。"

梁音点点头，跟着学了一遍。

魏明华夸道："你现在的腰已经过关了。"

"嗯。"

梁音以前的腰，缺了一点少女的柔美，闺门旦的腰特别重要，因为要用腰去配合动作。所以每个成功的闺门旦，都有一个杨柳腰。

魏明华的腰就非常地柔，站姿和仪态都很美。

闺门旦的指法身段这些，梁音从前就有练，但却做得不够细腻，有很多她自己都没察觉到的小毛病，魏明华晚上给她加课，主要是结合一些动作来讲解人物的内心，还有就是纠正她以前的习惯。

白天晚上都上课，虽然累，但梁音的进步却是肉眼可见的。用脱胎换骨来形容也不为过。

晚上下课后，梁音还是回戏楼那边休息，张匪风已经蹲到了乔雅，所以现在不来烦她，她不用再为了躲他而住老房子。老房子虽然离魏老师的家里近，但梁音还是更喜欢跟严川途一起住过的后院。

乔雅和张匪风的事情，她没有过问，她们之间的关系还没有好到可以互相分享隐私，何况乔雅至今还当她是情敌。偶尔魏老师没空给她补课的时候，她和乔雅一起回去，会在胡同口看到张匪风。

乔雅有时候会坐着他的大摩托回去，有时候却不搭理他。

梁音没看懂他们的关系，但却发现了一个奇怪的现象，以前魏老师留她补课，乔雅通常都会留下来一起听，可最近几天都走了。

不过她也就这么随便一猜，没有深入去八卦。

毕竟学戏的压力很大。

梁音骑着小电驴回到戏楼，刚停好，就看到坐在门槛上的周即白。

他回来后，梁音和他见面的次数不多，她现在主要的心思还是放在跟魏老师学戏上，戏楼这边就晚上回来睡觉。

盛夏的夜晚，灯火璀璨，盖住了头顶的星光。

周即白靠在大门上，仰着脸，闭着眼睛，看着不是很清醒的模样，头发翘起来一撮，没有半点平时的成熟稳重。他听到熟悉的脚步声，猛地睁开眼睛看过去，冲梁音露出一个傻乎乎的笑："音音，你终于回来啦。"

梁音走近后，就闻到一股酒气。

这么浓的酒味，他是泡在酒缸里了吗？

"怎么喝这么多酒？"梁音皱着眉关心道，"酒喝多了会影响嗓子，你别仗着年轻，就胡乱糟蹋身体。"

"音音，我等了你好久。"

"找我有事？怎么不打电话给我？"

"有。"周即白摇摇晃晃地站起来，大声地说，"我想见见你，想跟你说话。"

"这是……喝醉了？"梁音没见过周即白喝醉后的样子，也不知道他这个状态到底还有几分清醒，"醉了就赶紧回去睡觉。"

"没，没喝醉。"周即白拉住梁音的手，"我不走。"

"松手。"

"不能放。"他不仅没松开，反而一把抱住梁音，"音音，我想抱抱你，我想你，好想好想好想好想。"

"你赶紧松开，别借酒耍流氓啊。"梁音推推他，没推动，一脸无奈道，"周即白，我倒数三声，再不松开，我就揍你了。"

周即白无赖道："揍吧。"

梁音一个反手就把他甩开，直接把人怼到墙上，她用的是巧劲，力气不重，但周即白却哼哼唧唧地喊痛。

"少装可怜，疼不疼我还不知道。"梁音头疼地看着借酒装疯的周即白，"说吧，你到底找我干吗？不说我就进去了。"

"音音，我没有出轨，你为什么还和我分手？"周即白的声音带着醉意，但眼神却很清醒，至少他知道自己在说什么，在做什么。

梁音想了想，回答他："我们不适合，就算没有张匪风，我们也会分手。"

"我知道,你不爱我。我们在一起69天,没有牵手,也没有接吻。"他靠着墙,笑得特别难看,"别说把我当弟弟这样的话,我不想听,我从来没有把你当姐姐看。我想娶你,跟你组成一个家。"

"对不起。"

周即白的眼睛里闪过水光,他的眼眶微微有些红,但情绪却没有失控,或许是对这样的结果已经有了心理准备,"真的不考虑跟我复合吗?我会对你很好很好,不会让你伤心,我们一起唱戏,一起演出,有一样的目标和理想。"

"复合就算了,兔子不吃窝边草。"

周即白抿着唇,把涌到嘴边的恳求压下来,他冲梁音笑了一下,笑得很勉强:"你对别人要是也这样狠心就好了。"

他没有指名道姓,但梁音却知道他说的是严川途。

梁音觉得自己特别混账,把周即白和她的关系弄得一团糟。他离开之后,梁音在路灯下站了许久才走进去。

她进去后,正对面小洋房的三楼阳台露出一个人影。

是穿着睡衣的蒋颂。

他看一下刚才拍下来的照片,挑了一张角度最好的发给严川途:我刚刚看到了一出好戏,你猜,他们复合了吗?

蒋颂:想知道吗?想知道就求我啊。

蒋颂:喂?你看到照片了吗?

他又发了几张角度暧昧的照片给严川途,但发到第二张,对话框里却出现"严川途开启了好友验证"的提示消息。

他被严川途拉黑了。

蒋颂"啧"了一声:"看来老三的定力比我想象中的差。"

8月18号，星期二，阴转多云。

梁音和蒋颂在傍晚抵达北京机场，出来后，他们一起打车去酒店。蒋颂在北京有房子，但大半个月没住，回去睡还得打扫，还不如住酒店方便。

蒋颂说要给严川途一个惊喜，所以没有叫他接机。

他们订的酒店就在摄影展附近，但离机场有点远，差不多两个小时的车程。

梁音上次来北京是前年春天，参加一个剧团的演出。

当时她来得匆忙，走得也匆忙，没有特别的心情，也没有想到这个地方是严川途生活过的城市。她现在看北京，无论是窗外不算蓝的天，还是街边的银杏树，都因为"严川途"三个字而被赋予了特殊含义。

喜欢一个人，就是看到他走过的路都忍不住笑。

到北京的第一个晚上，梁音做了一个久违的旧梦。梦里是落满红枫叶的栖霞山，秋高气爽，万物可爱，恰是一个适合约会的好日子。

梦里的严川途穿着白衬衫牛仔裤，清隽挺拔，他手里拿着单反，正在拍枫叶。

她跳到他背上："你已经拍了一早上的栖霞山，理我一下呗。"

"是你不让我拍。"

严川途下意识地扶了她一把，怕她从他的背上摔下来，但又因为不习惯这样的亲密，耳朵稍微透出一点红。

梁音从梦里醒来，天光已大白。

一枕清梦，满目星河。

梁音把胳膊覆在眼睛上，心口既苦又甜。她很少有后悔的时候，但现在却恨不得时光可以倒流八年，改写他们的历史。

梁音看了一眼手机，才六点半。

洗漱好，她去楼下吃免费的自助早餐，吃完早饭才七点，她给蒋颂打了一个电话。他可能还没醒，电话没接，于是她就改发微信：我去博物馆了。

严川途的摄影展是在博物馆的三楼展厅，门票免费，但限制了参观人数。七月《NEW摄影》的专访和封面照，让一向低调的严川途忽然曝光在大众面前，也导致这场摄影展受到各方的关注，一票难求。

梁音的门票是从蒋颂那边拿的，票面有写展出时间，但梁音从到北京那刻起就处在一个极端亢奋的状态，压根儿没注意到这些细节。她踩着晨光步行到博物馆，看到紧闭的大门，才想起博物馆九点开门。

梁音站在外面等到九点，博物馆的门终于开了。她顺着人流一起走进三楼的展厅，第一眼就看到摄影展的主题：蜕变。

这字龙飞凤舞，笔迹十分熟悉，正是出自梁音之手，只是她也不知道严川途会把她的字挂在这里。

梁音仰头看着被裱起来的字，忍不住笑了起来。

与一般的摄影展不同，"蜕变"没有开幕仪式，也没有主持人介绍，倒是很符合严川途的风格。

展厅很大，地板与墙壁都是冷色调的灰，分成几个区域，陈列着严川途不同风格、不同时期的作品。最大一个区域展出的作品是与主题同名的组照，也是严川途在沉寂两年后公开的新作品，所以停留在这一个展区的人最多。

梁音远远地就看到严川途，他今天穿了正装，黑灰色，冷淡中透着几分禁欲的气息。他穿正装真的特别帅，特别苏，发型也打理过，露出饱满的额头。他侧着头，与身边一个老者交谈，脸上的表情淡淡的。

现场来了媒体，有人在拍照。

梁音没有走过去打扰他，朝另一头走过去。她看清墙上挂的一系列照片后，露出一个微微惊讶的神色。她知道严川途以她为主角拍摄了一组照片，但却是第一次看到他镜头下的自己是这副模样。

我有这么好看吗？

但除了她扮武生和杜丽娘的样子，其他日常训练的照片，没有一张能够看清楚她的五官，有的只有一双手，或一个背影。

梁音不懂摄影，也不懂构图技巧，她听到身边有人在谈论光影的应用，像在听天书。但每一张照片，哪怕只露出一个下巴，也漂亮得叫人惊艳。那两个月她的训练和突破，所有的努力都在他的镜头下一一展露出来。

一个男人道："我猜严老师肯定很爱这组照片的女主角，如果不是对她倾注了强烈的感情，不会拍得这么饱满。"

他的女伴低声道："我可能知道女主角是谁。"

"你知道？"

"七月份的一个杂志里有严老师的独家专访，他提到了一个昆曲演员，说她是自己的缪斯，唯一的女主角。"

"我的天，严老师居然这么浪漫。"

他们的声音本来就小，走远一点，梁音就彻底听不到了。她打开扇子，扇了两下发烫的脸，心脏怦怦地一直跳。

梁音抬头看着面前的作品，这是整个展厅最大的两幅照片。

一张是黑白照，只有一个女孩的背影。旁边有这幅作品的介绍：第56届荷赛奖艺术类金奖作品，照片的名字很奇怪，和女孩、背影这样的字眼一点关系也没有，而是叫《夏天结束了》，让人一头雾水。

这张照片的隔壁同样是一张黑白照，一个女人推开门走出来，她背后是白色的光，周围却是漆黑一片。她的脸因为光线被模糊掉了，看着像在笑。与《夏天结束了》不同，这张照片透着温暖，还有……期待。

这张照片的名字叫《归来》，主角是她。

虽然看不清脸，但梁音不至于认不出自己，只是不知道是什么时候拍的。那两个月严川途一直在拍她，拍太多了，她也记不得。

为什么叫《归来》？

梁音对着照片发呆，肩膀忽然被人拍了一下，她吓了一跳，转过头，看到笑得贱兮兮的蒋颂："你才来啊？"

"不是我来得晚，是你来得太早。"蒋颂压着声音说，"早上七点，博物馆都没开门。"

梁音跳过这个话题，指着墙上的作品问："《夏天结束了》为什么和'蜕变'这个系列的作品放在一起？你知道照片里的姑娘是谁吗？"

蒋颂闻言，难以置信地盯着梁音："梁老师，你的心是有多大啊？你居然连自己的背影都认不出来。"

"这是我？"梁音更惊讶。

他竖起三根手指："我以老三的节操发誓，这就是你。"

"那为什么取这么奇怪的名字？"

"没看懂？"

梁音摇头，他们交往是在春天，分手是在冬天，和夏天一点关系也没有。再想想他们之间的纪念日，也没有在夏天的。

"我的天。"蒋颂忍不住哈哈大笑，他怕自己笑太大声，影响到别人，赶紧捂住自己的嘴巴，笑得浑身都在颤抖。

梁音拿折扇敲他肩膀："喂！"

"我说我说。"蒋颂的声音里还带着笑，"夏天结束了，用文艺的话解释起来很长，我用四个字概括就是：我失恋了。"

梁音盯着《夏天结束了》，表情愣愣的。

过了许久，她才哑着声说："我总问他，究竟有没爱过我？"

"他还送过你一个手表，编码是摩斯密码'我爱你'。那手表，我从来没看你戴过，我猜，你根本没明白编码的意思。"

"他爱我。"

梁音的目光穿过人群，望向自己曾经的爱人，眼底浮起一层水光："八年前他就给我了答案，只是我一直没看懂。"

星期三的博物馆是八点半闭馆，但梁音在外面等到九点，也没看到严川途出来。

梁音不知道严川途是不是已经离开了，但她看三楼展厅的灯光还是亮着的，就没敢走远，抱着木盒坐在花坛边上。

十点半，三楼展厅的光灭了，但没有人从里面出来。

梁音给严川途打电话。再过一会儿就十二点了，北京这么大，如果严川途不在博物馆里面，她坐车去找他也要一点时间。

她已经错过七次的生日倒计时，今年不能再迟到。

电话响了很久，严川途没有接。

梁音打电话找蒋颂，问他知不知道严川途现在在哪里。

过了几分钟，蒋颂在微信上给她发了一个地址和一句话：老三在工作室加班。

梁音用打车软件定位到工作室，距离博物馆三十五公里。她叫了一辆车，但开出去还没有三公里就堵了。梁音对北京不熟，完全没想到路况会这么糟，开两分钟，堵三分钟。她盯着手机屏幕上的时间，生怕来不及在十二点之前赶到。

墨菲定律的存在，是有一定科学依据的，真的是怕什么来什么。

距离工作室还有五公里的地方，发生了一起车祸，路段被暂时封锁。梁音看着前面密密麻麻的车辆，一咬牙，下车了。

现在是十一点半，她跑五公里需要半个小时。

如果不迷路，她就可以在十二点之前见到严川途。

梁音的方向感不错，跟着手机导航，终于在十一点五十八分的时候抵达目的地。

她弯着腰微微喘气，后背几乎湿透了，脸上都是汗。她今天出来时，特意穿了一条新买的裙子，化了妆，还用卷发棒弄了头发，但现在都毁了。

梁音站直身体，抬起头，忽地愣住。

大厦门口，昏黄的路灯下站着一个人，身材挺拔，清隽无比，白衬衫黑西裤，少了白天的西装外套和领带，多了几分随意。他戴着一副金丝边的眼镜，挡住了眼中的寒气后，气质变得温和起来。

他看到梁音，紧绷的神色慢慢变得放松，在夜色里竟显出几分温柔。

梁音冲他跑过去："严川途——"

严川途递过来一方手帕："怎么出了这么多汗？"

梁音"啊"了一声，含糊道："就热的呗。"

她接过手帕，胡乱地抹了一把，顿时白色手帕就变成黄色，她尴尬地把手帕卷起来握在手里，讪讪地转移话题："你站在这里做什么？是不是烟瘾犯了？"她看到他手里有烟，只是没有点燃，有点奇怪。

"蒋颂说你来找我。"严川途把烟扔进垃圾桶，解释道，"我给你打电话，你没接。"本来想去接她，但又怕和她错开。

梁音高兴道："所以是在等我？"

"嗯。"

梁音脸上的笑彻底放开，她笑开的时候，眼睛会弯成月牙，眼底满满的都是撩人的笑意。她忽然记起了时间，急忙去看手机，离十二点还有六秒，她开始倒计时："5、4、3、2——1！严川途生日快乐！"

"以后每一年，我都陪你过生日，这次我不会再食言了。"

"那礼物呢？"严川途含笑问。

"我啊。"梁音指着自己，笑着说，"严川途你今天30岁了，还没有找到对象，我勉为其难牺牲一下，把我自己送给你吧。"

"音音，你这是强买强卖。"

梁音讪讪道："可是我已经想明白了，也反省好了。"她把木盒塞给严川途，"生日礼物，你打开看看。"

严川途借着路灯打开，是一把折扇和一叠写满情诗的宣纸。

他离开南京42天，她写了42首情诗，全都装在这个盒子里。放在这沓情书之上的就是那把扇骨通黑的折扇，一面画着八年前的那场花灯，一面是梁音写的字：铸就而今相思错，料当初、费尽人间铁。

这句诗翻译成白话的意思就是：严川途，我后悔跟你分手了。

"八年前，我不该冲动地跟你分手，更不该怀疑你不爱我。"梁音仰着脸看他，可怜兮兮地说，"我现在已经知道错了，你送的扇子、手表，还有照片，我都懂了。其实这也不能怪我，是你表达得太含蓄。"

"你不知道我爱你，是我要反省的问题。"严川途看着她，不疾不徐地说，"明知你不解风情，我就该直言不讳。"

"……"

"我以为我们之间心照不宣，但没想过，所有的礼物你都没看懂。"

"严川途，我没听错吧，你刚才居然承认你爱我。"梁音终于找回自己的声音，一脸的惊讶，"你终于承认了！"

"嗯。"

他肯定的回答，让梁音的眼睛在瞬间被点亮，好似盛满无数璀璨的星光。她高兴地踮起脚，吧唧一声亲在他的脸上。

被偷袭的严川途，表情微怔，有点惊讶和无奈。

"那——我们复合？"

严川途对她轻轻地摇了摇头："你根本没有想明白。"

梁音失望地垮下脸："能不能给点提示？"

"不急，我等你慢慢想。"

梁音无奈："你到底叫我反省什么？不然这样吧，我们一边谈恋爱，我一边慢慢反省，这样比较有效率。"

"走吧，我送你回去。"严川途越过她，往停车场方向走。

梁音小跑着追上去，一把抱住严川途的腰，耍无赖道："严川途，我喜欢你，你也喜欢我，为什么你还不肯跟我复合？"

严川途"唔"了一声："音音，别耍无赖，这是你的考题。"

"为什么谈恋爱还需要考试？"

"对付你这样没心没肺的小混蛋，这招才能叫你长记性。"严川途拍拍她的手，示意她松开，"再抱下去会出问题。"

梁音没听出潜台词，她松开手，跳到他面前，指着他，佯装生气道："说实话了吧，你就是还记恨从前的事，故意报复我，让我难受。严川途，看不出你这么小心眼，我都这么诚心诚意地道歉了。"

严川途无奈地看着她，什么都没说，直接绕开她。

梁音又追上去："喂——别不理人啊。"

"严川途——"

"就告诉我呗，我到底要反省什么？"

北京的夜晚，看不见璀璨的星光，也没有熟悉的桂花味，但这个陌生的城市，却让梁音觉得可爱。一草一木，一砖一瓦，万物皆可爱，因为这是严川途长大的地方，走着他走过的路，她便觉得开心极了。

你这种行为不叫主动，纯粹就是一时兴起瞎撩人。

四个月后。

大雪过后的南京，最热闹的还是梅花山几处可以看雪赏花的地方。

经过小半年的训练，梁音已经脱胎换骨，她的戏不仅受到魏明华等前辈的嘉许，观众也十分认可。她和周即白合作的《玉簪记》，目前是五音戏楼里上座率最高的大戏，预售票几乎都是当天被抢购一空。

昆曲舞台就是这样，只要你付出努力，观众就能看出来。它是特别直观的一个舞台，你唱得好，演得好，任谁都没办法在专业上抹黑你。

梁音在换行当之初，受到许多非议和抨击，但她用陈妙常这个角色回应了这些争议：哪怕我换了行当，从头开始，我也可以做到最好。

《玉簪记》的走红让梁音受到许多关注，有电视台想采访她，还有导演想叫她去拍杂志拍电视。这些乱七八糟的事，蒋颂都帮她推掉了，她知道是严川途的意思。在这一点上，他们的观点是一样的。

梁音还是继续跟着魏明华学戏，偶尔跟着顾师姐他们去各大院校推广昆曲。

让昆曲走进学校，开办公益讲座，传承非遗文化，使更多年轻人知道昆曲，了解昆曲，这是昆协和各家剧团坚持了几十年的事。无论是起用年轻的昆曲演员，还是对传统的戏本子做出修改，迎合年轻观众的审美，都是为了让昆曲"活下来"。

在昆曲发展辉煌的明清两朝，仅苏州就有近一万昆曲演员，那时候还有专门为昆曲而设的"秋曲会"，无论是文人还是普通百姓都喜欢看昆剧，尤其是江南一带。但后来因为战乱和其他原因，昆曲文化一度断裂，尤其是20世纪80年代初，底下的观众甚至没有台上的演员多，直到昆曲成为非遗之后，处境才渐渐改变。

可以说，昆曲的传承，是每个昆曲人都在努力的事。

梁音也不例外，无论是去乡下免费演出，还是到各个学校开讲座，她一直都在坚持。

南大，多媒体教室。

梁音拿着一把折扇站在讲台上，后面的屏幕同步显示讲解："昆曲是行当划分最细的一个戏种，像旦行就分了六种。一旦就是老旦，年纪比较大的女性，比如杜丽娘的母亲。二旦是正旦，已经结婚的女性，大部分是悲剧人物，苦情戏居多。三旦是作旦，也叫娃娃生、娃娃旦，这个是旦行里比较特殊的一种，由年轻的女性扮演小男生，比如《浣纱记·寄子》里的伍封。四旦是刺杀旦，大多有武戏。五旦，也就是我现在的行当，闺门旦，指还没出闺阁的千金小姐，你们比较熟悉的林黛玉、杜丽娘属于是闺门旦。还有一些比较特殊的角色也属于闺门旦，比如《河东狮》里的柳氏，《长生殿》里的杨贵妃。六旦呢，经常被人叫做小花旦——贴旦和六旦在过去是不分家的，现在分得细，有把贴旦单独拎出去，也有放一起讲的。"

底下坐满了年轻的学生，听得一脸专注。

科普完旦行的分类，梁音开始讲闺门旦的指法和折扇。

"折扇在我们昆剧里用得最多的就是旦和生，还是举例杨贵妃，她最出名的一场折子戏是《小宴》，我的老师魏明华扮演的杨贵妃，仅靠一把折扇就能把贵妃娘娘的情绪，醉酒后的娇态，完完整整传递出来，美不胜收。"

梁音从讲台后面走出来，手握折扇，唱了一段《泣颜回》，跟着唱词变换折扇，或展或合，或做舞态。虽然没有上戏装，但开口一个字就抓住了所有人的注意力，真真做到了"一声即勾耳，四句卷全城"。

表演完折扇的用法，梁音接着讲道："众所周知，昆曲唱的是曲牌体，分南曲和北曲，而《长生殿》的曲牌套用是最多也是最复杂的。"她还是用《小宴》做例子，分析了里面用到的一些曲牌。

底下有人提问："梁老师今天一直用《长生殿》做例子，是不是要演杨贵妃了？"

"有机会的话，我会演的，毕竟《长生殿》是我们昆曲代表作之一。"

梁音回答完，正想再聊聊大家都好奇的昆曲流派，但眼睛扫到大礼堂门口的一个熟悉的身影，忽地愣住，忘了言语。

门口夕照的位置站着一个人，看不清脸，身形却与严川途相似。

从北京回来后，整整四个月，她没再见过他。她想严川途，看到他种的花想，看到天上的云想，看到一个身材相仿的人也会想：他是不是回南京了？

他们并不是完全没有联系，严川途会在微信上回复她的消息，也会和她打电话，会与蒋颂商讨她接下来的发展。她知道他所有的动态，知道他要角逐明年的荷赛奖，知道他每天几点吃饭几点睡觉。

还知道他养了一只橘黄色的小奶猫，叫闹闹，是个娇里娇气的小姑娘。因为这只猫，从不发朋友圈的严川途，隔三岔五地晒猫，配图文字从"闹闹""她是小姑娘"渐渐变成"小醋缸""爱撒娇的娇气包"。

她不知道闹闹有多喜欢吃醋，但她已经醋得上头了。

她还不如一只猫！

闹闹可以睡在严川途的床上，可以被他揣在口袋里带去工作，可以吃他做的猫食。对比她的待遇，一个天上一个地下。

严川途毫不避讳一直爱着她这件事，却始终不肯跟她复合。

梁音反省了四个月，也没想明白为什么他会说"能不能为我勇敢一点"。她哪里不勇敢？一般人可没她这么厚脸皮。

此时又有人提问："都说京剧《贵妃酒醉》出自《长生殿》，那到底出自哪一折戏？"

"梁老师？"

底下的同学发现梁音走神，叫了一声。

梁音马上回过神，不慌不忙地回答道："《贵妃醉酒》的剧情大致和《夜怨》差不多，都是讲唐明皇宠幸梅妃，杨贵妃因此伤心、嫉妒。但《贵妃醉酒》里杨贵妃伤心之后，一场大醉，而《长生殿》中贵妃醉酒在《小宴》一折中，与唐明皇对饮之时。《贵妃酒醉》没有完全与哪一折的剧情一模一样，它既有《夜怨》的剧情，也有《小宴》的醉酒，同时还多了杨贵妃和高力士的对手戏。"

有同学好奇地提问："京剧有青衣、花旦，昆曲也有吗？"

"昆曲没有青衣、花旦的说法，我们一般说的花旦，就是指六旦。京剧里，杨贵妃是青衣来演；但在昆曲里，是由闺门旦来演。再比如《彩楼记》里的月娘，在京剧里也是叫做青衣，但在昆曲里是正旦。"

梁音稍稍停顿了一下，继续科普道："京剧和昆曲的行当，有很多不一样的地方。比如唐明皇，他戴髯口，在京剧里戴髯口是归到老生这个行当的，但在昆曲里，唐明皇还是小生。这种带髯口的小生，是昆曲才有的行当。"

"我们昆曲里的小生，分类也是格外详细的，比如以柳梦梅为代表的巾生、吕蒙正为代表的穷生，还有雉尾生、大官生、小官生。小官生不戴髯口，大官生的代表人物就是唐明皇，身处高位、比较有权势的这一类男性。"

同学纷纷鼓掌，他们大多不了解京剧和昆曲的区别，听完梁音的科普，多多少少有了一点概念。

说完京剧和昆曲的差异，梁音回归正题，继续主讲闺门旦的指法和折扇。她没有讲得太深入、太专业，今天的讲座主要是为了引起大家对昆曲的兴趣。

最后半个小时是互动环节，有男同学上台和梁音唱了一段《小宴》里的《泣颜回》，他演唐明皇，梁音扮杨贵妃，底下满堂喝彩。少年人脸皮薄，演完这段戏，红着脸走下去，走一半还差点摔了。

梁音从大礼堂出来的时候，已经日落西山，只余天边的一点晚霞。冬天日短，不到五点就已经不见暖阳的踪影。

"姐！"

一个裹得和球差不多的人冲到梁音的面前，她戴着粉色的耳罩和同色系的围巾，再加上粉色的羽绒服，整个人就是一团粉。

"江江？"梁音看着只露出眼睛的妹妹，问，"有这么冷吗？"

姜江缩缩脖子："你不冷吗？"

"还好。"

姜江考了南京的大学，梁音很惊讶，梁女士不喜欢南京，巴不得把这个地方的记忆全部删除干净，怎么可能允许姜江考回来？但梁音并没有问她为什么要选南京的大学，因为梁女士，她们没办法像别家姐妹一样无话不说。

姜江笑着说："姐，一起吃火锅啊，反正你来都来了，陪我吃个饭。"

梁音今天没有别的行程，就答应了，带着妹妹去了附近的火锅店。姜江知道她的饮食习惯，所以点了清汤锅。

菜品陆陆续续地摆上来，她们一边涮火锅一边聊。

"过几天是爷爷的忌日，你跟我一起去拜祭。"提到去世快两年的梁老爷子，梁音的情绪有点低落。

"对哦，外公的忌日就在下周，我差点忘了。"姜江看着梁音，迟疑了一下，小心翼翼地问，"要不要和妈妈说一声？"

"随你。"

姜江低头，过了很久，鼓起勇气又问："姐，你是不是很恨妈妈？"她想缓和姐姐和妈妈之间的关系，但却苦无对策。

梁音掀起眼皮看着她，语气不轻不重："如果我们每次见面，你都要这样明示暗示地让我谅解梁女士，那我们倒不如远着些。"

"姐！"姜江又惊讶又难过，眼眶都红了，"我，我就是不想你们闹僵。妈妈现在已经放弃戏楼了，我们，我们可以像从前一样。"从前虽然也没有多亲密，但却不像现在这样当对方是仇人，水火不容。

"从前看在老爷子的分上，我给她几分面子情，现在老爷子不在了，没必要演戏。"梁音皱了一下眉，但很快就松开，神色里浮起了淡淡的厌恶，"我不恨梁女士，但我从未将她当成我的母亲、我的亲人。因为她不配。不配为人母，不配为人妻。她这样的人，我提到都觉得恶心。"

姜江眼泪汪汪，她低着头喝汤，一边喝，眼泪一边掉在碗里。

梁音没有安慰她，她实在有些厌烦了姜江的好意。姜江想两全其美，想阖家团圆，想要她和梁女士相亲相爱，但姜江却忘了，梁音唯一的亲人还在异国他乡流浪，而姜江的父亲是梁女士的出轨对象，如果可能，她连姜江都不想见。

有时候，她宁愿姜江与她父母一样面目可憎。

但姜江何其无辜，从未做过丝毫对不起她的事，她对老爷子孝顺，对她这个姐姐依赖尊重，从小就懂事贴心。

梁音看着满桌的菜，全是她喜欢的口味，而这些都是姜江点的。

她不由得心软，递了一张纸巾过去："是我不对，不该把话说得这么难听。"

"我以后不会再劝了。"姜江接过纸巾，胡乱擦了一下，她一直不知道姐姐对他们这么厌恶、恶心，是她太天真了。

姜江很伤心，但一点都不怪梁音，她这样的小孩出生就带着原罪。

她小时候第一次见到这个姐姐，就格外喜欢她。

姐姐长得和小龙女一样好看，会唱戏，会写大字，还会吹笛子。她以前不知道姐姐为什么待她还不如周即白，她帮周即白打架，为他准备生日礼物，还把这个人带回家当弟弟。那时候她才五六岁，却把这件事情记得格外牢，委屈了许多年。

后来知道了上一代人的恩怨，她什么委屈都没有了。

姜江是个脾气很好的姑娘，掉完眼泪，觉得不好意思，冲梁音讨好地笑了笑。梁音在心里叹气，这都什么事啊。

姐妹俩沉默地继续涮火锅。

吃到五分饱的时候，姜江挑了一个安全的话题："姐，你和严大哥什么时候结婚？"

梁音觉得妹妹今天特别没眼色，哪壶不开提哪壶，什么结婚啊，人都没追上。她夹了一片牛肉给姜江，皮笑肉不笑道："多吃点。"

姜江"哦"了一声，乖乖地吃掉牛肉，明白了："你和严大哥吵架了。"

"……"

"是不是在冷战？"

梁音又给姜江夹菜："吃你的吧。"

"哦。"姜江一边吃一边含糊不清地说，"难怪刚才看到严大哥一个人走了，原来真的吵架了。你们为什么吵架啊？"

梁音的手微微一顿，鱼丸"啪嗒"一声掉到桌上："你看到谁了？"

"严大哥啊。"姜江想了想，说，"我今天来得晚，所以是坐在最后一排听姐姐的讲座，大概是姐姐说到曲牌体的时候，我看到了严大哥。他站在门口，没进来，但一直听到讲座结束才走。"

她本来想喊严大哥，但他竖起一根手指，轻轻地"嘘"了一声。

"他在南京？"梁音的神色是难以掩饰的震惊，原来她之前看到的身影不是错觉，他真的回来了，他就在南京。

"对啦，严大哥让我别告诉你我看到他这件事。"姜江笑着露出洁白的牙床，一脸古灵精怪，"不过我还没答应，他就走了，可不是我不守承诺。"

梁音摸摸她的头，笑着夸道："干得好。"

姜江笑得更灿烂了，吃着姐姐给她涮的菜，万分满足，一边吃一边在心里道：对不起啦严大哥，不是我食言而肥，我是在帮你哦。

吃完火锅，梁音把姜江送回学校，之后搭公交回五音戏楼。

从南大到五音戏楼，公交需要40分钟，梁音闲着无聊，打开微信看严川途的朋友圈状态，最新一条还是昨天凌晨的晒猫图。

她点开严川途的对话框，打了删，删了打，最后又默默关掉。

下公交的时候，已经是晚上八点半，温度骤然降下来，冷得梁音直打哆嗦。她没有回戏楼，而是直接杀去蒋颂的"狗窝"。

她没给蒋颂打电话，也没提前和他打招呼。

严川途现在说不定就在蒋颂家里，她要搞突袭！

蒋颂穿着睡袍来开门，头发上还顶着泡沫，看起来像是洗澡洗到一半。他看到梁音很吃惊，问她怎么忽然来了。

梁音走进来，四下环顾，没看到心上人，于是转头问蒋颂："严川途呢？"

蒋颂闻言就猜道："老三来南京了？"

"少装傻，他来南京，你会不知道？"

"我是无辜的。"

梁音拿折扇摇了摇，摆明不相信他。她正要继续追问，这时茶几上的手机响了两声，她的眼睛顿时一亮，朝手机冲过去。蒋颂和她认识小半年，哪能不知道她的脾气，他立马扑上去抢手机，但慢了一步，扑了个空。

"再不说实话，我就用你的微信群发一条出柜的消息。"梁音笑眯眯地威胁道。

"要不要这样狠啊？"

梁音笑着点头："蒋总，我会记得你的大恩大德。"

"梁老师哟。"蒋颂举手投降，"我真不知道老三来了，我要是知道，能瞒您吗？我可是您这个阵营的人。"

"你是谁的人，这还真说不准。"

蒋颂立刻表忠心："那必须是您的人啊！"

梁音见逼问不出来，就放弃了，把手机还给蒋颂。他看了一下刚才进来的微信消息，微微一皱眉，没有回复，直接关了。

梁音坐在沙发上喝水，蒋颂去浴室冲掉头发上的泡沫，过了几分钟，他就出来了。

"说吧，找我到底什么事？"他的头发上都是水，一边擦一边问。

"下周我要去北京。"

蒋颂现在管理五音戏楼，对圈中的大小事情都有所关注，一听这话就知道她去北京做什么："是去参加《长生殿》的选拔？"

她点点头，"嗯"了一声："明年就是昆曲申遗20周年，北京那边打算做全本《长生殿》，老师说她和柏松老先生都会参与这个项目。他们想在全国甄选杨贵妃和唐明皇，这是难得的好项目，哪怕试戏失败，也是经验。"

《长生殿》只有《定情》《小宴惊变》《埋玉》等几出传统折子戏完整地流传下来，大部分都失传了。比如原剧本第十六出的《舞盘》，杨贵妃在翠盘上为唐明皇跳舞，那舞蹈的具体动作是什么，翠盘是什么样式的，都不得而知。所以演全戏本，是很大的挑战和机遇，但如果成功，能够传承下来的大戏就又能多一个。

她听严川途说《长生殿》是柏老先生和他妻子的定情之作，所以北京那边才能请得动他老家人。梁音很喜欢柏老先生的戏，如果她能顺利拿下杨贵妃的角色，以后同在一个剧组，她就有很多机会请教老先生。

"这是个好机会。"蒋颂也很赞同，"你最近的戏，可以让简简顶上，之前小周带过她一段时间，他们的默契也不错。"简简就是梁音让周即白带的新人，主攻闺门旦，和何桃一样是六年制昆曲班刚毕业出来的新人。

梁音对蒋颂的安排没有意见："小林子跟何桃也报名了，估计明早会去找你。"

"所以你大晚上的上我这儿，就为了说这事？"

梁音冲他比了一个赞："蒋总睿智！"

"说吧。"

"告诉我答案啊，严川途到底要我反省什么？别敷衍我，别告诉我你不知道，不久之前你还说知道严川途所有的秘密。"梁音终于说出此行的目的，"这次去北京，如果还搞不定严川途，我就去跳秦淮河。"

蒋颂一脸无语道："那些才子佳人戏你算是白演了，居然还没想明白。"

"请蒋总指教。"她握着折扇冲他拱手。

蒋颂本来不想插手他们之间的事，但万万没想到梁音是木鱼脑袋。如果她一直不开窍，老三岂不是要打一辈子的光棍。

"在你们的这段关系里，你觉得是谁主动？"

梁音毫不犹豫地回答道："当然是我，八年前是我表的白，八年后也是我主动追的他。"

"你觉得老三爱你，你去表白；后来你觉得他不爱你，你马上抽身——你这种行为不叫主动，纯粹就是一时兴起瞎撩人。你根本不知道什么叫谈恋爱，发生误会的时候，你问过他吗？给他解释的机会了吗？"

会心一击："……"

"你没有。你像一个胆小鬼一样转身就跑，还觉得是他辜负了你。"蒋颂顿了一下，"其实我觉得，你根本就没想过和谁能长久。"

会心二击："……"

但蒋颂的毒嘴还没停下来，叭叭叭地喷道："除了老三，你每一段恋爱最多维持两个月，最短只有两天，你从来不给他们解释的机会，只要出现问题，就毫不留情地抽身。你对待感情太不成熟了，所以无论你谈多少次恋爱，都不会有结果。"

会心三连击："……"

梁音的脸色很难看，她握紧折扇，脑袋嗡嗡嗡地作响。蒋颂的话太过直白犀利，可字字在理，她沉默了许久，慢慢道："我以前是比较冲动，意气用事，但现在我都快三十了，这些毛病都改了。无论是喜欢严川途这件事，还是追求他，都是经过了很慎重的考虑，并非一时兴起。"

"如果你这次去北京，发现他对你已经没有感情了，你还能坚持吗？"蒋颂一针见血道，"不，你不会。你现在的义无反顾，是建立在他爱你的前提下，就像八年前。"

直到梁音回到戏楼，她的脑袋还是懵的。

就是那种感冒了、发烧了，没办法保持清醒的懵，做什么都慢半拍，想问题也没办法集中注意力。梁音现在就处在这个状态，洗脸的时候，无意识地把水龙头旋到热水最大挡，被烫到手后才反应过来。

梁音立刻打开冷水冲手，冲了一会儿，又走神了。

蒋颂说她的义无反顾是镜中花水中月？

她是这样的吗？

梁音从头到尾仔仔细细地想了一遍，她是什么时候开始追求严川途，什么时候开始产生了跟他复合的想法的。是在选徒考核之后，她猜到严川途的心思，所以迫不及待地表白。这与八年前何其相似。

在这之前，哪怕她已经心动，也没有付诸行动。

严川途回北京之前，她又表白了，还是被拒绝，但那个克制又热烈的亲吻却清楚地在说他爱她，给了她义无反顾的勇气，所以她才敢用微信撩拨他，敢在八月份跑到北京，带着一匣子的情书去求和。

蒋颂没说错，她的义无反顾不值一提。

在他们的关系里，主动的人，一直在付出的人，是严川途，不是她。

梁音把脸埋在手掌里，过了许久才抬起头，她的手撑在洗手台上，在哗哗哗的水流声中，对着镜中狼狈的自己嘲讽道："严川途说你没心没肺，可真是一点也没说错。还有，自以为是、愚蠢、糊涂。"

在这一刻，她清楚地意识到严川途想要什么。

12月21日，北京。

梁音拖着行李箱敲开了严川途的门，公寓的地址是她从蒋颂那里问来的。她在门外等了一会儿，可能是几秒，也可能是几分钟，她太紧张了，对时间失去了概念。看到门打开的一瞬间，她脸上的笑却僵住了。

魏今怎么会在这里？

看到梁音，魏今也很吃惊，笑容得体："你找三哥？他现在有点忙，你要是没什么重要的事情，过几天再联系他吧。"

梁音拿舌尖抵着脸颊，努力压下心头的火气，她盯着魏今，慢悠悠地问："在别人男朋友的家里，摆出一副女主人的姿态，魏小姐不觉得可笑吗？"

"男朋友？"魏今笑了起来，像是什么好听的笑话，乐不可支，"梁老师大概不知道我和三哥准备结婚了。如果你们在交往，我很抱歉，不过我不会干涉三哥的感情生活。我们结婚只是为了给长辈一个交代。"

魏今的语气很温和，并不咄咄逼人，但每个字都带着浓浓的恶意。

她显然很了解梁音的性格，八年前她靠严川途的脸盲症击溃了他们之间的信任，八年后的现在依旧换汤不换药。她瞥了一眼梁音握着拉杆的手，指骨都因为太用力而露出青筋，她的心情显然不像她的表情那么冷静。

梁音的舌尖抵着脸颊，一鼓一鼓的，她憋着怒火道："过了这么多年，你张口就撒谎的毛病还没好？真以为我会信你的鬼话？"

"不信就不信吧。"魏今气定神闲道，"其实三哥跟家里提过你，但阿姨特别反对你俩的事。她觉得当年三哥满世界地跑，是因为受了情伤。哦，对了，三哥因为你跟家里起了冲突，阿姨气到心脏病发，到现在也没出院。"

魏今举起手，把无名指上的钻戒亮出来，不紧不慢地说："你也别和三哥闹脾气，他对我没感情的，会跟我结婚，只是迫于家里的压力。梁老师，你心里苦，我心里也苦，我们没必要针锋相对，和平相处吧。"

和平相处个鬼，梁音恨不得直接撕了这个女人的嘴。

"魏老师，你如此的心地善良，一定不忍心让我肚子里的孩子没有爸爸吧，既然你们还没扯证，那你们的婚事还是算了吧。我想严川途的妈妈再讨厌我，也不会狠心到不要自己的亲孙子。"梁音边说边摸肚子，好像肚子里真的有了孩子一样，语气娇娇怯怯，横看竖看都是一副楚楚可怜的模样。

她的做派成功地把魏今恶心到，让她变了脸色："鬼话连篇。"

"彼此彼此喽。"

"那你就等着我和三哥的结婚请柬吧。"

梁音不接她的话茬儿："魏老师，可以让一下路吗？"

魏今把胳膊横在大门中间，摆明是不想她进来。梁音觉得奇怪，她们在门口讲了这么久的话，严川途一直没出来。

她见魏今没有让路的意思，直接挥开她的手，拖着行李箱大步走进去。

"谁让你进来的！"魏今急忙追上去，怕声音太大惊动严川途，所以特意压着嗓子。

严川途的公寓很大，上下两层，复式结构，冷色系装修风格，家具很少，看起来没有一点生活的气息。与公寓整体风格不搭的除了魏今这个大活人，还有墙角的猫爬架、各种宠物玩具。

梁音在楼下没看到严川途，就打算上楼："严川途——"

"梁音，你再不出去，我就报警了。"魏今气急败坏道，"别以为我不知道你和三哥没有复合，少打着男朋友的旗号。"她没想到梁音的脸皮比以前厚，性格也变了，从前要是听到她说的那番话，早就负气走了。

梁音没搭理魏今，正要往楼上走，一抬头，却看到了立在扶手边的严川途。他穿着深灰色的格子睡衣，头发软趴趴的，刘海全部压下来，挡住额头后，整个人看起来特别显年轻。

梁音仰着下巴，望着近在咫尺的心上人，还没张口说话，先笑开了，那笑意从嘴边慢慢蔓延至眼底，整张脸都亮了。

魏今看到严川途，脸色大变，但想到严川途的妈妈，又有了底气："三哥，听说你病了，阿姨就带我过来看看。她去超市买菜了，马上就回来。"解释完自己为什么在这里，她又指着梁音告状道，"这个女人一声不吭闯进来……"

"出去。"严川途沙哑着声呵斥道。

魏今得意洋洋冲梁音道："没听到三哥叫你出去吗？还不走。"

"我？"梁音一脸惊诧地指着自己问，"严川途，你是叫我出去吗？"

梁音也搞不清严川途是不是在冲她发火，但魏今是他的客人，而她却是招呼都没打一声就闯进来的。何况，她反省了四个月，也没想明白他要的是什么，就算他现在冲她发脾气也是正常的。

"好吧，我马上滚。"梁音酸溜溜道，"不打扰你和你的未婚妻卿卿我我。"

梁音转身要走，手腕就被人握住，她扭头看向严川途。他站的台阶比她高，所以需要微微弯着身才能握到梁音的手，这种姿势有点别扭，他握住手不放后，才往下走，和她站齐。

"音音别走。"严川途的神色看起来并没有多大的变化，但语气里却带着几分不易察觉的紧张，"我不认识她，也没邀请过任何女人来我家做客。"

梁音"哦"了一声，看向魏今，帮严川途介绍道："她是魏今，自称与你有一桩父母之命媒妁之言的婚约。据说你对她虽然没有感情，但却迫于家中的压力，答应与她结婚，不过你的未婚妻十分大度，并不介意你婚后与我继续保持不正当的男女关系。"

梁音说这些话的时候，一直盯着魏今的脸，看着她的神色一点点变得灰败和难堪。她本来就不信魏今的话，严川途的态度也说明了她是在胡说八道。虽然她心里还有很多疑问，但当着魏今的面，不适合问。

严川途还没开口解释，魏今抢先道："梁老师居然把我的玩笑话当真，哈哈哈，真的太搞笑了，不知道的还以为我是故意说这些话来破坏你们的感情。其实梁老师不用这样小心翼翼地防备我，我有男朋友的，今天陪阿姨过来看三哥……不，严老师，纯粹只是出于朋友的关心，希望你不要多想。"

梁音愣了一下，没想到她居然倒打一耙，讽刺她小心眼。

"音音不喜欢别人拿我开玩笑。"严川途咳了两声，压住嗓子里的痒意，冷冷道，"魏小姐，过去的事，我看在长辈的分上，没有与你计较，希望这种事情没有下次。"

魏今的脸色剧烈地变化着，红了白，白了又红。

她紧紧抿着嘴唇，什么也没说，扭头抓起沙发上的手袋，狼狈地跑了出去。

魏今跑了，房子里只剩下严川途和梁音两个人。房门还开着，冷空气灌了进来，带走了些屋子里的温度。梁音想到严川途还在感冒，打算去关门，但她一动，才发现严川途还握着她的手，像怕她跑似的。

"我……去关门。"

严川途这才松开她的手腕，面色有点不自然："哦。"

梁音关好门，走回客厅，凶巴巴地问："严川途，你不打算解释解释吗？你妈妈是不是想让她当儿媳妇？"

严川途道："我妈等下就回来，你可以自己问。"

"对啊，你妈快回来了。"梁音想到一会儿就要见家长，忽然紧张了起来，她问，"魏今说你妈妈不喜欢我，真的假的？"

"假的。"严川途笑了一下，"凡是我喜欢的，她都喜欢。"

梁音愣了一下才反应过来，他是在说他喜欢她。严川途的一句话，让她的满腹郁气和醋意都消失得干干净净。她再也绷不住脸，眼睛一弯，又笑了起来。她凑过去，踮起脚，在他的脸上"吧唧"一声。

严川途的耳根有点红，不知道是因为发烧，还是因为被她亲的。

第一次见家长，梁音很紧张，她让严川途把她的行李箱藏起来，不能让他妈知道她想跟他同居，给她留下不好的印象。

藏好行李箱，梁音问："严川途，四个月不见，你有想我吗？"

"嗯。"

"你想我，那为什么都不回南京找我？"

严川途倒了一杯温开水，走过来把马克杯递给她，站直身体，语气硬邦邦道："怕打扰你和前任谈恋爱。"

"这话听着怎么有点酸。"梁音仰着头看他，声音里满满都是撩人的笑意，"你不也是我的前任吗？你不在家，我和谁谈恋爱？"

严川途低头问她："你想和我谈恋爱吗？"

"想，做梦都想。"

梁音以为严川途会回答"你反省好了吗"之类的话，但万万没想到，他居然是说："那我们就和好吧。"

在你不知道的时间里，我爱你，喜欢你，心悦你。

喜从天降，砸得梁音晕头转向，神魂颠倒。她不可置信地站起来，膝盖撞到茶几都感受不到疼。她抓着严川途的手，想问清楚，是不是她听错了？或者是理解错了？和好，只是现在不吵架的意思？

但她的话才涌到嘴边，大门就开了。

严妈妈提着绿色的环保购物袋走进来，看到他们俩手牵手站在客厅中间，神色从困惑慢慢转为惊喜："老三，赶紧给妈妈介绍一下，这是你女朋友？做什么的？几岁了？哪里人？她特意来看你的吧。"

梁音被一连串的问题砸懵，这……这就见家长了？

半个小时后。

严妈妈在厨房做饭，梁音在一旁帮忙洗菜，而严川途坐在客厅的沙发上看书，对她的处境袖手旁观，完全不理她的求救信号。

梁音知道魏今这个人鬼话连篇，她说的话，最好连标点符号也不要相信。

"三哥跟家里提过你，但阿姨特别反对你们俩的事。"

"她觉得当年三哥满世界地跑，是因为受了情伤。"

不得不说，魏今把梁音的脾气摸得一清二楚，知道她最在意什么，最听不得什么话。梁音不信魏今的话，却又因为她的话而焦虑。如果严妈妈不喜欢她，她要怎么做才能不让严川途陷入左右为难的局面？

跟梁音一样紧张的，还有把糖当成盐的严妈妈。

她关了火，一边切菜一边说："音音啊，我可以跟老三一样叫你音音吗？"

"可……可以。"

"你别紧张，阿姨又不是吃人的老虎。"严妈妈想到自己干的糊涂事，脸上浮起懊悔的神色，试探道，"你和老三刚才是不是吵架了？"

"没有，我们好着呢。"梁音马上回答，声音绷得特别紧。

严妈妈快愁死了，第一次见儿媳妇，就是这么尴尬的场面。万一她以为自己是恶婆婆，想要拆散他们可怎么整？把音音吓跑了，她家老三不得打一辈子的光棍。

这可不行，她得解释清楚："魏今是阿姨带来的，不是老三招的桃花。老三一直把你藏着掖着，我们都以为他说女朋友是他瞎编的，所以我才想撮合他们。老三这两天都烧迷糊了，没下过楼，他是真的不知道我偷偷带人回来。"

梁音担心地问："那他现在退烧了没有？"

"还没，老三每次发烧都会烧三四天。他也不吃药，说什么人体有抵抗力，多喝水就能退烧，理论一套套的。"严妈妈见梁音没计较魏今的事，反而把关注点放在严川途身上，对她又满意了三

{ 290 }

分，"等会儿吃了晚饭，你劝劝他，退烧药我就放茶几上。感冒发烧哪有不吃药的，就他怪癖多。"

"好的阿姨。"梁音乖乖地答应。

严妈妈心道：也不知道啥时候能改口叫妈。

放下心头大石后，严妈妈开始打听梁音的情况，问她跟老三怎么认识的，交往多长时间了，打算什么时候结婚。

前面的个人情况好回答，但问到她和严川途的感情问题，梁音就蒙圈了。

她偷偷给严川途使眼色。

她要怎么回答啊，难道说：八年前我把您儿子甩了，但我后悔了，今天我才成功跟他复合。

严川途终于放下手上的书，慢悠悠地走过来，站在厨房门口帮梁音解围："八年前就认识了，是我追的她。但我毕业后，我们聚少离多，就分开了。"

"该，谁叫你成天满世界瞎跑，哪家姑娘受得了你。"严妈妈吐槽完儿子，关心道，"那现在你们是复合了？"

梁音下意识地去看严川途，他也正朝她看过来，眼中含笑。

"算是吧。"严川途看着梁音，不疾不徐道，"毕竟我犯错在前，还在观察期。"

"我闺女要是找你做男朋友，我也不乐意。是该好好观察观察。音音，阿姨站你这边，老三要是再敢走，咱就不要他了。"

严妈妈对梁音满意得不行，这个儿媳妇太合她的心意了。老三为了拍出满意的照片，可以在充满危险的原始森林生活几个月，也敢孤身深入战火纷飞的国家。一年365天，他有360天在世界各地采风，想知道他的动态，还得订阅摄影杂志。现在不一样了，有梁音拴着他，他也就知道顾家了。

难怪他今年在国内待这么久的时间，敢情是为了追老婆。

严妈妈做好饭，乐滋滋地回家了，努力给他们创造二人空间。临走之前，还把手上的镯子塞给梁音当见面礼。

梁音不好意思收，但严川途直接帮她戴上。

公寓里又只剩下他们两个人，梁音看着又坐回沙发上看书的严川途，走过去，直接抽走他手里的书："严川途，你刚才撒谎了。"

严川途扭头瞥了一眼站在他背后的梁音，含笑问："给你在未来婆婆面前刷好感，你还有意见了？"

他拍拍旁边的沙发，示意梁音坐下来，但她却趴到靠背上，双手圈住他的脖子，凑到他耳边问："如果我们的认识和分开，真的像你说的那样就好了。不存在莫须有的误会，仅仅是因为异国恋。"

他略略抬眼："除了分手这一段，其他不都是事实吗？"

"我怎么不知道是你主动追的我？"

严川途"唔"了一声，像在回忆："你去哪里演出，我就追到哪里看你演出。当时不是所有人都说我在追你吗？"

"这么说好像也对。"梁音低头看着他，过了很久，情绪有点消沉，"你八年前出国，是因为我的缘故吗？"

他回答得很快："不是。"

"真的？"

"只有自己才能对自己的人生负责，我不是那种不负责的人。"严川途握住她的手，沙哑的嗓子里带着几分温柔，"我热爱我的职业，如同我热爱你。"

梁音的眼窝有一点点热，她抑制不住内心的冲动，亲了一下他发红的耳根。

她轻轻道："严川途，谢谢你。"

谢谢你还在原地等我，谢谢你没有放弃我，谢谢你还愿意爱我。

何其有幸，在我们错过八年之后，还能再次遇到。

严川途没有说话，脑袋微微往后靠，跟梁音的脸贴得更近。因为发烧的缘故，他的体温有些偏高，靠着他，就像靠着一团炙热的火。

窗外寒风呼啸，大雪纷飞，望出去是白茫茫的一片，屋内温暖如春，弥漫着一种无法形容但却很舒服的气息。

"我们这算复合了吗？"梁音忽然问。

"嗯。"

"好突然啊，我本来做好了和你打持久战的准备，结果我的108招都还没使出来，你就原谅我了，像做梦一样。"梁音的手臂微微一收，勒住他的脖子，"我不管，就算你是烧糊涂了才这么说，也不许反悔。"

严川途低低地"嗯"了一声。

"为什么啊？"梁音问，"我都还没把答案告诉你。"

"怕你跑了。"

梁音的声音闷闷的："我才不会跑。就算你不喜欢我，我也不会跑。"

"音音，我今天很开心。"严川途侧过脸看她，一点笑意在眼中散开，蔓延至眼角，让他冷漠的轮廓看起来多了几分温柔，"看到我家里有一个'未婚妻'，你没有马上走掉，还愿意听我的解释。"

"……你怎么这么好哄啊？"她以前对严川途是不是太过分了？

严川途握着她的手，没有说话。

"我也已经想明白了，为什么你要我勇敢点。"梁音趴在他的背上，偏着脑袋看他，越看越欢喜，"严川途，以后无论发生什么，我都会坚定不移地站在你这边，相信你爱我。"她这人正经不过三秒钟，又开始满嘴跑火车，"唔，就算有人生了你的孩子，拿着DNA报告给我看，我也不会相信你出轨。"

严川途一脸无奈："胡说八道。"

"这样才能表示我对你的信任啊。"梁音笑眯眯地说。

"当年的事，错不全在你一个人，这几个月，我也在反省。"

"你这么好，哪里有错？"

"我没有给你足够的安全感，让你可以信任我、依赖我。"严川途低低道，"第一次谈恋爱没经验，但这一次不会了。"

知道她父母的事后，他才明白为什么梁音会缺乏安全感，对婚姻和爱情没有任何的期待。她怕受到欺骗和伤害，所以只要出现一点问题，她就立刻抽身。她的心就像寄居蟹，只有当它感到安全，才敢爬出来。

刚才她和魏今唇枪舌剑之时，他就站在二楼的栏杆边上看着她。

八年前魏今用一句话就击溃了他们之间的信任，但梁音今天的举动让他格外意外，她的第一反应不是怀疑，也不是转身就跑，而是站到他身边。

她的信任弥足珍贵，就像荒芜的原野里长出的一朵花。

梁音好奇地问："你当初为什么那么怕我知道你脸盲？又不是什么大不了的事。"

"呵。"

"你呵什么？"

严川途冷冷道："你记性太差了。"

"阴阳怪气的，刚和好就想吵架吗？"

"是你说，你的理想型是完美男神，就算是为了小孩，也要找一个基因好的男人，你还列举了自闭症、脸盲症、色盲，这些会遗传给下一代的，都不在你的择偶范围内。"因为自己不在她的择偶范围内，所以他才对她隐瞒。

梁音疑惑道："我说过这样的话吗？我没印象啊。"

严川途拿开她的胳膊，站起来，靠着他的梁音，身体扑了个空，踉跄一下。她抓着沙发靠背，轻轻一跃就翻过来，十分无赖地抱住严川途，挂在他的背上，不让他走："好啦，是我错了，我不该歧视脸盲症群体，你看我现在不就遭报应了？你要是还和我生气，我多冤啊。说好的，以前的事情就让它过去，我们重新开始。"

"……放手。"

"不放。"

梁音把自己当挂件，抱着严川途不撒手。他没办法，就当是负重行走，慢吞吞地移到餐厅，打开电饭煲，盛了两碗米饭。

严妈妈做了三菜一汤，有荤有素，菜色漂亮，香气四溢，热气腾腾，摆在餐桌上看着就十分可口。梁音的肚子饿得咕咕叫，闻着香气，终于松开了手，从严川途身上下来，乖乖地坐到餐桌边上。

吃完饭，梁音逼严川途吃退烧药，不吃就哭给他看。

她都这么威胁了，严川途能不吃吗？

严川途吃完药，梁音让他去休息，她洗碗，表现得格外贤良。严川途去给她收拾房间，换上干净的被单被套。

严川途收拾好房间出来的时候，梁音也洗好碗了。

天色渐晚，看着窗外的大雪，她忽然想到这是今年北京的初雪。真是一个好日子，明年初雪的时候，她可一定要记得庆祝。

翌日是个阴天，没有下雪，也没有太阳。

严川途的体温已经降下来，恢复正常，但却多了咳嗽的症状，其实昨天就有一点咳，只是不严重，就一两声。

梁音做饭的手艺不佳，但很会煲汤，从冰糖雪梨到沙参炖老鸭，一天一个花样，全是清肺止咳的补汤。

喝了几天的汤汤水水，严川途咳嗽的症状缓解了许多。

刚开始交往的情侣，通常都会有一个磨合期，比如连对视都觉得害羞，但严川途和梁音省略了这个阶段，直接就进入了默契的老夫老妻模式，同居生活没有任何的不适应和需要过渡的地方。

早上起来后，梁音会先到附近的公园练嗓子，严川途则沿着公园外那条梧桐小路晨跑，跑完步，他就到公园里等梁音一起回家。

吃过早饭，如果天气比较好，严川途就开车带着梁音逛北京城，就像当年她带他走遍南京，领略六朝古都的风光。八年后他带着他的意中人走一遍他生活过的地方，从学校到老胡同，从王府井到长安街……

北京城很大，从东到南，由西向北，一天的时光眨眼就消磨殆尽。

他们没有计划，也没有目的，就慢慢开着车，走到哪里就停在哪里。

梁音喜欢听戏，昆剧，越剧，京剧，什么地方戏都喜欢，下午若闲来无事，他们就会一起去听戏。梁音听戏不挑戏，也不挑是不是名家，但偏好去一些仿古戏楼，不戴麦，一桌二椅，表演方式趋近原汁原味。

日落西山时，他们打道回府，很少在外面吃晚饭。

大多时候是严川途做饭，梁音洗碗，她厨艺不好，炒的菜不是咸了就是淡了，她自己都不爱吃自己做的饭，但严川途却有一手好厨艺，川菜、浙菜、粤菜都会做。

严川途除了做饭好吃，会拍照，他还会做扇子、吹笛子。她最近在练《长生殿》，清唱的时候，严川途就在旁边用笛子帮她伴奏，找感觉。她一个学昆曲的人，笛子这些乐器都不如他精通，严川途不仅会吹《牡丹亭》《长生殿》《思凡》里的曲牌，连工尺谱都看得懂，谈起这些剧本，了解得比她还深刻。

八年前的严川途，连简谱都看不懂，更不会做饭，不会吹笛子，不会制扇。

在他们分开的八年里，他学会了所有她曾经想要他会的技能。她喜欢收藏折扇，羡慕过舍友的男朋友会做饭。至于笛子，估计是陈年老醋，周即白会很多古乐器，从前她练习的时候，他经常帮她伴奏。

"严川途，你是不是醋了？"

"你要是会吹笛子就好了，可以帮我伴奏。"

她当时只是随口一提，并未想过严川途真的会去学，目前已知的昆曲曲牌，南曲4000多种，北曲1000多种，常用的大约几百种。但无论是武生的戏，还是闺门旦的戏，只要她会唱，他就能吹出来。

"严川途，你为什么对我这么好？"

吃过晚饭，他们坐在沙发里看一部经典老片，梁音一开始还正正经经地坐着，但看了一会儿电影，就跟没骨头似的歪到严川途的身上，到最后直接躺到他腿上，光明正大地盯着他看，电影哪有她男朋友好看啊。

严川途低头看她："我以为你和我分手，是因为我对你不够好。"

"所以你去学做饭、学制扇、学吹笛？"梁音抓着他的手，十指交叉，紧紧握着，"严川途，我上辈子一定拯救了宇宙，这辈子才能遇到你。"

严川途低低地"嗯"了一声："不难学。"

"年初你来南京，到底是采风，还是来找我？"

严川途没有说话。

"很难回答吗？"梁音问。

严川途还是没回答，他慢慢俯下身，亲在她的眼睛上。梁音伸手搂住他的脖子，主动亲上去，呼吸间全是他的气息。他想故技重施，盖住她的眼睛，但梁音握住了他的手，直勾勾地盯着他的脸。

他的眼睛里倒映着她潮红的脸，褪去了平时的寒意，露出藏于深处的漫漫星河。

他动情的模样性感至极，让她的心跳剧烈加速。

"严川途……"梁音情绪起伏的时候，尾音就会带上几分吴侬软语的味道，听着像在撒娇一样。

严川途的吻技还是和八年前一样烂，蛮横又冲动，完全没有任何技巧。但梁音却欢喜极了，她喜欢的这个男人，一点都没有变。从前她无法想象余生与谁共度，但现在只要想到未来有他，便充满了期待。

"我来南京，"严川途望着她的眼睛，低低道，"是找你。"

他没告诉梁音的是，他们分手后，他找过她三次。第一次，是听说她与张匪风在一起之后，他坐了43小时的飞机赶回来，在五音戏楼的门口站了一夜，没有等到她；第二次，是去年的除夕，她身边已经有了陪她看花灯的人；第三次，他给自己找了一个理由，他需要回到南京，找到创作的灵感。

"在你不知道的时间里，"他缓缓道，"我爱你，喜欢你，心悦你。"

梁音抵达北京的第七天，《长生殿》全国海选正式启动。

严川途把梁音送到面试的会场后，还要开车回工作室一趟，他九点有个国际会议推不掉，不能陪她进去候场。梁音站在路边笑眯眯地冲他挥手，让他放心地去工作，不就是面试吗，她一点也不紧张。

不紧张，肯定是骗人的。

这么靠谱的大项目，她的老师和柏松前辈都有参与，百年难遇的好机会。

梁音走进会场，扫了一圈，看到许多熟面孔，乔雅、魏今都在。梁音和魏今的目光在半空中对撞了一下，然后一起转开头。可能是因为上次的事情太尴尬，今天的魏今终于不像以前那么戏精，跟她泾渭分明。

周即白也已经到了，跟何桃、谢林坐在一起。之前他在哪，乔雅就在哪，可这次她居然没有黏着他，反而和他离得很远，简直就像在故意避嫌。

梁音心道：这是什么情况啊？

梁音虽然经常和乔雅一起上课，但对她的感情动向并不清楚，她没主动问过，乔雅也没和她提过任何关于周即白的事。

看到梁音，周即白的眼睛微微一亮，招手道："师叔，这里——"

他穿着驼色大衣，围巾在脖子上圈了好几圈，几乎挡住了半张脸，但看着一点也不显臃肿，依旧是风度翩翩的当红小生。

乔雅瞥了他们一眼，转开脑袋，低头玩手机。

"师叔，坐这里。"

何桃比周即白的动作更快，她站起来，把自己的位置让给梁音，然后她坐到周即白旁边的椅子，直接隔开了他和梁音。

谢林在一旁翻白眼，并发了一条微信吐槽她：脑残粉。

何桃：男神的帽子颜色，由我来守护！

梁音没察觉出何桃的小心思，坐到她的位置上，关心地问："你们什么时候来的？现在住哪家酒店？"

"昨天中午就到了。"周即白的视线跟着梁音移动，目光专注，藏着无法掩饰的热度和感情，"师叔，你这几天住哪里？"

梁音一脸坦荡道："我男朋友家里。"

何桃激动地"嗷"了一嗓子，一把掐住谢林的胳膊，他疼得直龇牙。

周即白的神色一僵，他张了张嘴，什么声音也没发出来，脸上的肌肉抽动了几下，表情看着像在哭又像在笑，极其怪异。

谢林看到周即白的神情，有点同情他。

过了许久，他的神色归于平静，道了一句："恭喜师叔得偿所愿。"他的千言万语和满腹苦涩，尽数藏在这一句话里。

梁音看着周即白，很认真地回了一句"谢谢"。

周即白没有说，我等你；也没有说，只要你们没有结婚，我就不放弃。在那个醉酒的夜晚，他看清楚了梁音的心。

他还是爱她，可是她之于他，比爱情更重要。

她是他年少时的光，是他的信仰。

从前他敢肆无忌惮地破坏她与别人的恋情，是因为他知道她不爱他们。可是严川途不一样，八年前他不敢拆散他们，八年后还是不敢。他怕她伤心，怕她难过，怕严川途变成她心上永不褪色的伤疤。

梁音是第一组的一号，最早进去试戏。

很简陋的一个房间，一排长桌，后面坐着五个人：柏松老前辈、制作人黄传玉、音乐统筹张老师、陈导以及她的老师魏明华。

梁音微微鞠躬，先给各位老师问好，然后做了一个简短的自我介绍。

试戏是自主选段，梁音挑了《惊变》里的经典唱段《扑灯蛾》，这段唱词讲的是杨贵妃醉酒后的娇态，"侍儿扶起娇无力"的那种美，所以非常考验一个闺门旦的身段，一个是美，一个是恰如其分。

态恹恹轻云软四肢，

影蒙蒙空花乱双眼，

娇怯怯柳腰扶难起，

…………

美甘甘思寻凤枕，

步迟迟情宫娥搀入绣帏间。

贵妃醉酒的这段戏，就像杜丽娘游园一样，是昆曲的经典唱段，每个闺门旦都肯定会学到的。魏明华被叫做"魏贵妃"，可见她演的杨贵妃多么深入人心。梁音跟着她学戏，学得最好的也是杨贵妃这个角色。

《扑灯蛾》虽然是杨贵妃的独角戏，但如果与前后剧情联系在一起，就不能只演贵妃醉酒，还得注意此刻不在戏中的唐明皇，与他保持眼神交流，俗称"调情"。

这段唱词用台步配合水袖来表达贵妃醉酒姿态的演员居多，但梁音增加了折扇的动作，或展或合，或是轻轻掩面，仅靠手中的一把折扇，一个迷蒙的眼波，就把杨贵妃醉酒后的娇态完美演绎出来。

杨贵妃是闺门旦里比较特殊的角色，闺门旦大多是指崔莺莺、杜丽娘这样还没嫁人的千金小姐，但杨贵妃却已嫁进帝王家，已经不是含蓄天真的少女。可是在表演形式上，却是要用闺门旦来演她。

与半年前梁音演的杜丽娘做对比，她的表演形式不再浮于表面，多了许多细腻的东西，浑身都是戏，低眉、浅笑、转身、拂袖，一举一动都是戏。她开口的那一瞬间，她就已经在戏里，已经是杨贵妃了。

没有凤冠霞帔，没有浓妆艳抹，她站在那，就是历史上那个"回眸一笑百媚生，六宫粉黛无颜色"的杨贵妃。

梁音唱完《扑灯蛾》后，陈导叫她来一段念白。梁音一愣，因为念白恰好是她的长项。

无论是苏白还是京白，她都会。不过她平时训练和登台都是用苏白，也说得一口流利的苏州话，吴侬软语，十分好听。

梁音心思百转，脑中快速闪过《长生殿》中的经典剧情，最后选了杨贵妃吃醋一节。贵妃吃醋和一般小姑娘不一样，她吃的是宫醋，如果醋过头，就可能失去帝王的宠爱，所以她的语气神态很难拿捏。

但正因为难，梁音才选这一段，她起了一个手势，语气哀怨道："妾自知无状，谬窃宠恩，若不早自引退，诚恐谣诼日加，祸生不测，有累君德鲜终，益增罪戾。今幸天眷犹存，望赐斥放。陛下善视他人，勿以妾为念也！"

陈导拍掌道："好！"他激动得脸都红了，"精彩！"

梁音是第一个试戏的，所以后面会不会有更出彩的杨贵妃还是一个未知数。她忐忑着走出去，到外面等通知。

梁音一出来，何桃、谢林就围过来，问她紧不紧张，感觉怎么样。

排在她后面的人是乔雅，她从他们身边经过，面色淡淡的，眼底却闪过一抹羡慕。梁音对着她的背影，说了一声"加油"。

乔雅没回头，挥挥手，微微露出一点笑意。

梁音低声和何桃、谢林说起里面的情况，评委是谁，大致流程是什么样子，让他们心里有个底。谢林经验尚可，但何桃却是第一次面试这样的大项目，平时话挺多的一人，今天连八卦的兴致都没了。

至于周即白，他是他们这些人里面经验最多的，参与过数个大项目，当年还没毕业就与苏州那边合作了《桃花扇》。无论哪一方面，他都极为出挑，落选的概率不大，唯一可以与他一争的就是刚拿下白梅奖的寇师兄。说起年轻一代的大官生，这位寇师兄肯定名列前茅，人气实力都与周即白不相上下。

梁音的信心并不大，这次来面试的旦角，有好几个都是既有实力，也有人气，身段容貌无一不佳，比小生组的竞争还激烈。

乔雅跳了一段舞蹈——《霓裳羽衣曲》，这段舞蹈出自《长生殿》中的《舞盘》，杨贵妃在翠盘上翩翩起舞，唐明皇为她击鼓奏乐，但这折戏没有流传下来，所以《霓裳羽衣曲》早就失传，而乔雅的这支舞蹈是魏明华根据大量历史资料和《舞盘》的剧本，与一个舞蹈名家一起推演出来的。

乔雅的身段非常美，尤其是水袖功，她跳完后，几个评委都被震撼了。

美，太美了。

乔雅在评委的掌声中谢幕，她和梁音的表演让五个评委对后面的表演充满期待，但直到所有闺门旦试戏结束，也没出现更大的惊喜。

之前备受关注的魏今，表现得四平八稳，没有犯错，也没有太抢眼的地方；而另外一位高人气男旦崔砚之，在看到评委之一是柏松老先生后，直接弃权。崔砚之十三岁拜在柏松门下学戏，十七岁成名那一年，这对师徒反目成仇，从此再不见面。如果崔砚之知道柏松参与这个项目，根本不会应邀前来试戏。

旦角组面试结束后，房间里爆发了一场讨论。

黄制片心中最满意的人选是乔雅："她的身段、脸型，就是最适合演杨贵妃的人。而且她的大戏经验丰富，在年轻观众里的人气也高。"

陈导却更喜欢梁音的表演方式："梁音的唱腔和念白都叫人太惊艳了。不选她，太可惜了，年轻一代的闺门旦里面，她的唱功能排进前三，不，应该说是最好的。青出于蓝而胜于蓝，魏老师带出了一个好徒弟。"

轮到张老师，她和陈导一样选了梁音，赞叹道："她是我见过最有灵气、最有天赋的昆曲演员，我看过她演的陈妙常，至今念念不忘。"

黄制片笑着向魏明华询问道："魏老师是什么想法？两个都是您的学生，手心手背都是肉，您要是弃权，我们也可以理解。"

"她们两个啊，各有各的好，缺点也同样明显。"魏明华叹了一口气，"小乔的唱功不如音音。音音呢，换行当不足一年，身段上稍显不足。"

张老师问："那您想好了吗？"

"真论起来，音音更出彩一些，但我投小乔一票。"魏明华解释道，"不是我这个做老师的偏心，音音是我教过的最有天赋的人，但她走得太快、太顺，性格也太傲了。我希望她能静下心，再跟着我学几年戏。小乔和音音相反，小姑娘内心敏感、自卑，她需要更多的机会去证明自己，需要外界的认可。"

陈导急道："魏老师你不再考虑考虑？你也说了梁音更出色。"

张老师和陈导轮番劝说，但魏明华还是坚持自己的选择，她认为一个学生需要沉淀，另外一个则需要磨炼，这是最好的安排。

现在二比二票平，只剩下柏松没有投票。他今天没有发表过任何看法，他们四个人的投票结果通常为三比一，他乐得当甩手掌柜。但现在情况特殊，他手里的票居然成了关键的一票，决定权到了他手里。

柏松摸摸雪白的胡须，慢悠悠道："在我看来，昆曲舞台只讲究实力，你能行，你就上。梁音这个小姑娘傲气吗？是傲气，可她不傲慢啊，也没有恃才傲物。她的傲气，源自她对专业的自信。现在有哪一个名角不傲气，魏老师从年轻的时候就傲到现在，我们讲你了吗？"

柏松里里外外把魏明华反驳了一遍，就差没明摆着说：你就是一个偏心眼。

魏明华的脸色不好看，她是真觉得自己冤枉死了，她要是不喜欢梁音，怎么会收她当徒弟，倾囊相授？梁音现在已经闯出了名气，看着是花团锦簇，但她却怕梁音被外界的盛誉迷了眼，没办法静下心学戏。她想压着梁音再打磨两年的戏，至少要把闺门旦的几个大戏都学好了再出师。

黄制片出来打圆场："那A角就定梁音，B角用乔雅，要是小乔不愿意当备选，就看看魏今、徐瑶瑶的档期。"

一般这样的大戏，男女主角都有两个，在A角出现问题时，B角顶替。所以可能出现这样一个情况，B角辛苦训练几个月，但最后连一场都没登台。

乔雅档期一直很满，他们也不确定她愿不愿意来当备选。但没想到，乔雅想也不想就答应了，态度十分谦虚："能和全国各地最优秀的老师交流学习，我非常高兴。"

梁音很意外，既意外乔雅愿意留下来当备选，也意外自己能演杨贵妃。

小生组的A角是周即白，B角敲定了寇师兄，但他因为档期缘故，无法长期留在剧组参加封闭式的训练，所以推辞了。最后B角改为谢林，他倒是十分开心，哪怕没机会上台，也能攒下很多经验。

何桃面试杨贵妃失败，但《长生殿》中六旦和贴旦的角色不少，她试了杨贵妃身边的宫女的戏，也留在剧组，将与梁音等人进行为期三个月的训练。

黄制片给大家三天的准备时间，元旦过后来报到。

合同签完，梁音几人一起出去，还拉上了乔雅，想着一起吃个晚饭，聊聊天，以后都在一个剧组，抬头不见低头见。

刚出场馆的大门，梁音就看到许久未见的张匪风。

上次见他憔悴又邋遢，跟只狗熊似的，今天却是人模人样，这么冷的天气，居然就穿了一身西装，靠在一辆特骚包的跑车上，手里捧着一束白色绣球，这是乔雅最喜欢的花。一看到乔雅，他的眼睛就亮了。

"小乔——"他举着绣球花冲乔雅招手，笑容灿烂，露出一口白得发光的牙。

乔雅疾步走过去，掩面道："赶紧走，丢不丢脸啊？"

"小乔，花……"

"你就不能少犯二吗？哪借来的跑车，还是大红色，你是成心想让我变成剧组里的大八卦。"乔雅嘴上骂得凶，但还是收下了他送的花。

"你上次说我不浪漫，不会谈恋爱。我就上网百度了，据说你们女孩子都喜欢男朋友开着跑车来送花，你怎么看起来还是不高兴？"

"白痴啊你？"

张匪风打了一个喷嚏，鼻头红红的："那你喜欢什么啊？"

"零下几度的天气，你就穿这么点衣服？"乔雅摸了一下他的手，又冰又凉，"在外头等多久了？"

张匪风得寸进尺，顺势握住她的手："刚来一会儿。"

乔雅冲他翻了一个白眼，又骂了一声"白痴"。

张匪风笑呵呵地打开车门，细心地把手放在乔雅的脑袋上，防止她碰到头。关上车门，他转头看了一眼周即白，目光冷飕飕的，带着毫不掩饰的敌意。乔雅见他一直不上车，叫了他一声，他立马屁颠屁颠地上车开走了。

围观完全程的四人，除了一脸漠然的周即白，都惊得说不出话。

"所以这是怎么一回事啊？"谢林嗫嚅道。

何桃道："我刚还以为小乔师姐签B角是为了周师兄，我有错，我是小人。"

周即白的脸上写着四个字：与我无关。

"我只知道张匪风在追小乔，但我不知道他已经追上了。"梁音说完，又道，"也可能还没追上，还在考察期。"

梁音在心中默默感慨，果然这年头想要抱得美人归，就得不要脸。

比如张匪风，比如她自己。

音音，你是这世上最讨人喜欢的姑娘。

十二月的最后一个晚上，应景地下起了雪。严川途的楼下种了一片红艳艳的火棘，挂着雪，红白相映，格外好看。

冬天的景，不如春天的烂漫，也没有夏日的张扬，秋天的诗意。

但在梁音看来，这个冬天万物可爱。

电视上是跨年晚会的直播。再过半个小时，就是新的一年。平时梁音是十点休息，今天为了和严川途一起跨年，她愣是喝光了一壶浓茶。

梁音有点舍不得严川途，才复合不到十天，就要分开三个月。

她元旦过后要进组，开始为期三个月的封闭式训练，其间不允许使用手机、电脑等电子产品。能参与这样的大项目，梁音自然高兴，但三个月听不到严川途的声音，也见不到他的面，万一魏今在外面又闹出什么幺蛾子怎么办？

"三哥哥……"她拖着音喊他，软绵绵的，像在撒娇。

"嗯？"严川途戴着眼镜，把电脑放在膝盖上办公，听到梁音叫他，疑惑地朝她看去。女朋友一开始作妖，就会怪声怪气地喊他。

梁音的苏州话说得好听，喊他"三哥哥"就和调情没两样。

每次她这么喊，他的耳根都会变红。

"三哥哥。"梁音从沙发上爬到他身边，抱着他的脖子，一脸笑意，"马上就是新的一年，不如我们换一种身份谈恋爱吧。"

"所以？"他含笑看着她。

"所以我们结婚吧。"梁音的眼睛满满都是笑，既撩人又漂亮，任谁被她这么直勾勾地看着都受不了，"明早就去扯证。"

梁音美滋滋地想：结了婚，人就是她的，跑不了了。

严川途把电脑放到一边，转过身望着她。雪白的灯光下，他的神色显得很温和，他伸手扶住梁音，免得她掉到地上。

他盯着梁音看了许久："如果结婚了，你就没有后悔的机会了。"

"严川途，你大概是不知道自己有多好，你那么好，应该是我怕你后悔。"梁音把脸靠过去，靠在他的肩膀上，声音轻轻地说，"我脾气不好，性格不好，除了一张能让你记住的脸，哪都不好。"

"我不是因为能记住你的脸才喜欢你，而是因为爱上你，才记住了你的脸。"严川途亲了她一下，语气很温柔，"音音，你很好，特别好。"

梁音感动了三秒钟，仰起脸，凶巴巴地问："你现在怎么那么会说甜言蜜语？说，你是不是被人调包了？"

"是你说，你猜不透我的心思，什么事都不和你说。"严川途握住她竖起来的手指，大手包着小手，唇角带着淡淡的笑意，

"我再三反思，以后你想听什么，我就说什么，这样你才不会嫌弃我。"

"那是气话啦。"梁音不好意思道，"严川途，对不起啊。"

她怕严川途翻旧账，急忙忙地亲上去，结果没控制好力气，直接把人推翻了，还在他的嘴边磕出一个牙印。

严川途没顾上自己的伤口，两只手都抱着梁音，怕她摔下去。

"三哥哥……"梁音犯错和犯浑的时候，就喊得格外好听，态度也格外好，但这个时候都不忘占便宜，"我亲你一下就不疼了。"

严川途翻了一下身，与梁音的位置对换，变成她被压在下面。她直勾勾地盯着严川途，完全不知道羞涩为何物。

窗外天寒地冻，公寓里却十分暖和，落地窗上倒映出他们拥吻的剪影。

缠绵又暧昧。

许是她的视线太直白，严川途忍不住伸手捂住了她的眼睛。

梁音在一片黑暗里说道："严川途，你看过《神雕侠侣》吗？你亲我的时候总捂着我的眼睛，就不怕以后我像小龙女一样认错了心上人？"

"胡说八道。"虽然这么说，但他却挪开了手掌。

梁音的眼睛亮晶晶的，里头盛满了得意的笑。严川途看着她的笑，唇角微微上扬，也忍不住笑了。

"严川途，你到底要不要和我结婚啊？"梁音把话题绕回来。

他像在考虑一样"唔"了一声，梁音的脸色立刻变得紧张："你该不会想拒绝吧——你要是敢拒绝，我就杀了你，再自杀，咱俩一起殉情。"

"我在想，求婚这种事应该我主动。"

严川途把脖子上的项链摘下来，梁音的目光跟着它移动，这一次终于看清了项链上挂的东西是一枚钻戒。款式复古，而且很独特，状似一把拂尘。严川途把戒指套到她的无名指上，大小恰恰好。

严川途微微低头，亲在她的戒指上："它叫思凡。"

从在南京重新遇到严川途开始，她就注意到他脖子上的项链，只是底下的戒指一直被他藏在衣服里，她不曾发现。

梁音的声音微微有些哑，动容道："所以你一直带着它？"

"嗯。"

她一头扎进严川途的怀里，默不作声地抱着他。强烈的悔意在此刻冒出来，她忽然意识到自己就是一个渣。他们分开的八年里，她没有想起过他，重逢后甚至没有第一眼认出他，她的爱太过廉价……和轻率。

此时跨年的钟声终于响起来，电视里的主持人正对着全国观众说新年好。这个没有烟花爆竹的新年，依旧充满了人间烟火。

严川途含笑道："新年好，严夫人。"

"新年好，严先生。"

1月2日，早上十点。

梁音和严川途在民政局领了结婚证，她如愿以偿地换了一种方式与严先生谈恋爱。遗憾的是，这对新婚夫妇即将分开长达三个月。

严先生开车将严夫人送到剧团。

他从后车厢里拿出一大袋包装好的糖果递给梁音，后者一脸疑惑地看着他。

"喜糖，你拿去分给同事。"严川途一脸正经道。

梁音没意识到这个举动有什么含义，"哦"了一声就乖乖地接过来："你什么时候买的喜糖，我都不知道。"

"昨天谢林来家里送户口本的时候。"

他们昨天没能扯证，不是因为民政局元旦不上班，而是因为梁音没带户口本。刚好谢林前几天回南京交接工作，她就托他去家里找户口本。但他昨天到北京的时候已经是晚上七点多，这时间民政局都下班了。

"还是你想得周到。"梁音点点头，"那我进去了。"

"嗯。"

严川途站在台阶下方看着梁音，她走到一半，忽然转过身，哒哒哒地跑下来，冲到他面前："亲一下再走。"

她站在台阶上，刚好跟他一样高，凑过去，一口亲在他的嘴巴上。她今天涂了橘黄色的口红，以至于严川途的嘴边也染上了她的颜色。

撩完她家的严先生，梁音提着他们的喜糖，心满意足地走了。

严川途回到车上，才发现脸上沾了她的口红，本来面无表情的脸，在一瞬间软化，嘴角微微扬起一个愉悦的弧度。

窗外的雪已经停了，今天仍旧万物可爱。

梁音一走进剧团，就被何桃和谢林围起来，两人八卦兮兮地盯着她。梁音丝毫不觉得尴尬，笑眯眯地拿出喜糖，一人塞了两盒。

梁音逢人就发喜糖，收到一堆的祝福，她也认真给每一个人回答"谢谢"。

谢林看着她傻乐的模样，忍不住担心道："师叔，你们才复合十一天，这婚是不是结得太仓促了？干吗不等集训结束？"

梁音拿折扇摇了摇，"啧"了一声："就是因为我未来三个月都见不到严川途，所以才需要想个招把人套牢。毕竟人可以一时眼瞎，不能一辈子眼瞎，我这不是担心我们分开太久，他忽然就清醒了。"

"好有道理哦。"何桃一边吃糖一边点头赞同。

谢林一脸无语："有道理个鬼。"

何桃用怀疑的小眼神瞅着他："小林子你是不是暗恋师叔啊，干吗对他们结婚的事情反应这么大？严先生和师叔多配，这就是神仙眷侣啊。"

"小核桃你的眼睛可以捐出去了。"谢林怼完何桃，继续说，"我担心的是师叔吗？我担心的是严先生，万一师叔又当了负心汉，那不就造孽了。他们结婚用的户口本，还是我送去的，我岂不是成了师叔的帮凶。"

梁音拿折扇敲了一下谢林的肩膀，笑骂了一声："滚犊子。"

何桃是墙头草，闻言居然点点头："小林子，你说得好有道理哦。"

"单身狗懂什么。"梁音微微一抬下巴，理直气壮道，"你们觉得仓促，我还觉得这婚结得太迟，什么叫天生一对，命定三生，说的就是我和严川途！我现在就后悔，八年前我怎么没把人拴牢了。"

谢林受不了，感觉起了一身的鸡皮疙瘩，鄙视地"呷"了一声："好酸。"

"师叔你结个婚，咋变酸溜溜的。"何桃跟着吐槽。

他们三人正互相吐槽着，此时走廊那边的大门开了，周即白和柏松、黄制片等人一起走出来。他是《长生殿》的男主角，所以早上一过来，就被导演喊过去讲戏，恰好错过了梁音分发喜糖的那一幕。

柏松见他们大家都拿着喜糖，好奇道："谁结婚了？"

梁音笑盈盈地应了一声。严川途准备的喜糖很多，还剩几十盒，她提着袋子走过去，一人发了两盒。

周即白的目光落在手里的喜糖上，盒子上的花纹是俗不可耐的大红"囍"字，含义特殊而明显。他脸上的血色一点点褪去，手指颤了几下，又紧紧捏住喜糖。他早有心理准备，却没想过她会这么快成为别人的妻子。

他想对她说，新婚快乐。

但声音都堵在嗓子眼了，嘴皮动了好几下，却一直没说出口。

周即白沉默地垂着眼，他用尽力量才不至于让自己失态。谢林担心地看着他，站在角落里的乔雅也担心地看着他。

"我去下洗手间。"

周即白扔下这么一句话，匆匆走掉，背影透着几分狼狈。

梁音往前走了一步，没有追过去。她看向谢林，示意他去看看周即白。果真是窝边草吃不得，现在这样怄闹心。

她忽然才明白过来，为什么严川途会特意准备喜糖。

他知道《长生殿》的男主角是周即白，但出于对她工作的尊重，他没有提出任何反对意见。可私下却醋得上头，暗搓搓地准备了喜糖。

洗手间。

水龙头哗啦作响，腊月寒冬的凉水拍到脸上，冷彻心扉，周即白的身体颤抖着，青筋在皮下不断鼓动。

他把手撑在洗手台，脸上湿漉漉的，头发上也全是水。

她结婚了。她嫁给了严川途。

戏里他们是情深恩爱的杨贵妃和唐明皇，陈妙常与潘必正，杜丽娘与柳梦梅，但现实里，他心爱的师叔却嫁给了别人。

他应该死心的，早该死心的，但知道她的婚讯，还是控制不住情绪。

"师兄。"

乔雅的声音在男厕所的门外响起，她在门外挂了"维修中"的牌子，走进来，关上了门。厕所里没有别人，只有她和周即白。

"你来做什么？"周即白的语气有些冲，"看我的笑话吗？"

"师兄，我在你心里就是一个愚蠢又恶毒的女人吗？"乔雅穿着红色羽绒服，衬得她的脸更白了，一点血色也没有，"我，我就是……还欠你一声对不起。如果不是我，或许你和师叔还有机……"

"别说了！"周即白打断她的话，"是我咎由自取。"

"师兄……"

"我不想听。"周即白抹了一把脸上的水珠，神色颓废，"不要再说让我产生期待的话，我不想变成一个恶毒的人。"

如果死缠烂打、机关算尽就能挽回梁音，他一定会这么做。

可无论他做什么，梁音都不会回头，那他又何必耗尽他们最后的一点情分。她不仅是他爱的人，还是他的师叔，是他没有血缘关系的亲人，是在大雪里将他带回家的人，是他的信仰和救赎。

乔雅红着眼眶道："对不起，师兄。"

她曾经疯狂地想要得到他，可是没有梁音的周即白，魂也跟着一块没了。

严川途到公司后，给所有人都发了喜糖，包括门口的保安和扫地的大妈。这个男人平时一本正经，不苟言笑，浑身上下散发着一股闲人勿近的高冷气场，但今天却极为平易近人，温和得像变了一个人。

许助理在他的行程里安排了商务活动，他都没有反对。许助理十分欣慰，这男人结婚了，就知道养家糊口的重要性。

然而到了晚上，许助理才知道自己想多了。

老板还是那个除了拍照，什么都不想管的老板，他之所以出席商务活动……

严川途一直很低调，甚少出席这样的商务活动，所以今天一来，就是大家的焦点。他手上戴着婚戒，十分打眼。只要有人问，他就不厌其烦地告诉他们："是的，我结婚了，今天早上领的结婚证。婚礼要看我夫人的行程，她很忙。"

严川途的婚戒与梁音戴在手上的那枚"思凡"是对戒，八年前他在荷兰定制的，款式相似，同样是以拂尘做装饰，但细节却有细微不同。这枚男款戒指，之前一直被他收在抽屉里，求婚成功后，他就戴手上了。

酒会上有不少人都认识严川途，纷纷向他贺喜。

许助理听到一些人夸严川途性格好，不像传闻里那么冷淡，不由得嗤之以鼻。

万万没想到，他的老板会是这样的人。

他今天来参加酒会，只是为了秀恩爱，想让所有人都知道他结婚了。

酒会持续到晚上十一点，严川途喝了酒，不能开车，许助理送他回去。他对酒精过敏，所以晚上一直是严川途帮他挡酒。能让老板给助理挡酒的，也就许助理有这个待遇了，说出去都没人信。

许助理一毕业就跟着严川途，说是下属，严川途却把他当学生一样带着。

许助理这几年在摄影圈渐渐闯出名头了，但从来没想过另起炉灶，不仅因为工作室的待遇好，更重要的是那份师徒之情。

这么多年了，他没见过老板像今天这样开心。

恨不得昭告天下：他结婚了。

严川途的酒量很好，而且一向克制，从不会让自己喝醉，今晚却是来者不拒。他一上车就闭着眼睛休憩，脸上带着几分醉意。

"南山，"严川途忽然说，"我好像在做梦。"

许助理正在开车，不知道如何接话，他想了想，认真地回答道："老板，您没有在做梦，只是酒喝多了。"

"我和音音结婚了。"

"是的。"

"像在做梦。"

老板大概是真的喝醉了，不然不会说这种话。

"我学了很多东西，总想着，有一天回去找她，她就不会再嫌弃我。"严川途闭着眼睛低低道，他真的醉糊涂了，什么话都往外讲，"她喜欢什么，我就学什么。是我不够好，她才总是没有安全感。"

"老板，你醉了。"许助理的小心肝乱颤，生怕听到什么不该听的话。

严川途应了一声"嗯"，醉酒后的声线性感至极："八年前我就醉了。"醉倒在那一场《思凡》里，不曾醒来。

不是因为看清了她的脸才上心，而是一眼就动了情。

严川途闭着眼，唱起了《思凡》里的词："佛前灯，做不得洞房花烛。香积厨，做不得玳筵东阁。钟鼓楼，做不得望夫台……"

他的音比较低，与梁音唱的完全是两个感觉、两个版本，但却别有滋味，一声声绕在心头，当真温柔又缠绵。

许助理不懂昆曲，却从这里面听出了他压抑的情愫。

《长生殿》的封闭训练为期三个月。

封闭式的训练很苦，一开始大家都不习惯没有网络的生活。

但在巨大的压力之下，很快就没心思想些有的没的，哪怕是刚扯证的梁音都没空去想独守空房的严先生。

因为《长生殿》中有许多折戏已经失传，他们等于是从头开始学，除了唱腔、手眼身法步，还有文化课要上。女主和男主，也就是梁音和周即白的训练尤其繁重，周即白要学打鼓，梁音要学舞蹈，还有制香、品酒、仪态等一系列的课程。简而言之，杨贵妃和唐明皇会的东西，他们也必须得会。

梁音在短短一个月内就瘦了十斤，但精气神却很好。

其间严川途来看过她一次，以采风为理由，光明正大地进来，还给她带了润嗓子的冰糖雪梨水。她这几天有点咳嗽，影响了发音。她的手机早就上缴了，估计他是从柏松老先生那里打听到她的情况的。

之后的一个礼拜，柏松老先生每天乐呵呵地帮某人偷渡冰糖雪梨水。

何桃和梁音住一个宿舍，每天吃狗粮都吃到撑。

以前窗户纸没捅破的时候，他们俩就腻歪，现在结婚了更肆无忌惮。

严川途并没有太高调，等梁音的咳嗽好了，他的爱心糖水也就停了。

训练很苦，不只主角苦，配角也苦，唱腔要一句句地磨，身段要反反复复地练。时间太赶了，这样的大项目，花上一年来准备都不为过，但经费、场地都不允许。何况，现在的团队是汇聚了全国各地最优秀的昆曲演员和幕后工作者，每个人的档期都很紧张，他们属于不同的剧团，不可能长期留在北京。

时间不够，那就只能拼命挤压休息时间，抓紧一切时间训练。

谁都没喊累，都在挑战自己的极限。

而且能和这么多优秀的演员、前辈一起合作，是极其难得的机会，梁音身上的开门行当痕迹太重，一直饱受诟病，但在柏松老先生的指导下，她在身段上有了质的飞跃，一段《霓裳羽衣曲》惊艳至极。

剧组里没有秘密可言，当初选角时发生的事，隐隐约约传了出去。和梁音关系好的都觉得魏明华太偏心乔雅，同情梁音的遭遇，要不是柏老先生慧眼识珠，当了一回伯乐，这个戏的女主角指不定是谁呢。

乔雅因为这个原因，自个儿觉得尴尬。但梁音几回护着她，她们不合的流言蜚语就散了，加上训练繁重，渐渐地就没人再讲这件事。

当初梁音听到这个传闻，心中惊讶，却又怕误解了老师，不敢去问。

最后是严川途打电话给柏松老先生，跟他求证了这件事，正如传言那样，在她和乔雅之间，魏老师选了乔雅。虽然柏老先生讲得比较含蓄委婉，但梁音还是一下子听懂了，脸上火辣辣的。

她本以为魏老师对她的印象已经改观，结果却如魏今所言，老师是一个固执的人，对人的第一印象就决定了看法，会收下她已经是奇迹。

说不伤心，肯定是假的，梁音为此郁闷了好几天，憋着一口气，愈发想证明自己。无论训练多苦多累，都咬牙撑着。她没有舞蹈基础，为了跳好《霓裳羽衣曲》，那段时间她每天只睡四个小时。

正因为梁音的努力，所以才有了这一场惊艳无比的舞蹈。

2月11日是除夕，但梁音他们没有放假，陈导怕放他们回家过一个年，心就野了，所以他们还是照常训练，只是晚饭吃得丰盛一点。

梁音有点想严川途，如果这个时候他们在南京，就可以去夫子庙看花灯。

明年吧，明年的除夕，他们一起守岁。

从食堂出来，梁音没有立即回宿舍，站在走廊上，看着外头亮堂堂的灯光，不安分地想道：要不要爬墙出去呢？

空中"砰"的一声，忽然炸开一朵烟花，绚烂至极。

梁音看着空中灿烂的烟火，暗道：谁的胆子这么大，居然在市区放烟火，大过年的是想去看守所住几天？

这个夜晚，到处都是除夕的气息，唯有她形单影只。

严家。

除夕的年夜饭，是他们一家人聚得最齐的时候，哪怕是前几年，严川途在这天也一定会回国和家人吃团圆饭。

严川途下午一进门，就遭到爷爷奶奶的审问。

"老三，你女朋友呢？"

"你说过年的时候，要带女朋友回来见我们。"

全家除了见过梁音的严妈妈，所有人都怀疑严川途虚构了一个不存在的女朋友，大半年了，连张照片也没瞧见。

严妈妈担心地问："音音呢？你是不是惹她生气了？她怎么不来咱家过年？"

大哥闻言，露出惊讶的表情："妈，老三真的交了女朋友？你该不会被他忽悠了吧？我听说他最近都睡在工作室，哪像有对象的人？"

严川途把脱下来的大衣挂到衣架上，面无表情地扔下一颗炸弹："我结婚了。"

一家人齐齐露出惊讶的表情："啥？"

"我媳妇儿在剧团训练，没放假，所以不能来过年。"严川途把提回来的袋子打开，拿出里面的礼物，一件件放到他们面前。

妈妈的是红宝石耳环，爸爸的是棋盘，大哥的是一支钢笔，二姐的是她心心念念的小红锁手链，奶奶的是一条手工围巾，而爷爷的则是梁音写的一副草书：与天地兮比寿，与日月兮同光。

礼物都不是很贵重的东西，但却送到了所有人的心坎上。

"我之前还奇怪，为什么外头传言你结婚了。"爷爷拍着桌子道，"臭小子，结婚这么大的事，外人都知道了，我们居然还被蒙在鼓里。"

严川途把责任都揽在自己身上："最近太忙，忘记说了。"

"这么大的事，你也能忘。"严爸爸一边欣赏棋盘一边说道，"还有你一声不吭地和人家姑娘扯证，你岳父岳母不得打断你的腿。"

"对啊，婚礼打算什么时候办？还有，我们什么时候去见亲家，得把提亲的流程也给补上，礼数做足了，这样人家才能放心把姑娘嫁到我们家。"严妈妈急道，"你和音音商量了日子没有？"

严川途沉思片刻："婚期定在十月初。"

梁音的训练要到三月份结束，之后还要全国巡演，婚期定在下半年，时间比较充裕。

"提亲……"严川途知道梁音和梁女士关系恶劣，他也不想他们的婚事因为梁女士而闹得不愉快，而她父亲在国外，连梁音都联系不上，平时都是他寄东西回来，才能知道他在哪里，"她爷爷过世了，父亲在国外，现在关系最亲的人是她老师魏明华。年后我约个时间，我们上门拜访。"

没有人问梁音的妈妈在哪里。严妈妈询问了一番她老师的性格和喜好，要准备什么礼物，一家人围着这个话题聊开了。

吃过年夜饭，严川途开车回家，经过一条挂满花灯的古街时，停下了车。

他下车买了一盏花灯，上面画着拿着拂尘的赵色空，烛火映衬下，那灯上的美人似要活过来一般，笑盈盈地望着他。

严川途开着车，不知不觉就开到了梁音训练的地方。

美人灯精巧可爱，他提在手里，竟也不觉得违和。他走到铁门边，停了下来，正想给柏老先生打个电话求助，目光微微顿住。

他家严夫人，穿着厚厚的羽绒服，戴着毛茸茸的帽子，包着围巾，只露出一双亮晶晶的眼睛，正往他这边冲过来。

梁音刚才无聊地对着烟花许愿，想要严川途立刻出现在她面前。

烟火刚放完，她就看到了人。

训练基地的铁门很高，大概有三米，而且上头都削尖了，爬是爬不出去。两人隔着铁门对视，又齐齐笑起来。

梁音很少看到严川途笑，他笑起来可真好看。

让她心醉，又让她抑制不住想要亲吻他。

梁音把手伸出去一点，勾住严川途的手，握住了，就不想再撒手。

"你怎么来了？"她笑着问。

严川途握着她，帮她暖手，眉眼在灯光下显得格外温和："开车路过。"

"咱家和剧团是两个方向，怎么可能路过？"梁音很开心，笑得眼睛都弯了起来，"严川途，你是不是想我啦？"

"是，我想你了。"严川途坦荡荡道。

"我也很想你，但是陈导不让我们用手机，小林子藏了一个游戏机，被他发现，被训了好几天，老惨了。"

"那你乖一点，三个月很快就过去了。"

"严川途，你这语气好像我爷爷啊，不，是像送小朋友去幼儿园上学的爸爸。"梁音一边笑一边说，"我才不会那么不知轻重，他们都夸我进步很大。严川途，你说，我能不能靠《长生殿》这个戏拿奖？"

严川途道："拿不拿奖，你在我心里都是最好的闺门旦。"

"你今天晚上吃糖了吗？怎么说的都是甜言蜜语。"梁音笑得更灿烂了，眼睛里落满亮晶晶的星光，她把头靠在铁门上，瞟到他手里提的花灯，顿时想起了八年前的除夕夜，露出怀念的神色，"你还记得啊？"

"你送我的花灯，也画了思凡，与这盏灯很像。"

"我还在上面题字了。"梁音回忆道。

严川途提着花灯，含笑道："与你人间白首。"

梁音又笑了，不好意思地垂下眼皮。她从前说的情话俗不可耐，可从严川途的嘴巴里说出来，却泛着甜，也格外地动听。

他们立在寒风里说话，谁也没想过放开手。

严川途说起他们的婚期，还有双方家长见面的事。梁音不是不懂人情世故的小姑娘，她没结过婚，可看过别人结婚。他不希望她的婚礼比别人少了什么，她父母不在身边，他就帮她请老师出面主持。

"音音……"

"嗯？"

"婚礼那天，要请梁女士吗？"他问道。

"我不想让她参加我的婚礼，也不想让人知道我和她的关系。如果你家人问起，就说她……"梁音犹豫了一下，"就说她和我爸离婚后，我就再也没见过她。"

"好，我们不通知她。"

她最糟糕的一面，严川途都看过，所以她在他面前毫无顾忌："江江问我恨不恨梁女士，我说不恨，我只将她当做陌生人，其实我是恨的。她追求的爱情，让我觉得很自私……严川途，你会不会觉得我很不孝？"

"音音，你是这世上最讨人喜欢的姑娘。"严川途亲了一下她的手，微微抬起眼皮望着她，眼中满满都是她的影子。

梁音被他哄笑了，谈及梁女士而带来的坏情绪一扫而空。

"严川途，以后你就是我的家。"

他"嗯"了一声，神色很温柔，他把花灯的提手放到梁音的手里，让她站在原地等他。梁音一脸困惑，看着他走进对面的便利店，过了一会儿，他从里面搬出来一架梯子，手里还提着一个空的花篮。

"你该不会是想爬进来吧？"梁音惊诧道。

"不是。"严川途含笑道。

严川途拿回花灯，把它用一根缎带固定在篮子里，又将麻绳绑在篮子的提手上。他爬到梯子的最上面，提着篮子，慢慢用麻绳吊着往下送。

梁音仰着头看着慢慢往下放的花灯，眼底变得潮湿，眼角泛起了红。

她伸手抱住篮子，脸上露出了笑，眼睛都笑得眯了起来，眉梢眼角皆是春色。她把花灯提在手里，仰着脸，望着月色中的心上人。她喜欢他，她爱他，她要未来的每一天都有他。

严川途坐在梯子上，看着她的笑，唇角也慢慢露出一点笑意。

这个除夕，是梁音过得最痛快的一个除夕。

一盏花灯，足矣。

戏比天大，这是我们必须要守的行规！

两个月后。

《长生殿》在北京天桥剧场公开首演，分上中下三本，连唱三天。以定情、霓裳羽衣曲、马嵬惊变串成一条主线，故事终于杨贵妃的死亡。而原剧本里，杨贵妃死后先变成了鬼，而后成仙，最终与唐明皇终成眷属。

柏松老先生经过多方考虑之后，在尊重原剧本的基础上，不修改任何台词，仅删除了杨贵妃死后的剧情。主要是因为两个原因：一个是时间问题，整个戏比较长；一个是悲剧更震撼人心。这样改编，唐明皇的戏份就变少了，两个经典剧情都没了，但杨贵妃却更深入人心，有利有弊。

《长生殿》首演那天，满堂喝彩。

梁音演的杨贵妃惊艳了所有观众，尤其是《春睡》那一折戏，让人直观地感受到杨贵妃的美和风流意态。为什么她能迷倒唐明皇，集三千宠爱于一身，看完《春睡》这一折戏就能明白了。

周即白不是第一次演大官生，经验实力都不缺，在台上与梁音配合得极为默契。

平时他面对梁音要压抑着自己所有的感情，但在台上，完全不需要，他是唐明皇，她是杨贵妃，他们是千古佳偶。

他放任自己入戏，与她在戏里恩爱缠绵。

真想一辈子与她活在戏里。

但看到坐在台下的严川途，周即白就清醒了。从《长生殿》的第一场演出，严川途就一直在。就像当年一样。她去哪里演出，他就跟着去哪里看她演出，永远坐在第一排的位置，不曾缺席。

北京站的三天演出，魏今也去看了。

她的票也在第一排，恰好就在严川途的左手边。她安安静静地看着，想知道自己到底哪里不如梁音。

看到《春睡》时，她觉得是外形输给了梁音；看完《舞盘》，她觉得是身段不如梁音的美；等看完全本的《长生殿》，她不得不承认自己引以为傲的唱腔也不如梁音。同样师从魏明华，但无论是天赋还是毅力，她都不如梁音。

或许她姑姑说得对，她把太多的心思放在无关紧要的事情上，所以无法成为一个顶尖的昆曲演员。

昆曲舞台是一个讲究实力的地方，你唱得好不好，功夫有没有到家，行内人一看就知道。魏今看过梁音版的《牡丹亭》，有形无神，那时候她才换行当，手眼身法步都有改进的空间，可短短一年，她已然脱胎换骨。

看过这一场戏，魏今输得心服口服。

此时台上已经演到尾声，杨贵妃在马嵬坡与唐明皇诀别。

传统的折子戏也有这一出，杨贵妃死亡之前的情绪是悲伤、绝望的，但梁音演的杨贵妃哀而不伤，是从容赴死，是有尊严的赴死。她把杨贵妃决绝的一面，聪慧的一面，情深的一面，表现得淋漓尽致。

臣妾受皇上深恩，杀身难报。今事势危急，望赐自尽，以定军心。陛下得安稳至蜀，妾虽死犹生也。算将来无计解军哗，残生愿甘罢，残生愿甘罢！

陛下虽则恩深，但事已至此，无路求生。若再留恋，倘玉石俱焚，益增妾罪。望陛下舍妾之身，以保宗社。

梁音演的杨贵妃，哪怕是死，也是从从容容的。

她的搭档同样出彩，戏衬人，人衬戏，都是相互成就的，他眼中含泪，把对杨贵妃的不舍和痛苦完全展露出来。

谢幕后，观众恋恋不舍地散场。

魏今拦住严川途，她最近换了发型，衣服风格也有一点变化，所以虽然面对面，但严川途却没认出她。

魏今心中悲愤，脱口道："除了梁音，你就不能也记一下别人的脸吗？"

她开了口，严川途才认出她，不紧不慢道："没必要。"

严川途心中记挂梁音，不想与魏今多做纠缠，正要绕过她走开。但魏今伸手一拦，故意挡住他的去路。严川途略略抬起眼皮，看了她一眼，然后目光就落到旁边的舞台上，神色冷淡而疏远。

魏今不是来找碴儿的，但看了三天的《长生殿》，本来就受了刺激，再看严川途这副避之不及的态度，心里更不舒坦了，说出来的话就有几分口不择言："你急着去找梁音，是担心她和前男友旧情复燃？"

严川途冷声道："魏小姐，话不要说得太难听。"

"嫌难听也是实话。"魏今看到他手上戴着婚戒,目光微微一黯。她在严川途面前向来是温柔又和气,还是第一次失了分寸,什么话戳他心窝就说什么话,"严老师,看在我们两家认识多年的分上,给你一个提醒。梁音这个人没有心,她对谁都是一时兴起,爱的时候比谁都认真,都热烈,可是不爱的时候,你就什么都不是。她待你算是长情的了,当初跟你交往一年才分手,别人可没这个……"

"魏今!"严川途呵斥道,打断了她下面的话。

她微微一笑,用手拨开掉到脸颊边的碎发,声音轻悠悠的:"严老师恼羞成怒了?别啊,这可不像您的风度。"

严川途沉着脸,没有说话。

他没有必要向外人解释他们的感情,从始至终他都是信梁音的,她爱他,直白又热烈,没有一点掩藏。如果因为《长生殿》的男主角是周即白,他就阻止她接戏,这不仅是对她的不尊重,也是对他们感情的不信任。

工作归工作,没有必要与个人感情掺杂在一起。

"对了,祝你们新婚愉快。另外,你可以放心,我以后不会再纠缠你,我魏今再下作,也不屑当小三。"

魏今踩着高跟鞋哒哒哒地走了,她一转身,傲慢的表情就垮了。

她今天找他,本想跟他好好道个别,为这段感情做个了结。他结婚了,此后无论他过得好不好,她都不会再关注。她刚才说了很多违心的话,可有两句是真的,一句是新婚愉快,一句是她不屑当小三,破坏别人的婚姻。

她的初恋,她的故事,自此剧终。

《长生殿》在北京演出结束后，剧团就马不停蹄地开始全国巡演。

无论梁音在哪个城市演出，严川途永远坐在第一排的观众席上等她粉墨登场，用专注而炙热的目光望着他家严夫人。

从北京到昆明，从苏州到成都，天南地北，她去哪里，他就在哪里。

在今年三月份荷赛奖的颁奖仪式上，再次拿下金奖的严川途，在直播镜头前，对全球观众说："她是我唯一的女主角。"

他这次获奖的组图与以往的摄影风格大不相同，曾引起广泛的议论。

他从来没有拍过人物，首次拿下金奖的作品也仅仅是一个背影。因此许多人都默认他不擅长拍摄肖像，坊间一度流传过他脸盲症的八卦。现在看，哪里是不擅长，只是浪漫情怀作祟，一生只拍一人。

严川途再次拿奖，打破了江郎才尽的谣言。

国内外的媒体都想采访严川途，但他全部推拒了，专心追严夫人的演出。他最近在风头上，一举一动颇受记者的青睐，就有人扒出他与梁音结婚的消息，让一众吃瓜群众发出和何桃一样的感慨：这是什么神仙眷侣啊。

严川途用他的相机记录了梁音的每一场演出，看着她一点点成长。

有些经验只能在舞台上获取，训练再多也没用，连轴转的演出让梁音倍感压力，却也让她以惊人的速度成长。

最美闺门旦、最美杨贵妃，各种美誉落到梁音的身上，但她始终保持清醒，这个戏能引起这样广泛的热度，是所有人的功劳，不是她一个人的成果。她只是有幸成为这个戏的女主角，演了杨贵妃。

冬去春来，梅花谢了，桃花开了，一眨眼就到了姹紫嫣红的春天。

街上的行人开始褪去臃肿的大衣，换上轻便的春装，这对《长生殿》剧组的演员来说是一件值得高兴的事，有的演出场地没有暖气，零下十几度的天气，他们只穿着戏服，下戏后手都冻青紫了。

春天是演出比较舒服的季节，待到盛夏，戏服里三层外三层，灯光再烤着，就算有空调也要出一身的汗。

经过两个月的全国巡演，《长生殿》的名气更响亮了。

他们已经走过十多个城市，每一场演出都是爆满，渐渐地，梁音卸装后走在街上，偶尔也会被戏迷认出来，索要签名。

因为周即白和梁音的稳定发挥，B组的人一直没有机会登台。

但为了防止突发情况，乔雅和谢林还是一直跟组，他们俩对这个情况倒是看得开，没机会上场，就坐在下面看。放下对周即白的感情后，乔雅的性格变了不少，得失心没那么重，更踏实了，所有的精力都放在专业上。

只是乔雅毕竟是南京剧团的台柱子，档期一直很紧张，原先她在剧团的时候，每周固定有两出她的折子戏，粉丝数庞大，所以在第十三场演出的时候，她被原剧团叫回去参加新戏的排演。

因为梁音的状态一直很稳，所以陈导和制片人就答应让她走。

乔雅走了之后，坐冷板凳的人就只剩下谢林，不过他嘴巴甜，人也勤奋努力，跟几个老师都学了东西，每天都乐呵呵的。他想，剧组一直平平安安的才好，上不上台，谁演唐明皇有什么关系。

不只谢林有这样的好心性，大部分昆曲演员都是这样的性格。

戏比天大，这是牢牢刻在他们骨血里的东西，是最重要的行规。

乔雅离开后，梁音身上的担子就更重了，作为唯一的女主角，时时刻刻都要保持最好的演出状态。他们现在一周要跑两个城市，舟车劳顿，加上连轴转的演出，大家都有点吃不消。

梁音瘦了很多，不过她觉得自己瘦点更好看，但严川途却紧张得每天借酒店的厨房给她做饭，都是清淡可口的家乡菜。

她被这么精心照顾着，脸颊又开始长肉，人看着也精神了。只是苦了被迫吃狗粮的其他演员，梁音这个人小气吧啦的，宁可吃到撑，也不肯把严川途做的饭分他们一口。不肯分就算了，还整天炫耀。

周即白一开始还会受刺激，后来就慢慢看开了。

他从小就认识梁音，但从没见过她像现在这样开心，笑得那么灿烂耀眼。有人宠着她，让着她，陪着她做任何她想做的事情，真好啊。

《长生殿》全国巡演的最后一站来到四季分明的武汉。大江，大水，大武汉。这个城市充满了浓厚的历史底蕴和人文气息，无论是古琴台、汉江关，还是长江大桥，每一处都蕴藏着一段故事。

抵达武汉后，梁音紧绷的情绪放松了不少，只剩三场演出了，《长生殿》的巡演就能画上一个完美的句号。

第一天是唐明皇和杨贵妃的《定情》，来看的观众非常多，而且很多人都连续预订了三天的票，场面十分火爆。

第二天是唐明皇和杨贵妃情深正浓的戏，梁音的《霓裳羽衣曲》惊艳四座。

看过她的羽衣曲，方知洪昇写的"浑一似天仙，月中飞降"是怎样一种美。老先生还用了许多华丽的唱词去描述她的舞姿：彩袖张，向翡翠盘中显伎长。飘然来又往，宛迎风菡萏，翩翩叶上。举袂向空如欲去，乍回身侧度无方。

梁音的羽衣曲，仿佛把观众带回了几百年前的时空，"惊艳"二字都太过苍白。

两场演出都很顺利，只剩最后一场。

第三天的演出时间是晚上六点半，梁音从早上开始心情就很好，嘴里不自觉地哼起了工尺谱歌："工工四尺上……"

等这次巡演结束后，她就可以安心准备婚礼。

梁音习惯早上练嗓子，但住的地方没有院子，也不隔音，她怕打扰别人休息，所以这两天都是直接到演出大厅这边来练习。

今天一进来，她就先看到了谢林。

"师叔，陈导说最后一场让我登台，你陪我走一遍戏。"谢林站在戏台上，冲底下的梁音招手，一脸的兴奋。

梁音惊讶道："小周出啥事了？"压轴的戏换男主角，这可是大事。

"他好着呢，陈导那是心疼我坐了快三个月的冷板凳，让我上台感受一番。"谢林可高兴了，要是有尾巴，现在就该甩起来，"师叔，你快上来，我们排练排练，我有点紧张，这可是巡演的最后一场戏。"

"行啊，反正我也要练声腔。"梁音仗着自己身手好，直接跳上高高的戏台。倒把谢林吓了一跳，急忙伸手去拉她。梁音拍了拍手，一展折扇，笑眯眯道，"走哪一段戏？不如就《惊变》？"

谢林点点头："你带一下我的情绪。"

梁音应了一声"好"，起了《泣颜回》的调子，谢林一看她走的台步，就知道是哪一段戏，立马接上，与她"携手向花间"。

"凉生亭下，风荷映水翩翩。爱桐阴静悄，碧沉沉并绕回廊看。恋香巢秋燕依人，睡银塘鸳鸯蘸眼。"

这段唱词是生旦对唱加上合唱，意在调情，他们手握折扇，肢体动作和眼神都非常缠绵。谢林一开始和梁音在眼神的互动上少了点味道，就是不够入戏。但随着梁音带的节奏，他就慢慢放开了，入戏了。

官生是小生中比较吃重和难演的一个行当，气势不够撑不起角色，经验不够也演不了，所以行内就有这么一句话，检验一个小生是不是合格，就要看他演的官生好不好。谢林之前演的大多是巾生、穷生，小官生演得少，大官生完全没演过。他天赋一般，但极努力，所以陈导才会给他演唐明皇的机会。

谢林也很珍惜这个来之不易的机会，唱得愈发用心。

他用苏白道："妃子，朕与你清游小饮，那些梨园旧曲，都不耐烦听他。记得那年在沉香亭上赏牡丹，召翰林李白草《清平调》三章，令李龟年度成新谱，其词甚佳。不知妃子还记得么？"

梁音回道："妾还记……"

这句台词还未说完，变故忽生，梁音甚至都没来得及反应，舞台就塌了下去。伴随着"轰隆隆"一声巨响，她的身体穿过坍塌的大洞，直接从舞台上砸到地面。梁音眼前一黑，随之而来的就是漫天的痛。

身上每一个部位都痛得要命。

梁音的第一反应是痛，第二反应是，晚上还能登台演出吗？

谢林和她站的位置离得有一段距离，恰好避开了坍塌的地方，他看着梁音从舞台中央掉下去，但来不及抓住她的手。

他一脸惊恐，惨叫道："师叔——"

严川途急匆匆地赶到医院时，梁音已经从急诊室转到骨科的病房。她靠在床头，脸色看起来不错，还有心情使唤谢林给她削苹果。周即白坐在角落里，抱着手，反而臭着一张脸，也不说话。

见她这样精神，严川途脸色稍缓。

他早上去拜访住在武汉的故人，结果车子才开到一半，他就接到谢林的电话，立刻掉头赶到医院来。

严川途走到床边，握住她的手，皱眉道："伤了哪里？严不严重？"

"不严重。"梁音咬了一口苹果，笑着说，"你别担心啊，看你脸色比我还差。"

周即白跳起来道："还不严重！"

梁音拼命给周即白使眼色，但被无视了，他对严川途说道："师叔骗你的，从两米高的舞台上掉下来，怎么可能没事。医生说是腰部脊柱损伤，有点严重，必须做手术。但师叔闹着要出院，你赶紧劝劝吧。"

严川途的目光落回一脸心虚的梁音的身上："为什么想出院？"

"就差最后一场戏了……"梁音放下叉子，不吃苹果了。她低着脑袋，不敢看严川途的脸，"小乔现在人在法国参加一个活动，根本赶不回来。我必须得上场，不能让那么多观众白跑一趟。"

如果乔雅能回来，她不会逞强。但今天她不上场，演出就只能取消。

严川途问："你的腰都坐不直了，怎么登台？"

"我没事，其实一点都不疼，真的，我还能唱，还能演。"梁音抬起头，急切道。

"音音，别拿自己的身体开玩笑，既然医生说了要手术，那就必须手术。"严川途寒着脸，沉声道，"你是不是不想要你的腰了？就为了一场演出，你以后的前途，你的身体，就都统统不要了？"

"这不是一场戏和未来很多场戏的区别。"梁音正色道，"戏比天大，这是我们必须要守的行规！每一场戏，对我来说都是最重要的，没有次要和更重要之分。就算今天死在戏台上，我也得上。"

严川途厉声道："可对我来说，你才是最重要的！"

梁音本来因为严川途不理解她的理念，不认同她的想法很生气。但刚冒出来的火气，却被他这句话浇灭了。看着他铁青的脸色，她扑哧一声，眉眼一弯就软软地笑起来。

"你先别气嘛，听说我。"梁音摇摇他的手，好声好气地说，"严川途，我不想留下遗憾，演完最后一场，我就什么都听你的。"

"那你知不知道闺门旦的腰和嗓子一样重要，万一出点差错，留下后遗症，你以后还怎么唱戏，坐轮椅唱吗？"严川途不是在恐吓她，脊柱受伤，动一下都疼，她不好好躺着，还想上台去唱戏？

闺门旦的很多动作都靠腰去带，哪怕仅仅是站着，也要腰去使力，这样姿态看起来才会好看。一场戏将近三小时，以她的性格，在台上就算不舒服，也会硬撑到结束。他理解她的理念，但不赞同她用一辈子去赌。

她现在一头热血，满腔激情，满脑子想着"戏比天大"，不能辜负观众。但万一呢，她那么热爱昆曲舞台，那么热爱唱戏，如果留下后遗症，她怎么受得了？

"师叔，严先生说得对。"谢林立刻道，刚才他和周师兄劝得嘴巴都干了，一点用也没有，还是得靠严先生来镇压。

谢林心中内疚，如果不是他叫师叔陪他对戏，她也不会从戏台上掉下去。

周即白也说："陈导刚才发消息跟我说，取消演出，等你伤好了，我们再补办一场演出。你就老实在医院待着吧。"

梁音白了他一眼："瞎扯，我才和陈导联系过，他问我能不能唱，我说能行，他就说不取消了，照常演出。"

"梁音！"严川途气得脸都青了。

梁音的眼睛里闪过一抹心虚，她把头靠到严川途的肩膀上："我现在一点都不疼，严老师，严先生，三哥哥，你就答应我吧。"不疼当然是骗人的，疼死了，疼炸了。

"别撒娇。"他硬邦邦道。

"你不答应，我也要登台演出的。"

梁音瞄了一眼他的脸色，可怜兮兮地掉眼泪，她哭也不出声，脸靠在他的怀里，两只手抱着他的腰，眼泪全砸在他的毛衣上，晕开一团团的水渍。

谢林和周即白简直没眼看，摸着手上的鸡皮疙瘩退出了病房。

严川途最看不得梁音掉眼泪，明知道她在装可怜，但还是忍不住心软了。

"别哭了。"

"哭也没有用。"

"装可怜也没用。"

"你说的道理，我都懂，可是今天要是取消演出，这会成为我一辈子过不去的坎。"她仰起脸，认真道，"我知道我的做法很冲动，可是哪怕会加重伤势，会留下后遗症，我也不会后悔今天所做的决定。"

不为别的，就四个字：戏比天大。

这是所有昆曲人牢记在心里的东西，别看小林子和小周一直劝她取消演出，但今天要是换成他们俩躺在这里，他们也会做和她一样的选择。可能在一些人看来很傻，但这就是昆曲人的魂骨。

严川途没松口，也没有说不答应。

他去办公室找梁音的主治医生，谈了很久，最后医生给的建议还是尽快手术，不要拖延，她的伤比较重。

如果一定要登台演出，也有办法，打封闭，但是不建议。打封闭只是暂时止疼，她要用腰，肯定会加重伤情，给手术增加难度。虽说封闭针也有消炎的作用，但以梁音的伤势来说，这点作用微乎其微。

严川途从办公室出来，走到安全通道。他一烦躁就想抽烟，习惯性地去摸烟盒，却摸了一个空，这才想起来他戒烟很久了。

他抿着唇，面色凝重，打了一个电话给许助理。

严川途不希望梁音拿自己的身体冒险，但她铁了心要登台，装可怜、撒娇、威胁，什么招都使了一遍，终于如愿。

严川途不是因为梁音的哀求才妥协，他联系了北京那边的专家，做好应对方案，保证她的身体不会留下后遗症，才答应让她登台。机票都已经订好了，今晚演出一结束，他就立马带她回北京做手术。

下午两点，梁音打了封闭，打封闭针格外疼，她疼得脸都白了。

严川途既心疼又无奈："自讨苦吃。"

梁音白着一张脸凑过去："你亲我一下，我就不难受了。"现在病房里没有别人，她一点也不知羞，跟自己的老公亲热，这是她的合法权利。

严川途亲了一下她的脸，把她按住："别乱动，安分点。"

梁音笑眯眯地抓住严川途的手，摇了摇："严川途，你怎么忽然就同意了？"

严川途紧紧拧着眉，望着梁音，神色里带着无奈的纵容："你把戏看得比天大，我想拦，拦得住吗？"

梁音竖起三根手指发誓："我保证，以后都听你的。"

严川途叹了口气，一手包住她的手，把她的手指一根根按回去，动作特别温柔："你哄人的时候，嘴巴就和抹了蜜一样甜，什么话都说得出口，可是翻脸不认账也比谁都快。音音，你的信用值早就清零了。"

"三哥哥，我说的每一句话都是真心话。"梁音每次喊他"三哥哥"都是用苏州话来喊，特别软，又特别勾人。

她知道严川途吃她这一套，屡试不爽。

但这次却失败了，严川途直接拿草莓堵住她的嘴，不让她讲话。

晚上最后一场演出，还是周即白演唐明皇，他经验多，可以应付突发情况。梁音的状况，让剧组上下所有人忧心。腰不小心扭到了都疼，何况她是伤在脊柱上，就算打了封闭针，等下动起来也受罪。

而且《长生殿》的下本，梁音挑大梁的戏有很多场。

晚上六点，梁音已化好装，身着凤冠霞帔，精神看着还不错。凤冠很重，她穿了戏服不能坐。杨贵妃的戏服很考究，久坐会有褶皱，只能站着。

她的腰不能使力，就懒洋洋地靠在严川途的身上。

这是严川途第一次踏进《长生殿》的后台。

他把梁音的工作和他们的生活分得很开，他追梁音的演出，是以观众的身份，从不去扰乱她的演出习惯。很多昆曲演员在上台之前都有一些习惯，比如登台前不讲话，而梁音的习惯是背剧本。

梁音今天没有背剧本，有一搭没一搭地和严川途讲话。

严川途问她："现在还疼吗？"

"不疼，都打了封闭针，怎么可能还疼。"梁音的语气可真诚了。

严川途没打过封闭，不知道梁音的话几分真几分假，他叹了一口气，握着她的手低声嘱咐："上了台别逞强。"

"知道啦。"

"你啊。"严川途没有多说别的，因为说再多，梁音也不会上心。

晚上六点半，《长生殿》全国巡演最后一站、最后一场，终于拉开了帷幕。严川途来到观众席，依旧是第一排最中间的位置。

咿咿呀呀的水磨腔，穿越了几百年的时光，来到这个浮华的时空。

今晚的第一出戏，没有杨贵妃的剧情；第二出戏梁音也只有隔着帘子的几个动作，前后加起来不到一分钟。

她的戏份主要是从有名的折子戏《密誓》开始。

"密誓"这个名字，不看昆剧的人可能不知道讲什么，但如果提到"七月七日长生殿"就懂了。这一出戏，说的正是七夕那晚，杨贵妃和唐明皇在长生殿互许诺言，愿生生世世结为夫妻。

梁音一登场，就冲着月宫拜了两拜，水袖一挥，盈盈唱出杨贵妃对唐明皇深深的爱意，祈求织女庇佑他们的感情。

"妾身杨玉环，虔爇心香，拜告双星，伏祈鉴佑。愿钗盒情缘长久订，"一句台词未说完，又弯腰拜了下去，"莫使做秋风扇冷。"

不到五分钟的时间，梁音就弯了三次腰，拜了三次织女。

上台之前，严川途问她疼不疼，她说不疼，其实是骗他的。封闭针是有用，但她的伤比较重，动作稍稍一大，就疼得不行。她在上台之前，已经做好疼的心理准备，可没想过会是这么疼。

每次拜下去的时候，她都觉得骨头断了。

但梁音的神态和动作里，没有表现出任何的不适，一举一动，皆如行云流水，将杨贵妃的风流意态，毫无保留地展露出来。

严川途的位置离舞台比较近，只有他看到梁音额头上冒出来的冷汗。

他眼中浮起浓浓的心疼和担忧，今晚的演出还剩两个小时。

"严先生，师叔好像疼得很厉害。"谢林坐立难安，他的位置在严川途的旁边，压低嗓子对严川途悄声道。

严川途面色如常，同样压低声音道："疼也是她自己找的罪受，吃过苦头，以后才不会再逞强。"

谢林瞄了严川途一眼，才不相信他真的无动于衷。明明最宠师叔的人就是他。

在他们悄声低语的时间里，周即白慢悠悠地登场了。他一出现，作为妃子的梁音就要下跪。这么一跪，她更疼了。

严川途紧紧拧着眉，往日看到这一折戏，他还有吃醋的心思，今日却是半分也没有了，只余满腹担忧。

在台上的周即白也很担心梁音，她冲他盈盈拜下来的时候，他需要轻轻扶起她。虽然是一触既离，但他还是察觉到她的手格外凉，带着肉眼看不出的细微颤抖。他明白梁音带伤上台的初衷，所以他现在唯一能做的就是配合她，给今晚最后一场戏，画上一个圆满的句号，不留遗憾。

这一出戏，梁音弯腰、下跪的次数很多。

他们跪下来对着月亮互许承诺后，梁音就疼得几乎站不起来，周即白立刻伸手扶住她，让她借力站起来。

这个动作是戏里本来就有的，所以观众也没发现不对劲。

梁音靠惊人的毅力支撑着演出，到目前为止发挥依旧很出彩，没出现任何的纰漏。所有观众都沉浸在她的戏里，为她的痴情感动，因她落泪而落泪，只有严川途看到了那厚厚的妆容都盖不住的苍白。

第十八幕戏

在我的世界里，你是唯一的男主角。

晚上九点，谢幕后，梁音几乎站不住。

她一走下戏台，严川途就扶着她坐到轮椅上。

梁音一放松下来，脸上的冷汗就毫无顾忌地冒出来，去往化妆间的短短几分钟，她的妆容就花了，脖子、手上，也全是湿嗒嗒的汗。她疼到想呕吐，但胃里全是酸水，难受得只能大口喘气。

太疼了，太疼了，怎么会这么疼？

梁音紧紧抓着轮椅的扶手，觉得全身的骨头都碎了，不然怎么会这么疼？她疼得直冒泪花，却还惦记着刚才的表现："我今天演得好不好？"

严川途弯下来，心疼地在她的脸上亲了一下："很棒。"

"你别亲我，一脸的汗，妆都花了，我现在肯定很丑。"她现在可怜兮兮的小模样，哪里还有半分杨贵妃的气势。

"不丑，你是我见过最讨人喜欢的杨贵妃。"

梁音闻言，略带害羞地笑了起来。她平时没脸没皮的，什么撩人的话都敢对严川途说，但每次他认真夸赞她的时候，她总忍不住害羞。她心里甜滋滋的，连带着身上的痛似乎都轻了几分。

到了更衣室，严川途把门锁上，帮梁音换衣服。

严川途帮她把凤冠取下来，又帮她卸了戏装，洗干净脸。她脸上的妆没了之后，露出一张惨白的脸，嘴唇没有一点血色。

脱里衣的时候，梁音下意识地抓着衣领，想叫他出去。他们虽然是名正言顺的夫妻，但扯证当天她就进组训练了，然后紧接着是全国巡演，他们少有独处的时间，更别说身体上的交流。

梁音犹豫了下，慢慢松开手，任由严川途把最后一件里衣脱下来。

更衣室的灯光亮如白昼，将她身上的伤照得格外清晰。虽然这些伤已经做过处理，但她皮肤白，所以这些青青紫紫的伤痕就显得分外骇人。尤其是腰部的位置，一大片的淤青，破了皮，还渗着血丝。

严川途的眼中浮起浓浓的心疼。

他的动作愈发小心翼翼，生怕磕到她，碰到她。他帮她换上一条宽松的长裙，裙子前面带了一排扣子，这样方便穿脱。这是他下午托何桃去商场买的，洗好了，也烘干了才送过来的。

梁音看着在帮她扣扣子的严川途，虽然身上很疼，但却特别想撩拨眼前这个一本正经的男人。

严川途却没有多余的心思，梁音换下来的里衣几乎湿透了，刚才她在台上的时候得有多疼，才会出这么多的汗？

严川途的眼神既无奈又心疼："你这爱逞强的毛病，什么时候才能改一改？"

"改了改了，现在就改。"梁音哄人的时候，说的比唱的还动听，"你就别皱眉了，笑一笑嘛，别浪费了这么好看的脸。"

严川途又叹气了："就不该答应你，让你胡来。"

"我没事，我好得很，再唱两个小时都没有问题。"梁音冲他甜甜地笑。要是她的脸色好一点，可能这话比较有说服力。

严川途打开门，推着轮椅走出去："总是信口胡诌的毛病也得改改了。"

她是这样的人吗？

梁音认真地反省了一番，仰起脸看他，眼睛笑成了月牙的形状："我对别人不这样的，我喜欢你，才总想着哄你高兴。"

严川途无可奈何，却又忍不住笑了。

这世上只有梁音一个人能把骗人的话说得这么动听，这么可爱。也可能是因为他爱惨了她，所以无论她做什么，说什么，他都觉得好。

梁音上飞机之前吃了止疼片，但效果甚微，一路全靠撩拨严川途熬过来。

同行的还有周即白、谢林、何桃，他们担心梁音的伤势，索性提早离组。巡演已经结束，他们早一天走晚一天走没影响。

在飞机上的两个小时，他们三人就光看梁音对严川途耍流氓。平时她在他们面前总端着师叔的架子，什么事都自己扛，很强大，也很可靠。但最近经常围观他们，才知道他们师叔私底下这么黏人，还特别爱撒娇。

他们也是第一次知道，原来严川途那么会说甜言蜜语。

简直就把他们师叔当成小姑娘哄。

周即白既心酸又欣慰，原生家庭对一个人造成的伤害是无法估量的。梁音比谁都渴望一段真挚的感情，跟某个人组建一个家。但她对此又抱着怀疑，所以无论在哪一段感情里，她都无法全身心地投入，一有风吹草动，她就跑得比兔子还快，生怕自己受伤，成为被扔下的那一方。

曾经他利用她这一点，破坏了她一段又一段恋情。

后来他遭到报应，同样栽在这点上。

严川途和他完全不一样，他和所有人都不一样，他知道她的胆怯，知道她的害怕，他耐心地等着她，教她怎么去经营一段感情。他让一个随时会从一段感情里抽身的人，变成了一个对未来充满憧憬的人。

她依赖他，信赖他。

对梁音这样的人而言，学会相信比爱难一万倍。

谁都无法像严川途这样，给梁音一个充满安全感的家，和一份毫无保留的爱。哪怕自己再爱她，也做不到这一点。在他和梁音短暂的交往里，最先怀疑的人就是他。他的出生和成长决定了他无法成为她的勇气。

他曾经憎恶严川途的存在，现在却无比感激他的出现。

如果说梁音是周即白的救赎，那严川途就是梁音的光，破开乌云，照耀她。

梁音的手术很顺利，由权威的专家主刀，腰部脊柱损伤不是大手术，但严川途还是大动干戈，找了医院最好的专家帮她做手术。闺门旦的腰和嗓子一样重要，绝不能留下一点后遗症。

梁音的身体素质一直不错，术后恢复良好，只是因为伤在腰部，她坐着难受，躺着也难受，每日除了看剧本，撩拨严川途，就无事可做了。

她手术的第二天，周即白就回了南京，一起走的还有谢林和何桃，他们再不回去参加排戏，蒋颂和顾师姐都得抓狂了。

走之前，周即白找严川途喝酒，跟他说了一桩两年前的旧事。

梁音好奇他们俩聊了什么，可是追问了很久，严川途也不告诉她。晚上，梁音忍不住在微信上问周即白，他居然说：找你家严先生打了一架。

梁音更惊讶了，直接问严川途："小周说你们打架了，真的假的？"

严川途正在给她削苹果，闻言低低地"嗯"了一声。

梁音上下打量他，没发现受伤的地方，松了一口气，调侃道："严先生，你该不会还在吃陈年老醋吧？"

严川途削好苹果，塞了一块给她："是醋了。"

"你要是吃小周的醋，就不会等到现在了。"梁音现在只有手能动，她拿折扇戳戳他的腰，"你们俩绝对有猫腻，是不是有什么事瞒着我？"

严川途一本正经道："这大概就是小舅子的考验吧。"

梁音一开始觉得他在忽悠她，但仔细想想，也是有这个可能的，不然以小周的别扭性格怎么会主动约严川途喝酒呢？

她遗憾道："可惜我没看到现场。我还挺想看你为我打架的样子，一定很帅。"

严川途喂她吃苹果，随口哄道："那等我们回南京了，约小周来家里吃饭，然后我们俩打一架给你看。"

"你说真的啊？"她惊呆了。

"真的。"

"那还是算了吧，太蠢了，小周可能会气到杀了我们。"梁音说着说着，忽然对上严川途含笑的眼睛，愣了一愣，才反应过来他是说着玩的，"好啊严川途，你现在都会耍我了。我要拿小本本记起来。"

严川途低头亲了亲她，把她的小脾气都亲没了。

"我从不对你说假话，我可以做任何你希望我做的事情。"他心疼过去的梁音，总想着在以后的时间里要让她过得痛痛快快，做任何想做的事情，说任何想说的话。

梁音忍不住笑了："严川途你是糖果精吗？"

"你头低一点，嗯，再低一点。"等严川途的脸跟她几乎靠在一起了，她伸手勾住他的衣领，快速地在他的嘴上亲了一下，笑眯眯地说，"是甜的。你果然是糖果变的。还是我最喜欢的桂花味。"

严川途望着她的目光无奈又纵容，也不反驳她的谬论。

半个月后，在医院无聊到发霉的梁音终于出院了。

出院后，梁音还是住严川途的公寓，只是从客房搬到了主卧。她手术后的起居生活一直是严川途在照顾，擦身，换衣服，上厕所，她还没体验到婚后的蜜月期，就被迫进入老夫老妻的模式，毫无浪漫可言。

养伤的日子里闲来无事，梁音缠着严川途教她摄影，天天抱着单反瞎拍。

严川途有一个收藏各种单反和镜头的房间，各种牌子，各种型号，绝对是摄影爱好者的天堂。打从梁音喜欢上摄影后，就整天祸害这些收藏品。许助理过来送文件的时候看见过一次，心疼得脸都绿了。

严川途却毫不介意，耐心又细致地教她怎么用光圈焦距。

只是梁音的天赋可能都在昆曲上，哪怕有摄影大师手把手地教，她拍出来的照片还是一言难尽。她很泄气，但严川途却把她拍的所有照片都洗出来，鼓励她，其实她每一次都有进步，只是她自己不知道。

梁音看着一张比一张古怪扭曲的照片，老半天说不出话来。

但心头甜滋滋，奖励了他一个带着苦药味的吻。

梁音出院后，严川途开始处理之前积压的工作，他的摄影工作室常年处在入不敷出的状态，全靠其他项目和投资来维持正常运转。

未婚和已婚，是两个完全不同的心境。没结婚之前，严川途对自己名下的财产并不上心，全都交给许助理打理，但现在他要养家糊口，就得认真工作了。

为了照顾梁音，严川途基本是在家办公，但如果去工作室开会，也会带着她。许助理这样严肃的人，都忍不住和蒋颂吐槽，老板简直把老板娘揣在口袋里，走哪里都带着，叫人甜到齁鼻。

他们怎么个甜法，蒋颂想象不出来，他只知道什么叫水深火热。

这半年来，五音戏楼少了两个当红小生、一个闺门旦、一个花旦，其中两人还是台柱，是《牡丹亭》《玉簪记》等大戏的男女主角。可为了他们的前途，他当时还是咬牙批了假，让他们安心北上。

为了不让好友的投资打水漂，蒋颂可谓呕心沥血。

他盼星星盼月亮，终于盼到《长生殿》全国巡演结束，结果梁音受伤了。伤筋动骨一百天，她至少三个月不能登台。五音戏楼的短板很明显，就是缺人，别的剧团都有AB角，上大戏还得竞争，但在他们这里完全不需要。

与水深火热的蒋颂相比，在北京养伤的梁音，小日子过得那叫一个舒坦。

严川途工作的时候，梁音就在一旁背剧本、看电视，或是在微信上和谢林、何桃他们唠嗑八卦；等严川途不忙了，他们就一起出去散步。梁音很喜欢家附近的向日葵花田，所以他们经常去那拍照。

梁音拍花田，严川途拍她。

她不拍严川途，因为她的摄影技术会把他拍丑。但严川途拍的她，灿烂又耀眼，眼睛里满满都是笑，每一张都像是画。

七月是属于向日葵的季节，有许多游客来这个地方打卡，梁音和严川途相貌出挑，互动又甜，加上梁音坐着轮椅，简直分分钟让人脑补出十万字的小说。

半个月之后，某平台惊现他们俩的合照。

上传照片的网友还算有分寸，只发了他们的侧影，却依旧惊艳了很多人。

配图的文案特别文艺：余生，我来做你的腿。

去花田打卡过的游客一看这张照片，就知道照片上的人是谁，纷纷评论：超级般配的一对神仙眷侣，可惜男神的爱人不能走路。

几天后，梁音在朋友圈看到谢林的截图：哈哈哈哈哈哈。

梁音气得不肯再去那片花田散步，改成在湖畔看水，看云，撸猫。

湖畔这边没有向日葵，但有猫，一群猫，大猫小猫，橘猫黑猫，它们和一般的流浪猫不同，耳朵上缺了小小的一角。这种三角形的标记代表这群猫做了绝育，曾被志愿者救治过。

这群猫喜欢在傍晚的时候出没，它们一点也不怕人，特别会卖萌撒娇。

梁音喜欢猫，但工作太忙，没办法养。

她买了许多猫粮，天天来湖畔投喂，沉迷于撸猫不可自拔，就连朋友圈也从晒老公改成晒猫。

有天梁音遇到一只小橘猫，忽然就想起了闹闹："我们家的猫呢？我都出院这么久了，怎么还不把闹闹接回家？"

严川途道："那是大哥的猫。"

梁音失望地"哦"了一声，虽然她一度很嫉妒那只娇里娇气的小奶猫，但她很愿意和严川途一起养它："不对啊，大哥的猫不是叫招财吗？而且和闹闹长得一点也不像，胖得和球一样……"

严川途尴尬地咳了一声，没说话。

她纳闷道："就算闹闹长大胖成了招财，但性格也完全不一样。"

"闹闹哪里去了？"

严川途的耳根越来越红，整得梁音愈发纳闷了，她刚才说什么了？带着这样的困惑，她又问了一遍："我们家的闹闹呢？"

"你。"

梁音指着自己问："我？什么意思？"

"没有闹闹。"严川途的耳朵很红，可是面色如常，十分镇定，"发朋友圈要图片，刚好招财寄放在我家，就借用了几张它的照片。"

梁音一开始没明白过来，她想了许久，慢慢回想起了那些晒猫图的文字，脸一下子就红了，比天边的晚霞还要红。

小醋缸。

爱撒娇的娇气包。

可爱。

那阵子她天天在朋友圈给严川途写情书，总抱怨他不回复，敢情他回了，只是她没看明白，还以为他养猫了。

"严老师，你下次表白可以直接点吗？"梁音眉梢眼角皆是撩人的笑意，"夏天结束了，今晚月色真美，手表编码……还有'闹闹'。你什么时候可以对我打直球啊？"

"现在。"

严川途微微低头，亲在她的笑眼上："音音，我爱你。"

"心悦你。"

"不曾忘记过你。"

他这次的表白既炙热又直接，却叫梁音措手不及，本就在发烫的脸，更加红了。她可以大大方方地撩拨严川途，可要是被反撩了，反应就特别大，比如现在。

他们拥吻的身影倒映在清粼粼的水面，使得无声无色的波光也变得生动起来。

这个傍晚的风景正好。

适合散步，适合喂猫，也适合恋爱。

眨眼到了八月，梁音的伤势痊愈，没有留下后遗症。虽然在北京养伤的生活很舒适，但她伤一好，就迫不及待地要回南京。

走之前，梁音特意把严川途送她的花灯也带上，用一个大盒子装着，抱在怀里，一路上小心翼翼地护着，生怕挤变形了。

严川途看着抱着大盒子的梁音，不禁想起了周即白离京之前说的那番话。

前年除夕，师叔喝醉了，闹着要去夫子庙看花灯。我陪她去了，给她买了花灯，但她非说花灯不对，满大街地找。

第二天，师叔醒来就忘了这件事。我问她，昨晚想找什么花灯，她说她也不知道自己要找什么。

去年除夕，你来我们剧组找师叔，我看到了你送给她的花灯，才知那年她要找的是那盏你们一起看过的花灯。

师叔不曾忘记过你，只是她自己都不知道。

那天他们确实打架了，但并非因为吃醋或者嫉妒。在他不知道的八年时光里，周即白给予了梁音许多帮助，陪她一起扛起了风雨飘摇的五音戏楼。他对周即白更多的是感谢和信任。

周即白想痛痛快快地打一架，他自然奉陪。

打完架，发泄完，周即白和他说起了这桩有关花灯的旧事。他不曾想过，在他缺席的八年里，梁音从未忘记过他。

九月。

南京的桂花开了，整座城市都弥漫着甜甜的桂花味。

五音戏楼在经历了两年的改革和创新之后，终于在南京站稳脚跟，有了一众捧场的戏迷。作为台柱的梁音，因为《长生殿》这出大戏，人气大涨。只要是她的戏，几乎场场爆满，无不是叫好又叫座。

她现在有实力，有人气，缺的就是一个奖项。

梁音对今年的白梅奖没有太大的野心，不提远的，单说乔雅和周即白，他们成名多年，人气实力也是一样不差，但年年都与白梅奖失之交臂。天外有天，人外有人，拿奖这种事只能随缘。

第30届戏剧白梅奖揭晓的时间在九月的最后一天。

梁音因为获得提名，所以收到了邀请函。

这天，她特意去做了一个造型，换了礼服，与严川途一道前往颁奖现场。

在场馆的大门口，他们遇到同样盛装而来的乔雅，陪她一起来的，还有以未婚夫自居的张匪风。他这样介绍的时候，被乔雅狠狠拧了一下胳膊，但她却没有否认，嘴边带着淡淡的笑意，显然是默认了。

她们的位置不在同一排，但乔雅特意跟人换了座位，与梁音坐一起。

"昨天我去看了你和小林子演的《南柯梦》，超级好。"乔雅一点也不会夸人，语气干巴巴的，"你有武戏的基础，很适合瑶芳公主。还有前段时间你们俩排的《玉簪记》，也不错啊，可惜你现在不唱思凡了。"

"所以你到底想说什么？"梁音笑着问。

乔雅看了一眼严川途，悄悄凑到梁音的耳朵问："你最近都不和周师兄搭戏，是不是因为严老师吃醋了？"

梁音一开始没反应过来："严川途从不干涉我的工作。"

吃醋是肯定吃的，但他可以一边吃醋，一边面无表情地坐在台下看她和唐明皇恩爱缠绵，从不会阻止他们搭戏。

易地而处，她肯定会气到失去理智。

换搭档一事是她先提出来的，正好小周也有这个意思。

他们交往过的事情在南京不是秘密，她现在已经结婚，如果他们还继续搭档，多多少少会有流言蜚语。她不在意别人怎么说她，但却不希望严川途被人议论。所以干脆趁复出的机会，解决所有隐患。

谢林已经出师了，简简这个闺门旦也训练出来了，她和周即白没有捆绑在一起的必要了。她和谢林一组，周即白和简简一组，都带一带搭档，这样也更有利于五音戏楼的发展，于公于私，都是最好的安排。

"我们剧团的领导一直很欣赏周师兄……"乔雅既怕严川途听到，又怕张匪风这个醋坛子发现，声音细得和蚊子一样，"师叔啊，你要是担心师兄影响你们夫妻的感情，可以让他来我们剧团。"

兜了这么大一个圈子，梁音才明白乔雅的来意："合着你是担心我们亏待了小周，想什么啦你，小周是我们戏楼的台柱，我们怎么可能打压他？他最近和简简在排新戏，忙得不可开交，这才减少了演出次数。"

乔雅脸一红，不好意思地"哦"了一声。

"你怎么还惦记着小周？"

"我不是，我没有，别胡说。"乔雅紧张得来了一个三连拒，生怕隔壁座位的醋缸听到闹翻天，"我就是觉得对不起他。"

要不是因为她，或许他和梁音还有百分之一的概率。

梁音拍拍乔雅的手，沉默许久，说了一句："跟你家二狗子好好过吧。"

她不知道如何安慰乔雅，能打开她心结的人只有小周。他们之间的恩怨是非，只有他们自己能断，她说再多也是枉然。

在她们悄声交谈的时间里，台上已经把越剧、京剧等重要奖项颁发完毕。

台上的主持人将柏松老先生请到台上，煽情道："今天特别荣幸能邀请到柏老师来到我们的现场，三十年前，他凭借《牡丹亭》中杜丽娘一角，拿下首届白梅奖。现在，请柏老师打开手里的信封，念出第三十位获奖者的名字——他会是谁呢？我真的猜不出来，因为每一位获得提名的老师都非常优秀。"

柏松老先生今天穿得也很正式，精神奕奕，他笑着打开信封。

梁音的心情一直很放松，因为她没想过自己会拿奖，所以当光束打到她身上的时候，她一下子就愣住了。

直到严川途叫了她的名字，她才反应过来。

梁音压下心头的难以置信和狂喜，佯装镇定地走上台。台阶不高，只有五步，却是通往荣耀的路。

这个奖项，不仅仅是对她实力的认可，更重要的是对她换行当的嘉许和赞同。

从去年换行当到现在，已经过去整整十八个月。

她经历过嘲讽，经历过质疑，风风雨雨，一路走来，始终伴随着争议和抨击。甚至她的老师也不看好她，不理解她。所以哪怕她出演了《长生殿》的女主角，有了人气，但她心里依旧没有底气。

自己的实力配得上自己的人气吗？对得起喜欢自己的人吗？

梁音经常这样自我怀疑。

白梅奖是国内最权威的戏曲奖项，三十年，只有三十个昆曲演员拿到过这个奖。这个奖杯之于梁音的意义，太过重要。

当初她一意孤行，幸好有严川途一路相伴。

他是她的勇气，也是她的归途。

梁音从柏松老先生手里接过沉甸甸的奖杯，眼中已浮起泪花。她感谢了所有人，感谢了每一个帮过她的人。

她的师兄师姐们，长生殿剧组，她的老师，还有给她颁奖的柏松老先生。

最后，她望着坐在台下的严川途，微微一笑："我家严先生拿奖时，当着全世界观众的面对我表白，我今天似乎也应该礼尚往来。"

底下响起善意的掌声。

严川途望着梁音，眼神格外温柔，慢慢露出一个笑。

"严先生，你就是我的柳梦梅，我的唐明皇，我的侯方域……"梁音的眼睛里倒映着他的模样，"也是我唯一的男主角。"

从前，现在，未来。

在我的世界里，你是唯一的男主角。

番外：思凡

他把她从前吃过的苦，都变成了蜜糖。

婚后第三年，梁音出演的《长生殿》在法国、奥地利、意大利等国家巡演，引起巨大的反响。昆曲的魅力就在于，哪怕你不明白唱词的深意，也能通过载歌载舞的表演方式感到昆曲的美。

梁音扮演的杨贵妃，惊艳了所有观众。

她让看过《长生殿》的人，明白了杨贵妃为何可以宠冠六宫。

梁音的唱腔师承魏明华，身段却尽得柏松老先生的真传。她与柏松老先生虽无师徒之名，但却有师徒之谊。可以说没有老先生这个伯乐，就没有如今惊艳世人的"梁贵妃"。

四月，《长生殿》在荷兰的阿姆斯特丹首次演出。

阿姆斯特丹的春天是一年四季里最美的季节，属于郁金香的高光时刻。如果说南京是甜甜的桂花味，那阿姆斯特丹就是奶酪和郁金香的味道。这里还保留着许多古老而传统的工艺，充满了浓厚的人文气息。

在荷兰语言中，丹，是水坝的意思。

阿姆斯特丹有160多条水道，上千座桥梁，人居水中，水入城中，是这座城市独有的浪漫特色。漫步在河畔，彩色的建筑鳞次栉比，倒映在清透的水面，仿佛波光都变得斑斓生动了起来。

梁音很喜欢这里，喜欢甜的奶酪，喜欢大片的郁金香。

梁音计划好了，等演出结束，她要跟严川途留在荷兰度假。这几年她忙，严川途也忙，一直没时间出去玩。

然而计划远远赶不上变化，演出前一天，梁音在排练的时候晕倒了。

送到医院才知道，她是孕期贫血导致的短暂性眩晕。

严川途拿着化验单和病历，坐在病床边等梁音苏醒，她还输着营养针和保胎的药。除了贫血，最近几个月连轴转的演出也给她的身体带来了很大的负担，已经有流产的迹象，医生建议她暂停工作，卧床安胎。

严川途小心翼翼地把手放到她的肚子上，眉头皱得紧紧的。

梁音一直在避孕，她的计划里有昆曲，有他，有五音戏楼的未来，但没有一条属于这个意外到来的孩子。

她会愿意留下这个孩子吗？

梁音醒来时，窗外已经斜阳西沉，只余一点晚霞。

她一睁开眼睛就看到严川途紧拧着眉，神色略微奇怪。她愣了下，张口问：“我是不是得了绝症啊？”

“别胡说。”他皱着眉道。

“那你的脸色怎么这么难看？”梁音想坐起来，刚有动作，严川途就马上扶住她，动作特别小心，“我就是低血糖犯了，现在已经没事了。”

严川途握住她的手，沉声道：“你怀孕了。”

梁音愣住了。

严川途沉默地看着她，在她的脸上找不到丝毫的喜悦和兴奋。他握着她的手，力气不自觉地加重，慢慢道："你如果不想要这个孩子，我……"他顿了一下，艰难道，"我尊重你的，决定。"

梁音回过神，吃惊地盯着他："你舍得？"

"不舍得。"

梁音慢慢地笑了起来，里头盛满细碎的星光，看着灿烂又漂亮："我也舍不得。"

她一直在避孕，除了不想影响演出，怕身材变形这些外因，最重要的是因为她不知道怎么当一个负责任的好妈妈。严川途知道她的心结，所以他明明那么期待孩子的到来，却从来不给她一点压力。

她不知道自己是何时放下对原生家庭的心结的，只记得有一天，看到严川途抱着大哥家的小崽崽坐木马，她忽然就想：自己不会当妈妈没关系，严川途一定会是一个好爸爸。然后她就偷偷去医院做了体检。

"我去年就停了避孕药。"梁音笑望着他，"医生说我宫寒，我后来吃的药都是调理身体的补药。我也不知道怀孕的概率有多大，所以就没告诉你。"

严川途怔了一下，反应过来之后，露出狂喜的神色。

过了许久，他才沙哑着声说："音音，谢谢你。"

梁音握着他的手，放到自己的肚皮上。他小心翼翼地摸了一下，手掌微微颤抖，他的情绪很少像这样外露。想到八个月之后，就会诞生一个与他、与梁音血脉相连的小孩子，他就激动得难以控制。

"医生说你有流产的迹象，需要卧床安胎……"严川途冷静下来之后，想到摆在面前的问题，"明天的演出，你要登台吗？"

梁音摇摇头："小乔也来了，明天她上场。"

当年她从高处跌落造成脊柱损伤，还是不顾后果地登台演出，不仅因为"戏比天大"，还因为当时没有替换的B角。这一回不一样，有备选的B角可以代替她登台，为了孩子的安全，她自然不会瞎逞强。

"不觉得遗憾吗？"他比任何人都清楚她为了明天的演出做了多少努力。

"我期待明天的演出，是因为这个地方与你有关，我想像你当年一样，在这里，对着他们说——"梁音凑过去，亲了他一口，"严先生，我爱你。"

真幸运，她能遇到严川途。

严川途之于她，就像童话故事里的狐狸之于小王子。他耐心地教会她怎么去爱一个人，怎么去经营一段感情。

在这段婚姻里，严川途付出的远胜于她。

她想向全世界推广昆曲文化，他就用摄影作品帮她一起推广，拍摄一系列与昆曲相关的主题；她不想离开南京，他就将工作室从北京搬到南京；也是他费尽心思让她跟着柏老先生学戏……

凡是她所想的，他便尽所能去帮她实现。

他心疼她吃过的苦，总想对她好一点，再好一点。婚后三年，她每天都过得很好，比过去任何时候都高兴，都痛快。

他把她从前吃过的苦，都变成了蜜糖。

第二年的元旦，梁音在南京的医院生下一个健康的小姑娘。

小名叫做"闹闹"。

闹闹是个漂亮又可爱的小姑娘，眼睛和鼻子长得与严川途一模一样，脸型却长得像梁音，尽挑父母的优点长。

她降生这一天，大雪如约而至，纷纷扬扬，把南京城变成了白色的世界。

这一天，也是梁音向严川途求婚的纪念日。

那一年的新年，同样下着这样的大雪，他送了她"思凡"，还了她的思凡。当年旧事，现在想起，唯有满满的甘甜。

那一年的春日，敲着木鱼的小尼姑，动了凡心，下了山，找到了她的意中人。

便是那坐在戏台下的人间看客。